W0310572

DER MOND IST KALT UND DUNKEL

Pola Kayser

Der MOND ist kalt und dunkel

HINSTORFF

Vielen Dank an das Literaturhaus Rostock
für die Unterstützung dieses Buchprojekts

Prolog

Ob sie zurückkommen? Es wäre nicht das erste Mal hier auf Rügen, auch nicht in Binz, dass Verstorbene Wiedergänger werden. Weil sie keine Ruhe im Grab finden. Weil es noch etwas zu klären gibt. Die Frau und der Mann lagen auf dem Sofa, als würden sie nur ausruhen und in wenigen Minuten aufstehen. Die rechte Hand der Frau umklammerte den Brief. So sollte es sein. Er nickte zufrieden. Endlich war Ruhe eingekehrt. Vom Todeskampf der beiden war nichts mehr zu erkennen. Keine Spur von Schmerz auf ihren Gesichtern. So friedlich wie jetzt hatte er die Eheleute schon lange nicht mehr beieinander gesehen.

Der Gedanke ließ ihn lächeln. Das tat gut. Er hatte wenig gelächelt in der letzten Zeit. Und so hielt sein Gemütsumschwung auch jetzt nur kurz an. Schon verengte er seine Augen wieder und presste hasserfüllt die Lippen aufeinander, bis sie eine waagerechte Linie bildeten. So schnell konnte er nicht vergessen. Er schloss die Augen und atmete tief. Jeder Raum hat seinen Klang und seinen Geruch. Dieses Zimmer hatte er noch nie gemocht. Von allem zu viel: zu viel Zigarettenrauch, zu viele Möbel, zu viel Nippes. Raffgier zeigte sich in jedem Winkel. Doch was ihn wirklich zur Weißglut trieb, war die Uhr. Ihr Ticken schlug wie ein Hammer an seinen Kopf. Tick, tack, tick, tack. Aufhören! Das hatte er früher schon gedacht, wenn er hier stehen und warten musste, bis sich die Herrschaften bequemten, ihm Anweisungen an den Kopf zu werfen. Hier hatte niemals Stille, nie Frieden geherrscht.

Als er die Augen wieder öffnete, traf sein Blick die sechs Messingbecher, die im Halbkreis um einen Krug auf dem alten Buffet standen. Er hatte sich oft vorgestellt, einen davon in die verdammte Wanduhr zu feuern. Wie wunderbar würden das Klirren des Glases und die letzten tickenden Lebenszüge dieses protzigen Kastens klingen. Doch jetzt hatte er einen Auftrag. Dafür wurde er schließlich bezahlt. Und er brauchte jeden Cent. Also wanderte sein Blick erneut prüfend durch das Zimmer.

Alles war so, wie es sein musste. Nichts verändert, keine Spuren. Das massige Gründerzeit-Buffet, die Kommode, das Sofa und die Sessel mit Häkeldeckchen auf den Kopflehnen, die vielen Gemälde, die kaum noch Tapete erkennen ließen – so hatte dieses Wohnzimmer immer ausgesehen. Auf dem Tisch lagen ein paar zerlesene Frauenzeitschriften, ein abgegriffenes Zippo-Feuerzeug und eine angebrochene Schachtel F6. Das war ihre Marke. Darin waren sie sich einig gewesen, wenigstens darin. Dann die zwei Schnapsgläser und die kleine Flasche daneben. Die war besonders wichtig. Sie war offen. So sollte es sein. Und an den Gläsern würde man ihre Speichelspuren finden. Sein Blick wanderte weiter über den Parkettboden mit den Perserteppichen. Auch hier keine Spuren, kein Schmutz, nichts, was auf fremde Personen hindeuten würde. Über seine Schuhe hatte er sich Duschhauben gezogen.

Plötzlich zuckte er zusammen. Motorgeräusche. Es klang nach einem langsam fahrenden Auto. Jemand, der beobachtete, vielleicht sogar heraufkommen wollte? Sein Atem stockte. War von der Straße aus wirklich nichts zu sehen? Er wandte den

Kopf zu den Fenstern. Die Läden waren geschlossen, ebenso die schweren Vorhänge. Es dürfte kein Licht nach draußen dringen. Trotzdem blieb er ganz still stehen, bis er das Auto nicht mehr hören konnte. Er atmete tief ein und aus, dann sah er noch einmal zu den Toten. Etwas schien ihm verändert, gab ihm das Gefühl, ein anderes Bild als eben vor Augen zu haben. Sein Atem beschleunigte sich wieder. Sein Mund wurde trocken. Es waren ihre geöffneten Augen. Sie starrten und hatten ihn vorhin schon irritiert. War ihr Blick eben nicht noch ein Stückchen weiter zur Tür gerichtet gewesen? Erneut drängten sich ihm Geschichten von rastlosen Wiedergängern in den Sinn, die sich besonders die Alten in Binz zuhauf erzählten. Zwar hielt er das alles für Aberglauben, doch beschlich ihn das ungute Gefühl, beobachtet zu werden. »Unfug«, flüsterte er. Die Unruhe blieb. Nur nicht aus den Augen lassen! Das Gefühl, hier nicht allein zu sein, drückte auf seinen Brustkorb. Der hob und senkte sich unter dieser Last. Wie lange brauchte ein Toter, um ein Wiedergänger zu werden? Eine Woche, einen Tag oder vielleicht nur eine Stunde? Waren das Atemgeräusche? Nein, das konnte nicht sein. Er ging ein Stück auf sie zu, wobei sein Herz vor Angst schmerzhaft verkrampfte. Sie regten sich nicht. Wenn sie wirklich tot sind, könnten sie nicht atmen, dachte er. Während er sich noch ärgerte, dass er Altweibergeschwätz solche Macht über sich gab, fiel ihm der Spiegeltrick ein, den er aus Filmen kannte. Man muss einen Spiegel vor den Mund der Person halten. Beschlägt er, dann atmet die Person und lebt.

In der zweiten Badschublade, die er ängstlich nach nebenan lauschend durchsuchte, fand er einen Vergrößerungsspiegel. Er näherte sich den beiden, vorsichtig. Mit zitternden Fingern hielt er ihm den Spiegel vor den Mund, bereit, auf die beiden einzuschlagen, im Fall der Fälle. Das Glas blieb klar, auch bei ihr. Er brachte den Spiegel zurück. Bevor er die Wohnung verließ, löschte er das Licht und tastete sich im Dunklen zu den Vorhängen. Sie hatten nie Vorhänge und Fensterläden zugleich geschlossen. Erst als die Tür hinter ihm mit leisem Klacken ins Schloss sank, beruhigte sich sein Atem. Die Aufgabe war erledigt.

1

Manche Tage haben etwas zu verbergen, dachte Greta, als sie an diesem 23. Oktober auf dem Beifahrersitz neben ihrer Freundin Lissy saß und durch vorpommersche Dörfer auf der B 105 gefahren wurde. Auch wenn diese Dörfer noch so verlassen wirken – die Gardinen hinter den Alpenveilchen zittern, wenn jemand auf der Straße ist.

Der Tag hatte sonnig begonnen. Keine Wolke am Himmel, als sie mittags in Hamburg losgefahren waren. Sonne in Hamburg! Nun zeigte sich erstes Grau.

Ihr Ziel war das einstige Kaiserbad Binz auf der Insel Rügen, wo Gretas vor kurzem verstorbene Tante beerdigt werden sollte. Greta hatte sie kaum gekannt und freute sich auf die vor ihnen liegende Woche, weg, weit weg von der dröhnenden, stöhnenden Stadt. Nicht, dass sie je deren Trubel mit der Ruhe des Landes hätte tauschen wollen, aber kleine Fluchten taten gut. Sie lächelte, hob das Kinn und atmete tief in ihren Brustkorb hinein. Selbst Lissy, mürrisch von Geburt an, lächelte heute hin und wieder. Jetzt, als ein Traktor mit 30 km/h vor ihr auf die Straße bog, kniff sie allerdings Augen und Lippen zusammen.

»Autobahn würde viel schneller gehen«, sagte Lissy und schlenkerte mit dem V 70 so lange nach links und wieder zurück, bis endlich kein Auto mehr auf der Gegenspur zu sehen war und sie mit brüllendem Motor an dem großen und lauten Gefährt vorbeiziehen konnte.

»Wir haben keine Eile«, erwiderte Greta und stellte den CD-Player noch etwas lauter. Jazz und Sonne wärmten den Innenraum des Wagens.

»Eile ist dir ja grundsätzlich ein Fremdwort«, ereiferte sich Lissy.

»Das Leben erscheint einem länger, wenn man es nicht in Zeitscheiben einteilt.« Zufrieden legte sich Greta tiefer in den Sitz.

»Ich will das gar nicht verstehen.« Lissy schüttelte den Kopf und zog leicht die Brauen hoch.

Greta strich ihrer Freundin über den Oberarm und lachte. Dann lehnte sie sich wieder zurück in den warmen, hellen Sitz und sog den Geruch des Leders ein. Die Bäume hoben sich dunkel gegen die Sonne ab. Greta schloss die Augen. Vor ihren Lidern flackerte es, als würde jemand Licht an- und ausschalten. Sie hatte in der letzten Nacht nicht gut geschlafen. Es gab so viel zu erledigen: ausräumen, organisieren, der Vergangenheit begegnen. Immerhin hatte eine Freundin ihrer Tante angeboten, sich um die Beerdigung zu kümmern. Was heißt angeboten – sie hatte sich geradezu aufgedrängt. Bitte, soll sie, hatte Greta gedacht und dankend angenommen. Aber das Haus würden sie beide selbst ausräumen und sich anschließend um eine Sanierung Gedanken machen. Ein Ferienhaus in Binz sei eine Perle, meinten viele ihrer Hamburger Bekannten. Sie war noch nie dort gewesen, wusste nur, was Reiseführer und Internet versprachen: mondän, feiner Sandstrand, schlossartiges Kurhaus, Seebrücke, prachtvolle Villen mit weiß gestrichenen, filigran verzierten Balkonen und Veranden sowie auf dem Tempelberg in den Granitz-Wäldern das gleichnamige Jagdschloss. Nicht zu vergessen Müthers Schalen-Bauwerk am Strand, ein ufoartiger Ausguck, der wohl einmal Seenot-Rettungsstation gewesen war. Eine Bekannte von Greta hatte sich hier sogar trauen lassen. Hochzeiten – davon hatte Greta bereits genug gehabt. Bleiern legte sich Müdigkeit auf ihre Lider. Gedankenfragmente kamen und flogen zusammen mit den Baumschatten fort. Irgendwo weit weg dudelte eine Klarinette. Ihr Kopf fiel auf die Schulter. Ihr Mund öffnete sich. Lissy blickte zur Seite und lächelte. Dabei nahm ihr Gesicht jene herzlich-mütterlichen Züge an, die Greta selten zu sehen bekam. Sie war in Lissys Augen noch immer ein kleines unvernünftiges Mädchen, das erzogen werden musste.

Plötzlich weckte etwas auf der linken Straßenseite Lissys Aufmerksamkeit.

»Was ist das denn?«, sagte sie etwas zu laut. Greta riss die Augen auf und stemmte sich nach oben, benommen vom Schlaf. Dann folgte sie Lissys Blick. Ihre Augen hatten sich noch nicht scharf gestellt, und so sah sie zunächst nur etwas Dunkles inmitten von Grün und Grau. Nach und nach klärte sich das Bild: Viele schwarz gekleidete Personen, vielleicht 50, hatten sich versammelt. Das Grün waren Akazien, die einen Friedhof umrahmten. Grau war die Feldsteinkirche, an deren Fuß die Trauergemeinde stand. Grau hatte sich inzwischen auch der Himmel gefärbt. Eine Wolke schob sich über die andere, immer tiefer zur Erde hin. Blau und Sonne waren verschwunden. Auf dem Parkplatz drängten sich Limousinen, ebenfalls überwiegend schwarz. Greta dachte unweigerlich an Mafia-Filme. Ein befremdliches Bild für diese sonst menschenleere Gegend, in der es viel Verfall und wenig Geld gab. Sie begann sich unwohl zu fühlen und hoffte, Lissy würde schneller fahren. Die schwarz Gekleideten wirkten nicht traurig, sondern sogar fast bedrohlich. Sie schienen nicht zu reden, sie bewegten sich auch nicht. Standen einfach nur da, wie versteinert, als würden sie selbst nicht mehr leben. Als Gretas Eltern beerdigt worden waren, hatten sich die Trauernden trotz allem Schmerz unterhalten. Sie hatten sich einander zugewandt, Grüppchen gebildet, geschluchzt, sich tröstend umarmt, Hände geschüttelt. Hier aber war alles starr. Greta sah zu Lissy. Deren Blick wechselte ständig zwischen Straße und Friedhof hin und her. Auch ihr schien nicht zu gefallen, was sie sah, doch statt schneller zu fahren, verlangsamte sie das Tempo. Greta fühlte sich an diese Filmszenen erinnert, in denen sich plötzlich jemand umsieht, den Vorbeigehenden registriert und sich daraufhin auch alle anderen umdrehen und sich langsam, aber stetig nähern. Als könnte ihnen niemand je entkommen.

»Das droht uns auch bald«, sagte Lissy.

»Was?«, fragte Greta, die sich so schnell nicht aus ihren Gedanken lösen konnte.

»Na, die Beerdigung. Oder nach was sieht das dort aus?«

»Kannst du schneller fahren? So kommen wir ja nie an.«

»Ich dachte, wir haben Zeit. Und das Leben wäre ohne Zeitscheiben doppelt schön …« Lissy blicke wieder geradeaus und trat das Gaspedal stärker durch.

»Herrgott«, stöhnte Greta und schüttelte den Kopf. Je weiter sie den Friedhof hinter sich ließen, desto langsamer schlug ihr Herz. Sie atmete aus und lehnte den Kopf wieder an den Sitz.

»Ich habe Hunger«, sagte Lissy einige Minuten später und hielt an einer Tankstelle mit Imbiss an. Greta rieb sich noch einmal die Augen. Ein einziges Auto stand wie vergessen an einer der Zapfsäulen. Und auch sonst wirkte dieser Ort wie ausgestorben. Greta hatte wenig Lust, diesen trostlosen flachen Bau zu betreten, dessen Grau fast mit dem des Himmels verschmolz.

»Meinst du nicht, wir finden noch einen richtigen Landgasthof, etwas Ansprechenderes?« Greta machte keine Anstalten, die Autotür zu öffnen.

»Ich fahre seit dreieinhalb Stunden, meine Beste«, sagte Lissy und klopfte mit dem rechten Zeigefinger auf ihre Uhr, ein Herrenmodell aus den 70er-Jahren. »Ich brauche Essen, ein bisschen Bewegung und frische Luft. Und seit zirka einer Stunde habe ich nichts gesehen, was so aussah, als würde ich dort etwas Essbares bekommen.«

»Ist ja gut, ist ja gut!«, sagte Greta. »Ich bezweifle nur, dass ein fetttriefender Burger das Richtige für jemanden ist, der den ganzen Tag sitzend verbringt.«

»Ich weiß schon selbst, was gut für mich ist, gnädige Dame.« Lissy öffnete die Wagentür. Kalte Luft drang ins Auto. Greta rieb sich die Arme und griff mürrisch nach ihrem Kaschmirmantel.

»Ich will doch nur dein Bestes!«

»Wenn du das willst, solltest du den Führerschein machen.«

»Wozu?« Greta war ausgestiegen und hüllte sich fest in ihren Mantel. Ihre Freundin verdrehte die Augen, zog sich ihre Steppjacke über und streckte die Arme nach oben. Dann beugte sie sich nach rechts und links, nach hinten und schließlich nach vorne, bis sie die Spitzen ihrer Turnschuhe berührte. Lissy war eine stramme kleine Frau mit kurzen dunklen Haaren, die auch mit ihren 50 Jahren noch wie ein Junge aussah. Erst als sie ihre Übungen beendet hatte, griff sie Gretas Frage auf.

»›Wozu‹, fragt sie!« Vor ihrem Mund bildeten sich Wölkchen.

»Mein Gott, ich hatte immer Männer, die mich gefahren haben. Und als Frau finde ich das nur recht und billig.«

»Ich bin übrigens selbst eine Frau, falls das von Interesse ist.« Lissy keuchte sich jetzt durch zehn Kniebeugen.

»Daran zweifelt ja auch niemand, aber du bist eben ein ganz anderer Typ.« Greta rieb sich erneut mit den Händen die Arme. Sie dachte nicht daran, sich an den Leibesübungen zu beteiligen.

»Ach ja?«, sagte Lissy und ließ ihre seitlich gestreckten Arme nach hinten federn, nachdem sie die Kniebeugen beendet hatte. »Welcher Typ Frau bin ich denn?« Ihre Wangen waren rot.

»Na, mehr so der …, der …, der selbstständige Typ.«

»Du meinst eine Frau vom Typ Mann, die tropfende Wasserhähne repariert, die andere Damen chauffiert, Regale zusammenbaut – ohne diese lästige Beischlafgeschichte.«

Greta legte den Arm um ihre Freundin, die gut einen Kopf kleiner war als sie, und schob sie in den Imbiss. »Ich lade dich ein«, sagte sie, »wie ein Mann.«

Gretas Freude auf das Binzer Hotel wuchs mit der Zahl unsanierter Häuser am Straßenrand. Ein Großteil der Katen verabschiedete sich offenbar seit Jahren von seinem Putz beziehungsweise war von Schimmel durchzogen, manchmal bis hoch zum Dach. Hin und wieder sah man sogar Kunststofffensterrahmen. Sie wirkten aber auf dem Grau wie ein Versehen oder falscher Optimismus. Rechts von der Straße liefen Bahnschienen entlang, zu denen hier und da alte Bahnhofshäuschen aus Backstein gehörten. Manche standen bereits leer, andere waren zu Cafés oder Wohnhäusern ausgebaut worden. Zwischen den kleinen Ortschaften konnten sie Weite genießen, Stoppelfelder, grüne Felder mit Wintersaat, gelbe Felder mit Gelbsenf, an den Rändern hölzerne Hochstände, die meist an Wälder grenzten. Diese Wälder wirkten wie bunte Hallen, als sie hindurchfuhren. Der Herbst hatte sie orange, gelb, manchmal sogar tiefrot gemalt. Selbst der Waldboden schimmerte in diesen Tönen, wenn er nicht gerade vom vertrockneten hellbraunen Farnkraut bedeckt war. Manchmal wurde das Farbenspiel von dunklem Tannendickicht durchbrochen. Dicht bei einem Dorf namens Karnin lag im Wald ein kleiner See, dessen Oberfläche wie ein silberner Spiegel aussah. Umgeben war er von alten, knorrigen, mit Efeu bewachsenen Bäumen. ›Märchenland‹, dachte Greta. Je tiefer sie in den Osten fuhren, desto einsamer wurden die Ortschaften. Hin und wieder warnten Schilder der Verkehrswacht am Straßenrand vor der Unfallgefahr. Auf einem las Greta »Kein Ort zum Sterben«. Es passte zu dem verfallenen Stall, an dem sie gerade vorbeifuhren. In den Vorgärten vieler Häuser scharrten Hühner, Gänse und Enten in der Erde neben Gastanks. Möwenscharen machten sich über die Felder her, auf denen frische Saat ausgebracht worden war. Auch Raubvögel kreisten darüber, in der Hoffnung auf Mäuse und andere kleine Tiere. Allenfalls die Stromleitungen erinnerten an die Zivilisation. Vor einem Häuschen, das aussah, als könnte es vom Fahrtwind des nächsten Lastwagens umkippen, stand eine alte Frau. Das Kopftuch hatte sie vor dem Kinn zusammengebunden. Ihr Körper verlor sich in einer Arbeitsjacke, aus der eine Kittelschürze heraushing. ›In Hamburg undenkbar‹, dachte Greta, und konnte sich von dem Anblick nicht losreißen. Selbst Lissy drehte den Kopf zur Seite. Die Alte stand da mit in die Seite gestemmten Armen, betrachtete ihren Garten und dann den Hamburger Volvo. Das meinte Greta deutlich zu spüren, auch ohne die Augen der Alten zu sehen. Und so blieb es, bis sie über den nächsten Hügel verschwunden waren. Sie dachte an Frieda, ihre verstorbene Tante. Sie sei eine Hexe, hatte Gretas Mutter ihr früher in Kindertagen erzählt – aber eine gute Hexe. Später hatte sie das Thema nicht mehr angesprochen und Greta hatte auch nie wieder danach gefragt. An so etwas hatte sie nie geglaubt. »Ob Friedas Haus auch so aussieht?«, fragte sie jetzt und zeigte zur rechten Straßenseite auf einen verfallenen Katen mit dunklen Fensterhöhlen.

»Ich will es nicht hoffen.«

»Ich habe ein ungutes Gefühl. Sie war sicher geizig, wie viele alte Leute, und sie hatte keinen Mann. Ihre Mutter war auch allein gewesen. Zwei männerlose Generationen sind der Tod jedes Hauses.«

»Mal sehen, wie lange unsere Wohnung der Frauen-WG noch standhält«, sagte Lissy, während sie einen Pfefferminzbonbon aus der Tüte zwischen den beiden Sitzen fummelte.

»Wir haben ja dich«, erwiderte Greta und klappte den Sonnenschutz mit dem Spiegel herunter. Sie fuhr sich durch ihre Haare und freute sich, dass darin trotz ihrer 50 Jahre noch immer das Blond überwog. Sorgen bereiteten ihr die sich immer tiefer ins Gesicht schneidenden Falten. Sie waren glücklicherweise spät gekommen, als feine Linien, aber selbst an die hatte sie sich damals mit Ende 30 nur schwer gewöhnen können.

Am Horizont wuchs die Silhouette einer Stadt. Erst jetzt wurde Greta richtig bewusst, wie beklemmend die einsamen Dörfer, durch die sie seit Ewigkeiten gefahren waren, auf sie gewirkt hatten. Allmählich wurde es leichter in der Brust. Sie atmete tief ein. Selbst die nun immer größer werdenden Gewerbegebiete konnten ihre sich aufhellende Stimmung nicht trüben. Die Dörfer wirkten gepflegter mit frisch verputzten rot, gelb oder weiß gestrichenen Häusern. Auf einem Feld drehten sich Windräder wie Derwische in Zeitlupe.

»Das müsste jetzt Stralsund sein«, Lissy klopfte mit dem Zeigefinger auf den Atlas auf Gretas Schoß. »Hier, schau doch mal nach.«

»Ich kann beim Fahren nicht lesen«, erwiderte Greta und blickte weiter geradeaus.

»Du sollst auch nicht lesen, sondern auf die Karte gucken.«

»Das ist ja noch schlimmer. Mir wird schwindelig von diesen ganzen Linien. Zu Weihnachten schenke ich dir ein Navigationssystem.«

Lissy verdrehte die Augen und kniff die Lippen zusammen.

Greta schlug nun doch den Atlas auf, klappte ihn aber nach wenigen Sekunden wieder zu, nachdem sie einige Seiten umgeblättert hatte, offenbar ohne etwas zu finden.

»Das muss Stralsund sein. Andere große Städte gibt es hier in diesem Niemandsland ja gar nicht.«

Sie hatte sich, wie vor jeder Reise, ein wenig belesen, allerdings nur oberflächlich. Für mehr fehlte ihr die Geduld. Orte begannen sie immer erst dann zu interessieren, wenn sie dort war.

Von der viel gerühmten historischen Stralsunder Altstadt war zunächst nicht viel zu sehen, stattdessen Plattenbauten. Nicht, dass es anders gewesen wäre, wenn man von Osten nach Hamburg hineinfuhr, aber hier hatte Greta es nicht erwartet. Erst nachdem sie die äußeren Stadtteile hinter sich gelassen hatten, erhoben sich linkerhand endlich die majestätischen Kirchenbauten St. Marien, St. Nikolai und St. Jakobi über der Silhouette der Stadt. Greta kannte diese drei Backsteinriesen von Fotos.

»Kurzer Halt?«, fragte sie.

»Keine Zeit«, brubbelte Lissy, und im Nu hatten sie das gleichzeitig gewaltige und filigrane Bauwerk der Rügenbrücke erreicht. Greta fühlte sich sofort an die Golden Gate Brücke erinnert, nur dass diese hier weiß und nicht rot war. Sie überfuhren den breiten Strelasund, jenen Meeresarm der Ostsee, der die Insel Rügen vom Festland trennt und die kleine herzförmige Insel Dänholm umfließt. Über der Insel hatten sich die Wolken zu einer Decke zusammengeschlossen. Während die beiden Frauen die Rügenbrücke überquerten, drehte sich Greta noch einmal um. Es sah aus, als würden sie gerade die Grenze zwischen Tag und Nacht überschreiten.

Rügen zeigte sich zunächst flach und waldlos, gar nicht pittoresk, wie es die Reiseführer versprachen. Mit den ersten Kiefern, die links auf der Bildfläche erschienen, erinnerte sich Greta, dass das Meer nicht weit war. Das Meer! Unendlichkeit, Frische, Leben, Kraft – nirgendwo sonst fühlte sie sich so wohl wie am Meer. Sie straffte ihren Rücken, hob ihr Kinn und verschlang die unter dunklen Wolken vorbeiziehende Landschaft geradezu mit ihren Blicken. Links bildeten nun kahle Bäume eine halbe Allee. Die rechte Seite war baumlos und bot einen weiten Blick auf ein sehr flaches Land mit leerem, braunem Acker. In Rambin zeigte sich erstmals Rügens Schönheit in Form von gepflegten Häusern, mitunter sogar Villen, einer prächtigen Backsteinkirche und weiter hinten am Ortsausgang, ganz versteckt, einer verlassenen Kapelle.

Endlich lockerten Hügel das Land auf. Bänder von Weiden durchzogen die noch grünen Wiesen. Auf einem Stoppelfeld tranken drei Kraniche aus einem Wasserloch. Die Landschaft zeigte sich zunehmend wilder. Die Wolken vermischten sich nach und nach mit der Dämmerung und ließen die Frauen die Eichen- und Buchenalleen, die sich wie Tunnel über die Straßen wölbten, nur noch erahnen, ebenso die Wälder, die umso dichter wurden, je weiter sich Greta und Lissy Binz näherten. Irgendwo waren einige Alleebäume mit weißen Kreuzen versehen. Bergen hatten sie bereits hinter sich gelassen. Viele Autos waren jetzt nicht mehr unterwegs.

»Wir sind mal wieder viel zu spät losgekommen«, schimpfte Lissy.

»Was hätten wir davon, jetzt eine Stunde eher hier zu sein?«

»Wir wollten zwei Stunden früher abfahren, als wir es heute geschafft haben, wenn ich dich an unsere Unterhaltung gestern Abend erinnern darf.«

»Mach dir doch das Leben nicht unnötig schwer! Und wenn wir um Mitternacht ankämen, was wäre so schlimm daran?«

»*Du* musst ja nicht im Dunkeln fahren.« Lissy saß nach vorne geneigt, den Kopf auf Höhe des Lenkrades, die Augen zusammengekniffen.

»Dann hätten wir gestern nicht so lange reden sollen«, sagte Greta und rekelte sich im Sitz.

»Du musstest ja noch die zweite Flasche Wein öffnen.«

»Wir sind doch keine Kinder, die um acht Uhr ins Bett müssen.«

»Aber du brauchst immer noch deine acht Stunden Schlaf zuzüglich Mittagsruhe.«

»Wer viel schläft, bekommt weniger Falten«, sagte Greta.

Lissy griff sich reflexartig ans Gesicht und winkte dann sofort ab. »Woher du das wieder hast!«, stieß sie hervor und schüttelte den Kopf.

Gleich nachdem sie an Prora vorbeigefahren waren, erreichten sie Binz.

Greta genoss die Straßenbeleuchtung, als sie in das Seebad hineinfuhren.

Das Hotel *Strandgold* lag unmittelbar an der Promenade, südlich der Seebrücke, zu den Wäldern der Granitz hin, die um diese Zeit den weißen Ort bereits schwarz umrandeten. Als sie aus dem Auto hinter dem Hotel stiegen, hörten sie die Wellen sanft und monoton rauschen. Eine leichte Brise kam von der See. Greta war, kaum dass sie ihren Mantel übergeworfen hatte, um das Hotel gelaufen und in Richtung Meer verschwunden. Sie lief den Strandaufgang hinunter, stellte sich einen Augenblick ans Wasser und sog mit geschlossenen Augen die salzige Luft, die nach Tang und Fisch roch, ein, wohl wissend, dass ihre Freundin darüber sehr erbost sein würde. Und sie lachte leise, als sie den für Lissy typischen Pfiff hörte. Sie konnte sie förmlich vor sich sehen, wie sie den Kopf schüttelte, mit den Füßen stampfte und Daumen und Zeigefinger zwischen die Lippen schob.

»Manchmal bist du wirklich wie ein Kind«, fluchte Lissy, als Greta mit roten Wangen wieder vor ihr stand. Bevor sie ihre Koffer nahmen, blickten sie beide zum Hotel. Es hob sich deutlich ab von den hier sonst üblichen schneeweißen Villen mit Türmchen und weißen filigranen Holzveranden, die an Spitzenkragen erinnerten und selbst im Dunkeln zu leuchten schienen. Das *Strandgold* war zweifelsohne ebenfalls ein majestätischer Bau, allerdings war es das einzige Haus weit und breit, das mit Backstein verklinkert war. Wären nicht die vielen beleuchteten Fenster gewesen, es hätte düster ausgesehen. Auch der moderne Anbau zum Garten hin war mit dunklem Holz verkleidet. Greta hakte sich bei Lissy unter. Als sie hineingingen, eilte ein Mann an ihnen vorbei, grüßte flüchtig und verschwand in einer Limousine, die vor dem Hotel geparkt war. Greta drehte sich noch einmal um. Der Mann hatte so blutleer ausgesehen, als hätte er lange nicht mehr richtig geschlafen.

Lissy zog Greta in die Lobby. Dieses Haus präsentierte sich auch von innen düster, mit dunklen Holzverkleidungen, einem bordeauxroten hochflorigem Teppichboden, gemusterten edlen Tapeten und schweren Stoffvorhängen. Hier und da befanden sich alte Spiel- oder Nähtischchen aus Nussbaumholz, auf denen Bücher und Zeitschriften lagen oder mit herbstlichen Sträußen gefüllte Blumenvasen standen. Greta war neugierig auf die Zimmer.

An der Rezeption empfing sie eine blasse, junge Frau, die man noch gut hätte als Mädchen bezeichnen können. An ihrem marineblauen Kleid haftete ein Schild, auf dem *Marie* stand. Sie erklärte brav, aber lustlos, wo Zimmer und Restaurant zu finden seien. Dann stiegen Greta und Lissy in den Fahrstuhl, der so eng war, dass ihre Koffer nur übereinander Platz fanden. Bevor dessen Tür sich geschlossen hatte, durchschritt ein seltsamer Mann die Lobby. Mit seinen verschmutzten Arbeitssachen wirkte er hier, in dieser Ansammlung edler Hölzer und Stoffe, wie ein Fremdkörper. Seine rechte Hand umklammerte einen Spaten. Er bewegte sich ungelenk und erinnerte auch durch seine schmale Statur an eine Holzpuppe.

Oben angekommen, erreichten die beiden Frauen über einen kleinen Flur, eingerichtet wie die Lobby und durch kleine Wandlampen schwach ausgeleuchtet, ihre Zimmer. Sie waren durch eine Tür miteinander verbunden und ebenfalls mit Antiquitäten aus Nussbaum möbliert, die Greta auf die Zeit um 1900 schätzte. Allerdings griffen die Stoffe hier eher den maritimen Charakter des Seebades auf, was die Zimmer frisch aussehen ließ. Der weiche Teppichboden war dunkelblau. Die Stühle und das Sofa waren mit demselben blau-weiß gestreiften Stoff bezogen, aus dem auch die Vorhänge genäht waren.

Als die Neuankömmlinge ausgepackt und sich erfrischt hatten, beschlossen sie, noch ein wenig auf der Promenade spazieren zu gehen. Der Wind hatte nachgelassen. Ohne das Rauschen der Wellen wäre es totenstill gewesen. Hier hinten, etwas abseits von Hauptstraße und Kurhaus, war um diese Zeit kaum noch jemand unterwegs. Es war gerade 22 Uhr geworden. Auch in die Hotels und Appartementhäuser, zu denen die meisten Villen an der Promenade umgebaut worden waren, schien Ruhe eingekehrt zu sein. Viele Vorhänge waren bereits zugezogen. Dahinter brannten schwache Lichter. Selbst die Restaurants waren kaum noch beleuchtet.

»Habe ich dir eigentlich je erzählt, dass Frieda eine Art Hexe gewesen sein soll?« Greta wunderte sich selbst, warum sie ausgerechnet jetzt daran dachte. Es gab bessere Situationen dafür als hier auf der dunklen Promenade, begleitet vom traurigen Wellenschlag.

»Du hattest mal so etwas erwähnt, aber wenn ich mich richtig erinnere, war die Rede vom Besprechen und nicht vom Verhexen gewesen.«

»Ist das nicht dasselbe?« Greta rückte dichter an Lissy heran und hakte sich unter.

»Ich finde nicht. Der Begriff ›Hexe‹ erinnert mich an Märchen. Ich sehe da automatisch einen Buckel mit Katze darauf und eine Warze auf der Nase«, sagte Lissy in ihren Kragen, den sie bis über den Mund mit dem Reißverschluss zugezogen hatte.

»Meine Mutter hatte Frieda damals jedenfalls so genannt, weil die sich mit Magie befasst hatte.«

»Also hat sie nun Krankheiten besprochen oder Magie betrieben? Das ist nicht dasselbe«, erwiderte Lissy.

»Für mich schon. Es geht schließlich über das hinaus, was sich rational erklären lässt.«

»Menschen, die diese Gabe besitzen, sprechen das vegetative Nervensystem an. Das ist sehr rational,« entgegnete Lissy und zuckte kurz zusammen, als es im Busch neben ihnen plötzlich raschelte.

»Das hört sich sehr abstrakt an«, zweifelte Greta. Vor ihrem Mund bildeten sich Atemwölkchen.

»Dann gebe ich es dir genauer: Das vegetative Nervensystem wird auch autonomes Nervensystem genannt. Es reguliert automatisch körperliche Vorgänge, wie Herzschlag, Stoffwechsel oder Verdauung, und lässt sich bewusst nicht beeinflussen.«

»Also wird es beim Besprechen unbewusst beeinflusst.«

»So ist es. Und nicht nur dadurch. Auch mit Yoga oder autogenem Training funktioniert das.«

»Da mache ich seit 30 Jahren Yoga und beeinflusse unbewusst mein vegetatives Nervensystem! Wer hätte das gedacht!« Greta lachte kurz auf.

»Würdest du das ernsthafter betreiben und nicht nur, um hinterher mit deinen Damen Martini trinken zu gehen, würde es vielleicht sogar funktionieren«, konterte Lissy und wurde dafür sanft in die Seite geboxt.

»Also kann offenbar nicht jeder das vegetative Nervensystem beeinflussen. Man benötigt besondere Fähigkeiten. Im Mittelalter wurden solche Menschen Hexen genannt, womit wir wieder am Ausgang wären«, stellte Greta fest.

»Meine Liebe, du hast wie immer Recht. Zumindest fast: Die Hexenverfolgungen hatten ihre große Zeit erst nach dem Mittelalter. Wie dem auch sei: Mir sind Tabletten lieber als eine runzlige Hand auf meinem Körper.«

»Aber es hilft! Ich war als Kind selbst einmal bei so einer alten Frau.«

»Warum?«

»Warzen. Der Hautarzt wollte sie herausschneiden. Frieda empfahl uns, zum Besprechen zu gehen. Und sämtliche Warzen sind nach drei Sitzungen verschwunden, wie durch Zauberhand, könnte man meinen«, sagte Greta und schrie noch im gleichen Augenblick auf. In einer Baumkrone über ihnen hatte plötzlich eine Elster zu schimpfen begonnen und war dann dicht an ihren Köpfen vorbeigeflogen. Vermutlich saß sie jetzt auf einer Straßenlaterne oder einem Hausdach und beäugte die beiden Frauen. Greta beschlich das bedrückende Gefühl, dass nicht nur das Tier sie beobachtete. Erst als sie sich dem Kurhaus und der benachbarten Seebrücke genähert hatten, als die Straßen wieder stärker beleuchtet waren, merkte sie, wie fest sie sich an Lissy gekrallt hatte. Links strahlte die Hauptstraße, wo zu früherer Stunde bestimmt ganz Binz auf- und abflanierte. Rechts von ihnen ragte die Seebrücke weit in die Ostsee. Als sie das Bauwerk betraten, hatten sie das Gefühl, die Holzplanken unter ihren Füßen würden ins Unendliche reichen. Irgendwo weit hinten schienen sie immer schmaler und dunkler zu werden, bis sie mit dem nächtlich schwarzen Meer verschmolzen. Greta und Lissy blieben auf der Mitte stehen und sogen die salzige Meerluft ein. Eine einzelne Böe fegte über die Brücke und ließ ein trockenes Ahornblatt vor den Füßen der beiden Frauen tanzen. Sein Rascheln durchbrach die Monotonie des Wellenschlages.

»Lass uns umkehren. Ich bin bettschwer«, sagte Lissy.

2

Wer stand dort nachts am Meer? Greta konnte die Person nur schemenhaft erkennen. Sie hatte etwas Gespenstisches an sich, wie sie so ohne jede Bewegung, verschwommen aussehend, auf das Wasser blickte. Oder sah sie Greta an? Es war einfach nicht feststellbar. Nebel zog vom Wasser her an den Strand und verschlechterte die Sicht noch mehr. Auch als Greta die Augen zusammenkniff, konnte sie nicht mehr erkennen. Sie rief nach der Gestalt, aber kein Laut formte sich. Sie riss ihren Mund weit auf und holte tief Luft, aber sie blieb stumm. Ihr Herz begann zu rasen. Sie fühlte sich, als würde ihr Körper ihrer Kontrolle entgleiten. Endlich ertönte ein Schrei, aber es war nicht ihrer. Es folgten weitere. Dann eine Stimme: »Was war das?«, und lauter: »Hast du das gehört? Schläfst du etwa noch?« Gretas Traumbilder verblassten und verbanden sich langsam mit der Wirklichkeit, mit dem warmen Geruch nach Holz, mit der glatten Bettwäsche, an die sie sich schmiegte, und mit der Unruhe, die vom Flur in ihr Zimmer drang. Es dauerte einige Zeit, bis ihre Augen sich scharf gestellt hatten und sie Lissy in ihrer Zimmertür stehen sah, den Morgenrock mit der rechten Hand über dem strammen bebenden Busen zusammengehalten. Mit Lissy drang ein greller Lichtstrahl in Gretas Zimmer. Sie erhob sich und hielt sich die linke Hand vor die Augen. Noch einen Moment lang hielt sich das Gefühl, aus etwas Wichtigem herausgerissen worden zu sein, wie es nach Träumen so oft der Fall ist.

»Was ist denn los?«, fragte Greta und setzte sich aufrecht hin. Lissy schaltete auch ihren Deckenleuchter ein.

»Jemand hat geschrien«, entgegnete Lissy aufgeregt und zeigte zur Zimmertür, die zum Flur führte.

»Woher kamen die Schreie?«, fragte Greta, während sie ihren seidenen Morgenrock aus dem Schrank holte. Draußen klappten Türen. Die Fahrstühle surrten leise. Von der Holztreppe her waren eilige Schritte zu hören.

Lissy öffnete die Tür und spähte hinaus.

»Dort scheinen sich alle zu versammeln. Lass uns hinuntergehen!«, schlug Greta vor und stürmte mit wehendem Morgenrock voran.

Je weiter sie die Treppe hinabgingen, um so lauter wurde der Stimmenwirrwarr. Rund 20 Personen standen hier, redeten und gestikulierten. Einige trugen ebenfalls Morgenröcke, andere weiße Bademäntel mit Hotellogo. Manch einer hatte sich einfach Pullover und sonstige Kleidung vom Tage übergezogen. Die Gesichter der Anwesenden waren vom Schlaf geschwollen und blass, die Haare zerwühlt. Vor Kälte rieben sich viele die Arme. Bereits von der Treppe aus war zu sehen gewesen, dass in der Mitte jemand saß. Dorthin kämpfte sich Greta vor. Auf einem Sessel, der offenbar extra hierhergetragen worden war, saß Marie, eben jene junge Frau, die sie wenige Stunden zuvor noch empfangen und ihnen die Schlüssel ausgehändigt hatte. Der große Samtsessel schien sie zu verschlucken, so klein wirkte sie darin. Immer wieder schüttelte sie den Kopf. Ihr schmaler Brustkorb hob und senkte sich in kurzen Intervallen. Sie atmete nur stoßweise und war kreidebleich.

»Was ist denn passiert?«, fragte Greta laut und Marie fuhr zusammen. Erst jetzt wurde Greta bewusst, dass sie deren

Bericht gestört hatte. »Psst!«, tönte es von den Umstehenden. Greta ging einen Schritt zurück.

»Sie war auf dem Rasen beim Gartenhaus«, fuhr Marie ihre offenbar längst begonnene Erzählung fort, und es hörte sich an, als würde ihre Zunge bei jedem Wort am Gaumen kleben bleiben. Sie sprach so leise, dass sie nur von denjenigen verstanden werden konnte, die sie direkt umstanden. Sie sah niemanden an und schien auch die auf sie gerichteten Blicke nicht wahrzunehmen. Immer wieder krallte sie ihre Hände ineinander und strich dann über ihre Schenkel.

»Wovon spricht sie?«, fragte Greta unbeeindruckt dazwischen.

»Sie will jemanden gesehen haben, der eigentlich tot ist, wenn ich das richtig verstanden habe«, flüsterte die blonde Frau neben ihr. Wieder ermahnte ein scharf zischendes Geräusch der anderen sofort zur Stille.

»Dann muss es sich um eine Verwechslung handeln oder der Tote lebt«, folgerte Greta und reckte ihre Schultern.

»*Die* Tote«, hörte Greta jemanden sagen, »Es war eine Frau.«

»Ein Wiedergänger.« Die Worte waren kaum hörbar, so leise hatte die Frau hinter Greta gesprochen. Es schien, als hätte sie das nur für sich selbst festgestellt. Greta drehte sich langsam um und sah ein rundes gutmütiges Gesicht, umrandet von rotem Haar, dessen Konsistenz an Zuckerwatte erinnerte. Greta wandte sich wieder Marie zu. Die sah die Rothaarige an, als suchte sie bei dieser Frau Halt, und sagte: »Ich dachte, so etwas gibt es gar nicht wirklich.«

»Was ist ein Wiedergänger?«, fragte Greta.

»Ein Untoter. Jemand, der zwar gestorben ist, aber zu den Lebenden wiederkehrt«, erwiderte die Rothaarige.

»Wie bitte?«, fragte Greta und reckte ihren Kopf der Frau entgegen.

»Viele meinen, dass es sich dabei nur um einen alten Glauben handelt, um Gespenstergeschichten, aber es gibt zahlreiche Berichte, nach denen Leute Wiedergänger gesehen haben wollen.«

Greta nickte mit zusammengezogenen Brauen. »Und welche Tote genau meinen Sie nun vorhin gesehen zu haben?«, fragte sie Marie.

»Renate Goldmann«, war die ängstlich geflüsterte Antwort. »Hinten auf dem Rasen.«

»Wer ist das?« Greta blickte fragend in die Runde.

»Sie war die Besitzerin dieses Hotels«, antwortete die Rothaarige, die einen Schritt vorgegangen war und nun neben Greta stand. »Sie hat ihren Mann und dann sich selbst vor drei Wochen umgebracht – vergiftet.« Dabei sprach sie besonders leise und blickte sich prüfend um, als hätte sie etwas Verbotenes gesagt.

»Könnte es nicht auch jemand anderes gewesen sein, den Sie gesehen haben?«, fragte Greta Marie und hockte sich vor sie hin. »Schließlich ist es dunkel.« Die Umstehenden rückten dichter. Niemand wollte etwas verpassen.

»Nein, sie war es! Und es ist ja nicht das erste Mal, seit sie tot ist.«

»Was ist passiert, meine Herrschaften?«, hörte man plötzlich eine heisere Männerstimme, durchdrungen von Angst und Höflichkeit.

Da niemand antwortete, sprach der Mann weiter: »Ich bitte schon jetzt um Entschuldigung für eventuelle Unannehmlichkeiten. Aber was ist denn passiert?«

»Da«, lautete die einsilbige Antwort weniger Gäste, die gleichzeitig auf das verstörte Mädchen auf dem Sessel zeigten.

Wie alle anderen trat Greta zur Seite, um dem Dazugekommenen Platz zu machen. Sie schätzte ihn auf etwas über 40, er war blond und blass, allerdings in diesem Moment mit dunkelroten Wangen. Sein Atem pfiff aus geblähten, dünnen Nasenflügeln.

»Georg Tezlaw, der neue Chef«, flüsterte die Rothaarige Greta zu, wobei in ihrer Stimme Angst zu liegen schien. Greta erkannte in ihm den Mann, der bei ihrer Ankunft in einer dunklen Limousine fortgefahren war.

Als Tezlaw verstand, dass seine Rezeptionistin die Ursache der Aufregung war, verfinsterte sich seine Miene. Er schloss kurz die Augen, zog die Brauen hoch und atmete tief ein.

»Was ist denn passiert?«, fragte er erneut, diesmal allerdings genervt.

Das Mädchen wirkte jetzt noch ängstlicher und verkroch sich tief in den Sessel.

»Ihre Mitarbeiterin sagt, sie hätte eine Frau gesehen, hinter dem Haus auf dem Rasen«, sprang Greta für Marie ein, die gerade zum Reden unfähig schien.

»Ja, und?«, hakte Tezlaw nach, den Blick nach wie vor auf Marie gerichtet. Die Rothaarige trat einen Schritt zurück.

»Die Frau soll eigentlich bereits verstorben sein«, antwortete Greta und stellte sich ins Blickfeld des Mannes, so dass dieser geradezu gezwungen war, sie anzusehen. »Wie hieß sie noch gleich?«, wandte sie sich an die Rothaarige.

»Renate Goldmann«, antwortete diese, kaum hörbar. Dabei lächelte sie Georg Tezlaw an, als wollte sie sich dafür entschuldigen.

Einen Augenblick lang schien er die Fassung zu verlieren. Die Farbe wich nun auch aus seinen Wangen. Er stöhnte und hielt sich kurz die Hände vors Gesicht. Dann straffte sich sein Körper, und er blickte wieder hoch, diesmal zu Greta. Er bemühte sich zu lächeln. Marie blickte auf ihre Hände, die sie vor ihrem Bauch zusammengefaltet hielt.

»Gut, das klären wir am besten gleich allein«, knurrte er Marie an. Und zu den Gästen sagte er jovial: »Und bei Ihnen möchte ich mich für die Störung Ihrer Nachtruhe in aller Form entschuldigen. Für jeden gibt es als kleine Entschädigung morgen zum Frühstück ein Glas Champagner auf Kosten des Hauses.«

Die Menge löste sich auf. Die Fahrstühle begannen wieder zu summen. Füße schleppten sich die Treppe hoch. Der Hotelchef und seine Angestellte blieben allein zurück. Lissy musste Greta geradezu von den beiden fortziehen. »Das geht uns nichts an«, flüsterte sie.

Greta konnte nicht einschlafen. Was hatte Marie wirklich gesehen? Diese Frage nahm ihr die nötige Ruhe. Sie stand auf und holte sich aus dem Bad ein Glas Wasser. Durch die Verbindungstür konnte sie Lissy schnarchen hören – ein ihr wohlbekanntes Geräusch. Seit Gretas dritter Ehemann Maxim vor sieben Jahren ums Leben gekommen war – damals war sie gerade 43 geworden – lebte sie mit ihrer Freundin in einer großen Altbauwohnung in Hamburg-Harvestehude zusammen. Lissy hatte zu dieser Zeit bereits drei Jahre allein zugebracht, nachdem ihr erster und einziger Ehemann mit einer blutjungen Angestellten durchgebrannt war. Die Verlassene hatte daraufhin alles aus ihm herausgeholt, was ihr das Wissen aus ihrem Jura-Studium ermöglichte – und das war sehr viel.

So viel, dass sie bis ans Ende ihres Lebens sorgenfrei, sogar mehr als das, leben konnte.

Greta stellte sich an das hohe Fenster, öffnete den Vorhang einen Spalt breit und blickte zum hinter dem Hotel gelegenen Garten, in dem eine hölzerne Hütte stand. Dort wollte das Mädchen kaum eine halbe oder dreiviertel Stunde zuvor diese Frau gesehen haben, diese tote Frau. Greta hatte schon viel erlebt – immerhin waren ihre ersten beiden Ehemänner höhere Kripobeamte und ihr Vater Landeskriminaldirektor in Hamburg gewesen –, aber Tote, die noch umherirren, wie im Film – das dann doch nicht. Sie konnte sich nicht erinnern, jemals jemanden gekannt zu haben, der etwas Ähnliches erzählt hatte. Allenfalls Frieda wäre dafür wohl in Frage gekommen.

Unten löste sich ganz plötzlich eine Gestalt aus der schwarzen Silhouette des Gartenhäuschens. Unbewusst atmete Greta flacher und trat einen Schritt zurück. Die Person dort verharrte einen Augenblick. Für Greta sah es aus, als würde sie in das Häuschen hineinblicken. Dann eilte sie zum Zaun. Dem Gang nach musste es ein Mann sein. Je weiter er sich dem Zaun und damit der Straßenbeleuchtung näherte, desto besser konnte Greta ihn sehen. Er hielt etwas in der Hand, wobei er den Arm vom Körper wegstreckte. Ein ovales Ding, das wie ein großes Pendel an einem Faden baumelte. Als er den Zaun erreicht hatte, stellte Greta angewidert fest, dass es eine tote Ratte war. Und jetzt erkannte sie da unten auch den schlaksigen Kerl wieder, den sie bei ihrer Ankunft in der Lobby gesehen hatten. Greta stockte der Atem, als er sich plötzlich zum Hotelgebäude umdrehte und hochblickte. Sie trat noch einen Schritt zurück, obwohl ihr eigentlich klar war, dass sie in der Dunkelheit von außen nicht gesehen werden konnte.

Erst nach einiger, für Greta viel zu langer Zeit drehte sich der Mann wieder zum Zaun und warf den Kadaver auf den Weg.

Als Greta und Lissy am nächsten Morgen den Frühstücksraum betraten, hoben vor allem diejenigen ihre Köpfe, die in der Nacht ebenfalls in der Lobby gewesen waren. Manche grüßten laut, einige nickten nur. Ansonsten schien der Vorfall keine bleibende Wirkung auf die allgemeine Stimmung gehabt zu haben. Die einen plauderten, andere blickten noch verschlafen auf irgendeinen Punkt im Raum, ohne denselben wirklich wahrzunehmen. Die meisten hatten ein Glas Champagner vor sich stehen. Als eine Köchin frisches Rührei brachte, erkannte Greta in ihr die rothaarige Frau, die nachts neben ihr gestanden hatte. Sie nickte Greta zu.

»Wiedergänger«, sagte Greta in Gedanken und legte eine Scheibe Kochschinken auf ihr Brötchen.

»Was?«, fragte Lissy, durch das plötzliche Reden ihrer Freundin offenbar erschreckt.

»Wiedergänger«, wiederholte Greta. »Das Empfangsmädchen will ja angeblich heute Nacht einen gesehen haben. Jedenfalls war die Köchin davon überzeugt. Das Personal hier scheint recht abergläubisch zu sein«.

»Die Köchin?«, murmelte Lissy und biss beherzt in ihr Fleischsalatbrötchen.

»Sie ging eben durch das Restaurant. Ich habe kurz mit ihr geredet heute Nacht.«

Lissy blickte sie verständnislos an und setzte ihre Kaubewegungen fort.

»Aber dieser Hotelchef scheint davon überhaupt nichts zu halten«, führte Greta ihre Gedanken fort. »Na, ich kann es verstehen. Und dennoch, irgendwie wirkte er verstört durch diese Angelegenheit.«

»Ich wäre auch verstört«, entgegnete Lissy, »wenn ich solche Angestellten hätte.«

»Ich meine das ernst. Irgendetwas stimmte mit ihm nicht.«

»Wenn ich das schon höre«, erwiderte Lissy und verdrehte die Augen. *»Irgendwas stimmt mit ihm nicht«,* äffte sie ihre Freundin nach und legte ihr Brötchen auf den Teller. »Immer, wenn du so etwas sagst, beginnst du zu schnüffeln. Aber diesmal haben wir wirklich keine Zeit für Detektivspielchen. Wir müssen uns um Friedas Beerdigung und ihr Haus kümmern.«

»Und wenn ich dir sage, dass ich heute Nacht etwas Seltsames beobachtet habe?«, sprach Greta weiter, ungeachtet dessen, was Lissy gesagt hatte.

»Ich bin gespannt wie ein Regenschirm.« Lissy lehnte sich in ihrem Stuhl zurück.

»Kannst du dich noch an den Mann erinnern, der gestern Abend bei unserer Ankunft durch die Lobby ging? Wir standen schon im Fahrstuhl, so ein großer, dünner Kerl mit Arbeitskleidung und Spaten in der Hand.«

»Ja, den sehe ich noch vor mir.«

»Ich konnte gestern Nacht nicht gleich wieder einschlafen. Ungefähr eine halbe Stunde, nachdem wir wieder auf unseren Zimmern waren, habe ich noch einmal aus dem Fenster geschaut und einen Mann aus einem Gartenhäuschen, das hinter dem Gebäude steht, kommen sehen.«

»Vielleicht hatte er dort etwas Wichtiges vergessen. So, wie er aussah, könnte er durchaus der Gärtner sein«, erwiderte Lissy. »Was ist daran so ungewöhnlich?«

»Ungewöhnlich ist, dass es Nacht war. Wie viele Gärtner kennst du, die nachts arbeiten?«, Greta schob ihren Teller von sich, lehnte sich mit gerade gestrecktem Rücken an die Stuhllehne und hob das Kinn ein wenig.

»Nicht viele«, gab Lissy zu.

»Guten Morgen«, ertönte eine helle Männerstimme an ihrem Tisch. Beide Frauen blickten gleichzeitig auf und in zwei grau-blaue Augen, die gerötet waren. Der Hotelchef ließ es sich nicht nehmen, seine neuen Gäste an ihrem ersten Morgen im Hotel persönlich zu begrüßen.

»Ich hoffe, Sie sind zufrieden mit unserem Haus!«, sagte Tezlaw mit dem Lächeln eines Dienstleisters. Neben seinen Achseln zeichneten sich kleine feuchte Halbmonde im hellblauen Stoff des Hemdes ab.

»Wir sind sehr zufrieden, vielen Dank!«, antwortete Greta, »Sie haben hier ein ausgesprochen hübsches Hotel!«

»Ich führe es«, beeilte sich Tezlaw zu sagen, und Greta glaubte eine leichte Verfärbung seines Gesichtes zu erkennen, »übergangsweise. Eigentlich obliegt mir hier die Buchhaltung. Aber, Sie haben Recht! Das *Strandgold* ist ein kleines Schmuckstück, das sich vieler Stammgäste erfreuen kann. Das macht uns natürlich besonders stolz. – Na dann, einen schönen …«, setzte Tezlaw an und wollte sich schon wieder in Bewegung setzen, als Greta ihn unterbrach.

»Konnten Sie heute Nacht eigentlich noch aufklären, wen Ihre Empfangsmitarbeiterin wirklich gesehen hat?« Mit dieser Frage tat sie dem Geschäftsführer ganz offenbar keinen Gefallen. Er zögerte einen Augenblick und rieb an seinem Kinn herum, bevor er antwortete: »Ich kann Ihnen gar nicht sagen, wie unangenehm mir dieser Vorfall ist!«

»Glauben die Leute hier an so etwas wie Wiedergänger?«, hakte Greta nach, ohne auf die Entschuldigungsfloskel einzugehen.

Tezlaw schüttelte den Kopf und lächelte, als würden sie über die Dummheiten von Kleinkindern sprechen. »Nein, natürlich nicht. Auf der schönen Insel Rügen existieren natürlich alte Sagen, in denen Menschen von Wiedergängern heimgesucht werden, und sicherlich glauben auch in Binz noch einige unserer ganz alten Bewohner an solche Dinge, aber ansonsten halten die meisten so etwas für Hirngespinste, genau so wie ich und Sie vermutlich auch.«

»Aha«, erwiderte Greta, ohne sich in diesem Punkt mit Tezlaw verbrüdern zu wollen, obwohl sie tatsächlich eher an das glaubte, was der Verstand erklären konnte. »Was mich nur irritiert hat, war, dass diese Verstorbene offenbar schon mindestens einmal gesehen worden sein soll, nach ihrem Tod.«

»Also, davon weiß ich nichts«, erwiderte Tezlaw. »Solchen Geschichten sollten Sie jedenfalls lieber nicht zu viel Glauben schenken! Renate Goldmann liegt in ihrem Grab, genau wie ihr Mann. Und wer tatsächlich meint, sie würde nachts da raussteigen, um hier im Hotel nach dem Rechten zu sehen, der sollte sich schnellstmöglich in die Hände eines Fachmannes begeben.« Nach guten Wünschen für den Tag verschwand Tezlaw durch die Tür des Restaurants.

»Der ist doch recht nett«, sagte Lissy, die ihre Freundin und den Hotelchef die ganze Zeit über schweigend beobachtet hatte. »Vielleicht hat das Mädchen vom Empfang ja ebenfalls nur den Gärtner gesehen in der vergangenen Nacht. Du hast ihn doch schließlich auch gesehen.«

»Das ist möglich«, antwortete Greta nachdenklich.

Lissy stand auf. »Komm!«, sagte sie mit Nachdruck. »Damit müssen sich, wenn überhaupt, andere befassen. Auf unserem Zettel steht für heute: Friedas Haus.«

»Wir treffen uns auf dem Zimmer. Ich komme gleich nach«, antwortete Greta und ging zur Küche.

Nur wenige Leute waren an diesem Vormittag unterwegs. Vermutlich scheuten die meisten das nasskalte Wetter an diesem 24. Oktober. Auf der Ostsee lag eine dünne Nebeldecke, die genauso grau wie der Himmel war. Die berühmten Kreidefelsen waren in der Ferne kaum auszumachen. Auch der weiß schimmernde Hafen von Mukran war nur zu erahnen. Dicke Möwen hockten am Strand, auf den nostalgischen Laternen der Promenade und auf den Dächern der weißen Villen oder der mehreckigen Strandhäuschen der Rettungsschwimmer. Selbst die weißen geschwungenen Holzbänke gehörten heute den Vögeln. Niemand sonst schien offenbar Lust zu verspüren, sich hier auszuruhen. Auf Gretas Wunsch hin gingen die beiden Hamburgerinnen auf einem der mit Holzbohlen befestigten Strandaufgänge hinunter zum Wasser. Kurz tief einatmen. Aerosole. So viel Zeit musste sein. Erst jetzt fiel ihnen auf, wie dicht sich die am Ende der Promenade liegenden Villen an die Wälder der Granitz schmiegten. Sie wirkten wie Puppenhäuschen vor der steilen und hohen Böschung, die den dunklen Wald riesig wirken ließ. Weiter hinten stellte sich der Wald auch dem Strand in den Weg.

Den Schlüssel zum Haus verwahrte Tante Friedas langjährige Freundin Elsa Hoth, mit der Greta vor ihrer Abreise telefoniert hatte. Die Wegbeschreibung hatte sie auf einem Zettel notiert, den sie nun mit der rechten Hand umklammerte, die auch den Kragen ihres Mantels vor dem Hals zusammenhielt. Sie war müde. Das Frühstück hatte sie wieder bettschwer gemacht. Das passierte ihr regelmäßig in Hotels: Sie musste alles vom Buffet probieren und war irgendwann so satt, dass sie sich oft noch einmal eine Stunde hinlegte und las. Dann unternahm sie gerne einen Spaziergang und holte sich Hunger für das Mittagessen. So glitt sie am liebsten in den Tag, der dafür nicht selten bis Mitternacht dauerte. Ihre jetzige Müdigkeit rührte allerdings nicht nur vom opulenten Frühstück her, sondern auch vom unterbrochenen Nachtschlaf. Ihre Lider waren schwer, sie fröstelte. Sie dachte an Ernst, ihren zweiten Ehemann. Wäre er jetzt neben ihr, hätte er den Arm um sie gelegt. Er hatte ihr immer jeden Wunsch und jedes Bedürfnis von den Augen abgelesen. Greta war gerade einmal 40 Jahre alt gewesen, als ein Herzinfarkt ihn wie aus heiterem Himmel aus ihrem Leben gerissen hatte. Ernst war der Beste von allen, dachte sie, während sie schweigsam neben Lissy die Putbuser Straße hinunter Richtung Schmachter See ging. Auch Lissy hatte sich in ihrer Steppjacke verkrochen, und auch sie schien eigenen Gedanken nachzuhängen. Es war so still, als würde Binz noch schlafen. Zu hören waren lediglich ein paar kreischende Möwen, einige Autos und Gretas hochhackige Schuhe auf dem Gehwegpflaster.

Das, was während der zurückliegenden Nacht passiert war, kreiste immer wieder in ihrem Kopf herum. Das Empfangsmädchen Marie hatte so viel Angst gehabt. Wäre das wirklich der Fall gewesen, wenn sie einfach nur eine Person hinten im Garten gesehen hätte? Greta hatte auch jemanden im Dunkeln beobachtet, aber sie war lediglich verwundert gewesen. Marie hingegen hatte regelrecht unter Schock gestanden.

Wenn es nicht so absurd wäre, könnte man aus Maries Panik tatsächlich schließen, sie hätte einen Geist gesehen. Ihr Verhalten und ihre Mimik hätten ausgezeichnet in einen Horrorfilm gepasst, dazu hatte sie so apathisch gewirkt.

Das zauberhafte Panorama des Schmachter Sees drängte die Grübeleien zur Seite. Glatt und groß lag das amöbenförmige Gewässer vor ihnen. Sein Ufer war komplett von herbstlich buntem Laubwald umgeben. Der wunderschöne Fakt, dass die Natur hier an keiner Stelle von Häusern durchbrochen war, ließ Greta Assoziationen mit Neuengland, Schweden und Norwegen sofort wegschieben. Auf der Binzer Seite führte eine kleine Seebrücke ein Stück über das dunkle Wasser. Der Bereich vor dem Ufer war gepflastert. Auf dem Stein hockten Enten. Einige schliefen, mit offenen Augen, andere putzten sich. Manche watschelten genauso wie die Spaziergänger am Wasser entlang. Um zu Elsa Hoth zu gelangen, mussten sie wieder ein Stück zurückgehen. Bevor sie links in die Zinglingstraße einbogen, in der Friedas Freundin wohnte, passierten sie die evangelische Kirche. Der mächtige Backsteinbau thronte über ihnen auf einem Hügel. Sie mussten aufschauen und fühlten sich klein gegen den neogotischen Turm mit den langen Fenstern, der auf sie herabzublicken schien. An die Böschung klammerten sich dicke Wurzeln gefällter Bäume. Mit der Zinglingstraße, in die sie links einbogen, begann ein anderes Binz. Ein Binz, das nichts von der Mondänität des Strandbades rings um die Promenade wusste. Ein Binz, das schroff und zurückhaltend wirkte. Verzierte Balkone suchte man hier vergebens.

Der Weg, zunächst gepflastert, dann Schotter mit einfachen Steinplatten für die Autos, schlängelte sich auf eine kleine

Anhöhe, vorbei an schmucklosen Einfamilienhäusern neueren und älteren Datums, einer kleineren Gartenanlage vor der bunten Kulisse des Herbstwaldes und an holzverkleideten schlichten kastenförmigen Ferienhäuschen. Oben angelangt drehten sie sich um und blickten bis zum Schmachter See mit den ihn umgebenden dichten Wäldern und Schilflandschaften. Dann ging der Schotterweg in einen Sandweg über, in dessen Mitte die Autoreifen einen Grasstreifen hatten stehen lassen. Nach einer kurzen Strecke sahen sie linkerhand ein Haus, welches zu Elsas Beschreibung passte. Es hatte zwei Etagen und ein flaches Spitzdach, seine Fenster waren von hellbraunen Schmuckelementen umrandet. Der einst weiße Putz hatte schon bessere Tage gesehen. Allerdings musste das Haus in ebendiesen Tagen wunderschön gewesen sein. Die vorgelagerte Ligusterhecke war lange nicht mehr geschnitten worden. Sie wuchs schief und krumm, allerlei Ranken hatten sie durchzogen. Für die zwei ausgewachsenen Lebensbäume, die links und rechts von der doppelten und ebenfalls umrahmten Eingangstür standen und das Haus längst überragten, war der Vorgarten deutlich zu klein. Sie wirkten wie aufmerksame, schützende Wächter. Hinter dem Grundstück schloss sich wieder der Wald an, der hier allerdings kaum buntes Herbstlaub zeigte, sondern hauptsächlich aus dunklem Nadelgehölz bestand.

Die Nummer Acht am Eingang bestätigte Greta und Lissy, dass sie richtig vermutet hatten. Trotz seines morbiden Charmes war Elsas Haus weit hübscher als manch neu erbautes oder halbherzig saniertes Haus in seiner Nachbarschaft, denn es hatte noch eine Seele. Als sie an das Gartentor traten, zitterte eine gräuliche Perlongardine vor einem Topf mit

Alpenveilchen im Erdgeschoss. Dann öffnete sich die Haustür, und ihnen entgegen wackelte eine Frau, der man achteinhalb Jahrzehnte Leben durchaus ansah. Das Gesicht der Alten erinnerte an eine faltige Berglandschaft. Dazwischen lagen wässrige Augen wie Seen.

»Greta Winter?«, fragte die Frau. Dabei fiel sofort der lippenlose Mund auf – einfach ein Spalt, der sich beim Reden öffnete und schloss. Der Blick der Alten schnellte hin und her zwischen den beiden Besucherinnen. »Kommen Sie!«, forderte sie die Frauen nach der Begrüßung auf. Sie ging voran ins Haus, in dem es kaum wärmer als draußen war. Über einen lichtlosen Flur gelangten sie ins Wohnzimmer. Da dessen Fenster sehr klein und der Tag sonnenlos war, war auch dieser Raum nicht besonders hell.

Elsa Hoth wies auf das Sofa und bedeutete Greta und Lissy, dort Platz zu nehmen. Wie alt das unter einigen Decken versteckte Möbelstück gewesen sein musste, spürten sie beim Sitzen. Einzelne Federn drückten so stark gegen Gretas Hintern, dass diese ihr Gewicht nach vorne verlagerte und sich mit den Unterarmen auf den Schenkeln abstützte. Lissy federte ein wenig und warf dabei ihrer Freundin einen zweifelnden Blick zu. Sie konnte mit den Füßen nicht einmal mehr den Boden berühren, so sehr war sie in das Tal zwischen Sitzfläche und Rückenlehne gerutscht.

Die Gastgeberin hatte den Raum noch einmal verlassen. Sie hörten sie irgendwo in der Nähe rumoren: Schubladen wurden geschoben, Türen knarrten, Papier raschelte. Endlich kam sie mit einer abgenutzten Zigarrenschachtel zurück, die sie auf den Tisch vor dem Sofa legte. Erst als sie saß, lächelte sie die beiden Frauen an.

»Möchten Sie etwas Gebäck?«, fragte sie mit einer erstaunlich kräftigen Stimme, die kaum zu ihrer gebückten Statur passte.

Wie im Chor erwiderten Greta und Lissy: »Nein, danke!« Daraufhin erhob sich die alte Frau und ging zu einem Buffet, dessen Inhalt im Rhythmus ihrer Schritte schepperte. Lissy zog ihren linken Jackenärmel ein wenig hoch, um die Uhrzeit sehen zu können. Dann stöhnte sie leise. Wieder zurück an ihrem Stuhl hielt Elsa Hoth den beiden eine Dose hin. Greta wollte gerade noch einmal betonen, dass sie keine Kekse wollten, doch Lissy schüttelte ihr zugewandt leicht den Kopf und griff zu.

»Mein herzliches Beileid!«, sagte Elsa Hoth, und ihre Stimme füllte den kleinen Raum.

»Vielen Dank, dass Sie sich um die Beerdigung gekümmert haben!«, erwiderte Greta und war froh, dass die Stille endlich durchbrochen war.

»Ich habe es gerne getan. Frieda war meine Freundin.«

»Dass alles so schnell ging …«, sprach Greta weiter.

»Ja, manche überrascht der Tod im Schlaf«, erwiderte Elsa nachdenklich. »Aber es ist ein Segen, wenn dem so ist. Und gehen müssen wir alle.«

»Erzählen Sie mir doch ein wenig von meiner Tante«, bat Greta und rutschte noch ein Stück weiter vor, so dass sie kaum noch auf dem Sofa saß. »Ich weiß so wenig von ihr«.

Elsa blickte einen Moment auf den Boden. Sie schien nach Worten zu suchen. »Sie war ein besonderer Mensch, gut zu jedermann, und sehr beliebt«, erwiderte sie.

»Sie soll Krankheiten besprochen haben, so eine Art Hexe gewesen sein. Sie wissen darüber sicher mehr«, fuhr Greta fort und dachte schon wieder an Marie und das Gartenhaus. Lissy und sie sollten es sich später einmal anschauen.

»Ja, ich weiß einiges darüber. Aber das sind Dinge, über die man gar nicht so viel reden sollte. Manche Menschen besitzen diese Fähigkeiten, die meisten aber nicht. Und das ist gut so. Aber als Hexe wäre sie sicher nicht gerne bezeichnet worden. Die Zeiten sind vorbei.«

»Und Sie?«, fragte Greta.

»Ich?«

»Kennen Sie sich mit Magie aus?«, ergänzte Greta.

»Ich war Hebamme«, begann die alte Frau nach kurzem Zögern, und ihr krummer Körper streckte sich für einen Augenblick. »Und das mit ganzem Herzen.«

»Luise, meine Großmutter, soll sich auch schon damit beschäftigt haben«, hakte Greta weiter nach.

»Es stimmt. Sie hat diese Fähigkeit an Frieda weitergegeben. Eigentlich funktioniert das nicht bei der nächsten Generation. Normalerweise wird immer eine übersprungen. Aber Luise hatte erkannt, dass Frieda die Richtige war. Sie hatte schon als Baby so etwas an sich gehabt.«

»So etwas an sich?«

»Ja, ihr Blick war nicht so unschuldig wie der von anderen Babys. Einige Leute hier sagten Frieda nach, sie hätte den bösen Blick, aber das stimmte natürlich nicht. Sie war ein herzensguter Mensch, der anderen helfen wollte, und nur dafür hat sie ihre Fähigkeit genutzt. Ihre Mutter hatte ihr hierzu nur noch das nötige Handwerkszeug gegeben.«

»Handwerkszeug?« Jetzt mischte sich auch Lissy ein.

»Aber ja, jeder hat da seine eigenen Methoden, besondere Sprüche oder Handlungen. Luise und Frieda beispielsweise legten die Hand auf und zitierten Passagen aus der Bibel. Für jede Krankheit gab es ein bestimmtes Zitat. Damit ist es also letztendlich nicht nur Begabung, sondern auch Handwerk«, erläuterte Elsa, legte zur Veranschaulichung immer wieder die rechte Hand auf den linken Arm und sah dabei Lissy eindringlich an.

»Verstehe«, erwiderte die. Dann waren längere Zeit nur das Ticken einer Kuckucksuhr und der schwere Atem von Elsa Hoth zu hören.

»Ja, der Schlüssel, hier ist er«, sagte Elsa schließlich. Sie öffnete die Zigarrenschachtel und holte ein Schlüsselbund heraus. Greta und Lissy standen auf und nahmen es entgegen.

»Gehen Sie diese Straße weiter bis ans Ende. Sie mündet in den Klünderberg. Dort gehen Sie nach rechts, den Berg weit hinunter und kurz vor der Bahnhofsstraße sehen Sie auf der linken Straßenseite Friedas Haus. Der Putz ist grau. Es hat ein Mansardendach. Nummer Fünf«, sagte Elsa Hoth und stand jetzt auch auf. »Wissen Sie was? Ich komme einfach mit und führe Sie hin.«

Lissy stöhnte leise.

»Niemand kennt das Haus so gut wie ich«, fügte Elsa hinzu.

Friedas Haus thronte majestätisch auf seinem Grundstück, das fast ausschließlich mit Rasen bedeckt war. Eine Pforte gab es nicht. Der Vorgarten ließ sich einfach durch eine Lücke in der schon blattlosen Hecke betreten. Auch dieses Haus hatte zweifelsohne seine prunkvolle Zeit gehabt, aber die lag nun lange zurück. Mooskissen wuchsen auf dem Dach, Risse schlängelten sich durch das Mauerwerk, die Farbe der Fenster blätterte ab. Links und rechts waren irgendwann einmal mit weiß gestrichenem Holz verkleidete Veranden angebaut worden. In die rechte davon waren ganz einfach Fenster eingelassen, hinter denen jetzt alte Gardinen hingen. Die linke Veranda bildete den Eingang zum Haus mit einer dunkelbraunen Holztür, die weder zur Veranda noch zum restlichen Gebäude passen wollte. Der äußere Eindruck versprach also nichts Gutes für das, was innen wartete. Energisch bekämpfte Greta den Drang fortzulaufen. Sie kam sich albern vor und ließ sich nichts anmerken. Schließlich war es ja nur ein Haus. Außerdem war sie nicht allein. Und dennoch nahm das beklemmende Gefühl zu, je näher sie der Eingangstür kamen.

»Großer Gott«, stöhnte Greta, als ihr der modrige Geruch auf dem Flur entgegenschlug. Sie blieb im Rahmen der Eingangstür stehen, während Lissy sich bereits im kalten, feuchten Inneren umsah.

»Kommen Sie! Hier ist das Wohnzimmer, ich werde den Ofen anzünden«, rief Elsa, die ebenfalls schon vorausgegangen war, von rechts.

»Das hier übertrifft ja noch einmal alles, was wir auf unserer gestrigen Reise durch den Trübsinn gesehen haben«, brummelte Lissy halblaut.

»Vielleicht sollte man das Haus einfach in die Luft jagen«, erwiderte Greta und wagte sich erst jetzt weiter in den Flur. Ihre Beklemmung nahm dabei zu. Sie atmete nun schon fast hektisch. Ihr war, als würde etwas nach ihr greifen. Als sie stolperte, worüber sie an anderen Tagen wohl einfach gelacht hätte, schrie sie laut auf, unangemessen laut für diese Situation.

»Was ist denn los mit dir?«, fragte Lissy und lächelte dabei kein bisschen. »Du bist kreidebleich.«

»Nichts weiter«, versuchte Greta ihre Freundin zu beruhigen. »Da war wohl eine Delle im Läufer, und ich habe mich erschreckt. Vielleicht fehlt mir einfach nur ein wenig Schlaf.« Sie ging schnell ins Wohnzimmer, in dem Elsa gerade ein paar Kohlen durch die Ofenluke auf bereits hell lodernde Späne warf. Die Decke in diesem Raum hing so tief, dass Greta sogleich den Kopf eingezogen hatte, den sie erst jetzt allmählich wieder hob. Auch diese Reaktion war übertrieben gewesen. Über ihr waren immerhin noch 20 Zentimeter Platz. Auf der rechten Seite neben der Zimmertür erstreckte sich eine uralte Küchenzeile aus dunklem Holz, zu der neben flachen Schränken auch ein Herd gehörte, den man zum Kochen befeuern musste. Über zwei Flachschränken lag ein dickes Brett, das als Arbeitsfläche fungiert hatte. Ein Stuhl war daruntergeschoben.

»Dort hat Frieda meist gesessen«, sagte Elsa. Über dem Holzbrett sah man durch ein Fenster auf den Vorgarten und die Straße. Das Fenster war von Hängeschränken mit Glastüren eingerahmt, hinter deren Scheiben Teller, Tassen und Gläser zu sehen waren. In der Verlängerung zur Küchenzeile stand eine Sitzecke mit Eckbank und Holzstühlen um einen Esstisch, dessen Wachstuch noch von Flecken und Krümeln bedeckt war, als hätte hier heute Morgen jemand gefrühstückt. Von der Tür aus nicht zu erkennen, weil der Raum über Eck ging, stand ein altes Sofa, das ähnlich unbequem wie das von Elsa Hoth aussah. Weder Greta noch Lissy verspürten Lust, sich daraufzusetzen, obwohl wenigstens Greta sich dafür ausgelaugt genug fühlte. Der Ofen bullerte bereits. Anzünden, dachte Greta, alles anzünden, als sie der vielen Papierstapel, vertrockneten Blumen, Kartons und Staubflusen auf den zerschlissenen Teppichen gewahr wurde. Überall lag etwas herum. Frieda schien eine Sammlerin gewesen zu sein, die sich auf kein bestimmtes Gebiet spezialisiert hatte.

»Wenn die anderen Zimmer auch so aussehen …«, raunte Lissy in ihr Ohr. Doch ihre Angst war unbegründet. Die anderen Zimmer, in denen sich Frieda offenbar kaum aufgehalten hatte, waren kärglich eingerichtet und aufgeräumt. Sie wirkten wie bloße Abstellräume einzelner einfacher Möbelstücke, bis auf die so genannte gute Stube. Jener Raum oberhalb der Treppe war zwar kleiner als das Wohnzimmer im Erdgeschoss, dafür aber mit feinen Biedermeiermöbeln eingerichtet. Um einen ovalen Esstisch in der Raummitte gruppierten sich sechs seidenbezogene Stühle, von einem staubdurchsetzten Lichtstrahl erhellt, der vom kleinen Gitterfenster auf der rechten Seite her wie ein großer Spot durch den Raum fiel. Mit demselben Stoff bespannt wie die Stühle war ein Sofa an der Wand gegenüber der Tür. Darüber hing ein ölgemaltes Stillleben mit Früchten und einem toten Fasan auf einem mit Spitzentuch und Silberbesteck bedeckten Tisch.

»Schauen Sie«, sagte Elsa und zeigte auf eine kleine weiße Flügeltür mit Glasscheiben an der linken Wand des Raumes. Greta und Lissy folgten ihrem Blick.

»Hier haben früher noch die Eltern geschlafen. Frieda hat diesen Raum nie benutzt«, erklärte Elsa. Das Zimmer war winzig klein, aber wie die benachbarte Stube auf das Feinste eingerichtet: An den Wänden klebte sogar eine dezent gemusterte roséfarbene Seidentapete, auf dem Holzboden lag ein gut erhaltener rot gemusterter Teppich und links und rechts stand jeweils ein Bett mit Nachtschränkchen.

»Jetzt fehlt wohl noch der Dachboden«, sagte Lissy, als Elsa bereits ansetzte, wieder hinunterzugehen.

Die alte Frau zögerte.

Greta, die sich noch immer nicht wohlfühlte, stöhnte. »Den können wir uns doch auch später noch anschauen«, sagte sie. »Ich kann langsam nicht mehr stehen.«

»Komm, das wirst du wohl noch schaffen«, erwiderte Lissy und griff an die eiserne kalte Klinke einer Holztür, die sich in ihrer Einfachheit von den anderen Türen unterschied.

Oben begann sich Greta plötzlich besser zu fühlen. Das Druckgefühl löste sich auf, und sie spürte wieder Energie durch ihren Körper fließen. Vor dem Licht, das durch ein größeres Fenster an der Stirnseite fiel, erhob sich die Silhouette des Gerümpels, das eine kindliche Neugier in ihr entfachte. Irgendwo ragte etwas empor, das aussah wie der Arm eines Kraken. Als sie näher kam, erkannte sie einen Garderobenständer. Nicht weit davon entfernt lagen Vogelkäfige übereinander gestapelt, dann ein Waagenungetüm mit Gewichten dazu, Stühle, deren Bastgeflechte ausgefranst nach allen Seiten ragten, Weinballons, ein Staubwedel, durchgerostete Emaillekochtöpfe und, eingerahmt von Überresten eines verschnörkelten Metallzaunes, eine große Holztruhe. Greta nahm den Staubwedel und wirbelte ihn ein wenig hin und her, bis kein Dreck mehr in die Luft flog. Nun strich sie damit über das massige Möbelstück. Lissy, die daneben stand, fuchtelte ihrerseits mit den Händen in der Luft, um den herumfliegenden Staub von sich fernzuhalten.

Elsa war an der Tür stehen geblieben und beobachtete die Frauen stumm. Als Greta und Lissy die Truhe von den daran angelehnten Zaunresten befreit hatten, stellten sie fest, dass sie verschlossen war. Von einem Schlüssel war weit und breit nichts zu sehen.

»Da ist nur altes Gerümpel drin«, rief Elsa den ratlos vor der Truhe stehenden Frauen zu. Sie zeigte auf ihre Uhr. »Es ist gleich 11.30 Uhr. Ich habe noch etwas zu erledigen«, fügte sie hinzu und stieg langsam die hölzerne Treppe zur Bodentür hinunter, bei jedem Schritt immer einen Moment verharrend, als horchte sie, ob ihr die beiden jüngeren Frauen folgen.

Greta sah der alten Frau nach und rief: »Gehen Sie ruhig. Wir bleiben noch ein bisschen«, aber sie erhielt keine Antwort.

Lissy ging Richtung Bodentreppe und blickte nach unten. Elsa Hoth wirkte, als hätte sie nichts gehört, und hielt die Bodentür geöffnet. Ihre Augen waren kaum zu erkennen, so tief lagen sie in den Höhlen zwischen dem Gebirge aus Wangenknochen und Stirn. Ihre Lippen presste sie aufeinander. Lissy blickte zwischen ihrer Freundin und der alten Frau hin und her, bis Greta von der Truhe abließ und Lissy zur Bodentreppe folgte.

»Ohne Schlüssel kann ich sie doch nicht öffnen. Ansonsten reicht das hier auch für heute«, sagte sie und ging an Lissy vorbei die Treppe hinunter.

»Wir müssen nachher ohnehin zum Makler«, stimmte Lissy zu. »Und ich habe Hunger.« Als das Wort »Makler« gefallen war, hatte sich Elsas Gesichtsausdruck schlagartig verändert. Sie schwieg, während sie die beiden Frauen aus dem Haus führte, und sie wirkte abwesend.

Erst als sie an der Gartenpforte stehen geblieben waren, um sich zu verabschieden, fragte sie: »Sie wollen das Haus verkaufen?« Ihre Stimme hatte an Kraft verloren.

»Darüber ist noch nicht das letzte Wort gesprochen«, erwiderte Greta.

»Es ist ein Haus mit viel Leben«, sagte Elsa mehr zu sich als zu den beiden Frauen. Dabei blickte sie an ihnen vorbei zum Erdgeschoss. Greta und Lissy schwiegen. Sie fürchteten, dass Sentimentalitäten folgen könnten. Ein Magen knurrte.

»Wann werden Sie morgen hier sein?«, fragte Elsa leise. Sie schien es plötzlich nicht mehr so eilig zu haben, wie oben auf dem Dachboden.

Lissy stieß ihre Freundin sanft in die Seite.

»Es gibt keinen Plan. Sicherlich am Vormittag. Aber wann genau, kann ich nicht sagen«, erwiderte Greta, die keine besondere Lust verspürte, sich fortan jeden Tag zusätzlich noch um diese alte Frau kümmern zu müssen. Sie fühlte sich in deren Gegenwart nicht frei, wie generell in der Gesellschaft von Menschen, die sie kaum kannte.

»Aha! Ja dann …«, sagte Elsa, »… auf Wiedersehen! Wenn Sie nichts dagegen haben, schaue ich ab und an mal vorbei.«

»Ja, warum nicht«, bemühte sich Greta freudig zu sagen. Insgeheim graulte ihr vor der Aussicht auf derartige Besuche, denn dass sich die Greisin in diesem Haus so wohlfühlte wie in ihrem eigenen, war nicht zu übersehen. Nachdem Elsa Hoth gegangen war, setzte sich Lissy ebenfalls in Bewegung. Greta blieb einen Augenblick länger stehen und drehte sich noch einmal zum Haus um, obwohl alles in ihr danach drängte, endlich wegzugehen. Das drückende Gefühl war wieder da. Ihre Haut zog sich zusammen. Sie sah zu den Fenstern und fühlte sich beobachtet. Leere Augenhöhlen in einem verwesenden Körper, dachte sie. Vielleicht sollte man es wirklich anzünden.

Dann folgte sie Lissy.

***

Der Makler hatte ihnen gute Chancen ausgemalt, eine solche Immobilie, zumal in Binz, für eine erkleckliche Summe verkaufen zu können. Diese Aussicht, vor allem aber wohl die Abneigung, die Greta von Anfang an gegen Friedas Haus verspürte, bestärkten sie in dem Wunsch, sich von diesem Ballast zu trennen. Greta liebte es, leicht durchs Leben zu gehen. Spätestens seit dem Tod ihres dritten und letzten Ehemannes Maxim hatte sie sich geschworen, alles Beschwerliche aus ihrem Alltag zu verbannen. Dementsprechend groß war nun die Erleichterung, die sie mit dem Vertragsentwurf in der Handtasche spürte.

Greta und Lissy gingen zurück zum Hotel. Sie stemmten sich gegen den Wind, der im Laufe des Nachmittags vom Wasser her aufgekommen war. Er trug den Geruch von Tang mit sich. Greta atmete tief ein. Weit hinten am Horizont zogen Wolken zusammen.

»Ich würde mir gerne mal das Gartenhaus aus der Nähe ansehen«, sagte Greta, als sie wieder auf der Promenade waren und das Hotel bereits in Sichtweite lag.

»Was erhoffst du dir davon?« Lissy keuchte wie nach einem langen Lauf, so sehr raubte ihr der Wind den Atem. Hier so dicht am Meer blies er noch einmal stärker. Ihre Wangen waren gerötet.

»Pure Neugier, weil ich diesen Mann dort heute Nacht gesehen habe und weil auch die Rezeptionistin das Gartenhaus erwähnte.« Greta schüttelte den Kopf und lachte kurz auf. »Ich weiß, es ist absurd und natürlich wird sie einen Menschen aus Fleisch und Blut gesehen haben, aber selbst wenn es an dem war, ist es nicht minder seltsam. Wer läuft denn nachts durch den Hotelgarten?«

»Der Gärtner«, antwortete Lissy. Sie hielt ihre Kapuze fest vor dem Kinn zusammen.

»Nein!« Greta winkte ab. »Es könnte natürlich sein, da auch ich ihn gesehen habe, aber Marie hat von einer Frau gesprochen. Sie schien sich dessen ganz sicher zu sein. Außerdem hätte sie den Gärtner doch ganz bestimmt erkannt. Sie sind quasi Kollegen, und seine holzpuppenhafte Erscheinung ist sehr markant. Welche Frau hat so eine Gestalt?«

»Vielleicht ist es so dunkel gewesen, dass sie gerade mal einen Schatten sah, und dann ist eben ihre Jungmädchenphantasie mit ihr durchgegangen«, erwiderte Lissy, ohne sich einen leicht spöttischen Blick auf Greta ganz zu verkneifen. »Und, ehrlich gesagt, ich finde, der Mann wirkt ja auch bei Licht schon fast wie ein Gespenst.«

»Wie auch immer, ich werde mir das ansehen.«

»Aber wir können doch nicht so einfach in das Gartenhaus gehen. Du willst wieder Detektiv spielen, meine Liebe!«

»Ich will einfach nur mal nachsehen. Warum sollte denn der Zutritt zum Gartenhaus verboten sein? Und wenn es so wäre, wird die Tür schon verschlossen sein oder ein Schild hängt daran.«

»Also gut, meinetwegen!«, gab Lissy klein bei.

In der Lobby war niemand, selbst die Rezeption war nicht besetzt. Aus dem Büro dahinter drang Gemurmel, desgleichen aus dem Restaurant, von wo auch Geräusche von klimperndem Geschirr kamen. Greta und Lissy blieben kurz stehen und blickten sich nach allen Seiten um, dann eilten sie an der großen Treppe vorbei zum Flur, der zur Hintertür führte. Sie war unverschlossen.

Auch im Garten war niemand zu sehen. Die beiden Frauen überquerten langsam den Rasen. Er wirkte schlaff und ausgelaugt. Unwillkürlich dachte Greta an Salat, der zu lange im Dressing gelegen hat. Hier und da faulten ein paar Laubblätter, die der Harke entwischt waren. Man konnte sogar noch die Richtung erkennen, in die der Gärtner den Rechen gezogen hatte, wie bei frisch gekämmtem pomadigem Haar. Das schon kahle Holz der Bäume und Sträucher ragte in die Luft, als wären die Äste und Zweige zersplitterte Knochen. Der weiße Anstrich des Gartenhäuschens war schon etwas abgeblättert, die Türklinke verwittert und mit Rost überzogen.

Es war eigenartig still. Das Hotelgebäude fing den Seewind ab, hier bewegte sich nichts. Lissy blickte Greta mit hochgezogenen Brauen an und schüttelte den Kopf.

»Also dann«, sagte Greta unternehmungslustig, als hätte sie es nicht bemerkt. Sie umfasste die Klinke mit ihrer rechten Hand.

»Warte!« Lissy packte Gretas Arm. »Das geht uns wirklich nichts an hier. Wenn das jemand vom Hotel sieht, wird es richtiggehend peinlich.«

»Wer soll uns denn sehen durch die ganzen Sträucher?«

»Von den oberen Zimmern hat man den vollen Überblick.«

»Wem sagst du das. Aber in den Zimmern sind Gäste. Was sollen die schon sagen? Also los!«

Lissy berührte Gretas Arm, während diese die Klinke drückte. Die Tür ging problemlos auf. Der Schreck, als sie in die hellblauen Augen hinter den dicken Brillengläsern blickten, ließ die beiden Frauen aufschreien und jäh zurückspringen, als hätten sie einen Elektrozaun berührt. Der Gärtner. Er blickte sie scheinbar völlig emotionslos an und schwieg.

Es war unmöglich zu erkennen, ob ihr Eindringen ihn wirklich kalt ließ oder ob er nicht doch wütend war. Er tat einen Schritt in ihre Richtung, trat ins Freie und postierte sich vor dem Eingang, wie ein Wächter. Sein zerschlissenes Jackett und die abgewetzte Kordhose, die er dazu trug, hingen an ihm wie an einer Vogelscheuche.

Obwohl er, ja man konnte sagen, klapprig wirkte, machte dieser Mann Greta Angst. Die Brillengläser vergrößerten seine Augen gut um das Doppelte. Seine Haut spannte sich wie Pergamentpapier um seine Gesichtsknochen. Auch Lissy schien zu keiner Regung fähig. Sein Blick hielt sie fest. Dann drehte er sich endlich um, schloss die Tür und sperrte sie mit einem großen Schlüssel ab. Auf seinem Weg zum Hotel rempelte er Greta aus dem Weg, als hätte er sie nicht gesehen. Bevor er im Gebäude verschwand, schnäuzte er sich weithin hörbar die Nase.

Die laut zufallende Tür des hinteren Hoteleingangs löste die Starre der beiden Frauen. Sie sahen sich stumm an und gingen ebenfalls zurück. Nachdem sie sich auf ihren Zimmern frisch gemacht hatten, beschlossen sie, etwas essen zu gehen. Es war bereits früher Nachmittag, und sie hatten seit dem Frühstück nichts mehr zu sich genommen. Als sie die Treppe hinuntergingen, hielt Lissy Greta fest, sodass beide stehen blieben. In der Lobby redete Georg Tezlaw gerade mit seinem Gärtner. Die beiden hatten sie allerdings bereits gesehen und ihre Stimmen gesenkt. Also gingen die Frauen langsam weiter. Offenbar herrschte hier Streit. Tezlaw wirkte aufgebracht. Sein Gesicht war rot. Mit einer Hand fuhr er sich immer wieder durch die hellen Haare, die andere rieb sein Kinn. Er sprach so leise, dass sie nichts verstehen konnten, nur ab und an ein

»Fred«. So hieß der Gärtner vermutlich, denn Tezlaw packte ihn immer dann am Arm, wenn er den Namen benutzte. Der andere stand einfach nur da und ließ den erbosten Wortschwall über sich ergehen, ohne eine Miene zu verziehen. Als die Frauen dicht neben ihnen waren, verstummte Tezlaw. Greta und Lissy versuchten zu lächeln. Der Gärtner sah die beiden Hotelgäste wieder scheinbar völlig gleichgültig an. Tezlaw lächelte seinerseits dienstbeflissen. Seine Augen blieben ernst. Er nickte den beiden Frauen zu, sie nickten höflich zurück und eilten vorbei.

An Abenden wie diesem gab es kaum einen angenehmeren Ort als ein Lesezimmer, das Wärme und Geselligkeit ausstrahlte und einen guten Drink bereithielt. Von der Ostsee her waren am Nachmittag immer mehr Wolken aufgezogen. Später hatten sie Verstärkung bekommen, von allen Seiten, wie eine Armee, die einen Kessel um eine belagerte Stadt bildet. Inzwischen fegte der Wind so stark um die Häuser, dass Fenster und Türen knallten. Lissy hatte wegen des ausfallenden Abendspazierganges geschimpft, sie bangte um ihren Schlaf, aber angesichts des Wetters hatte sie eingesehen, dass sie hier im Haus besser aufgehoben waren.

Als sie das Lesezimmer betraten, waren nur noch wenige Plätze frei. Im weichen Licht von allerlei Steh- und Tischlampen sahen die Anwesenden auf den vorrangig mit dunkelgrünem Samt bezogenen Sesseln und Sofas im Louis-Phillippe-Stil aus wie auf einem alten Gemälde. Die meisten nickten und grüßten. Die Wände waren mit Regalen quasi tapeziert, bis zur Decke voll mit Büchern. Selbst um die beiden langen Fenster und die Tür rankten Regale.

Niemand las. Stattdessen hielten die meisten Gläser mit Whisky oder Cognac umklammert. Nur wenige tranken Cocktails, was hier deplatziert wie Joggingkleidung zwischen Maßanzügen wirkte. Schon vom Flur aus hatten Greta und Lissy das dunkle Gemurmel, in das die einzelnen Stimmen zusammenflossen, vernommen. Nun, da sie sich anschickten, selbst Teil des Gemurmels zu werden, begannen sie zu verstehen, worum es im Gespräch ging.

»Also ich ziehe hier aus, wenn die Viecher ins Haus kommen«, ereiferte sich eine kleine Frau mit viel Schmuck.

»Erst mal abwarten!«, erwiderte der dicke Endfünfziger neben ihr. Die Art, wie seine beringte Hand dabei ihre faltigen Arme tätschelte, verriet ihn als den Ehegatten.

»Außerdem waren doch heute Leute mit Chemie zu Besuch. Wahrscheinlich gibt es hier seitdem auch keine anderen Tiere mehr«, sagte ein jüngerer Bursche mit wilden Locken um eine Halbglatze. Er blickte die goldbehängte Dame mit einer Mischung aus Mitleid und Belustigung an.

Lissy holte Cognac von einer kleinen Bar im Nachbarraum und schlich zu dem Sofa, auf dem Greta bereits saß, als würde sie durch die Sitzreihen eines Kinosaales gehen. Sie reichte Greta das Glas, flüsterte »Otard« und nahm rechts neben ihr Platz.

Greta roch an ihrem Drink und schloss einen Moment lang genießerisch die Augen. Nach ihrem ersten Schluck beugte sich der dritte anwesende Mann, der links von ihr saß, zu ihr und sagte: »Das ist was richtig Gutes.« Er hatte sie bereits beim Betreten des Raumes ins Visier genommen und verströmte eine aufdringliche Wolke Rasierwasser. In seinem gebräunten Gesicht leuchteten seine hellblauen Augen wie

Lampen. Dünne, dunkelbraun gefärbte Haarsträhnen, Überbleibsel einer Haarpracht aus besseren Tagen, lagen quer über seine glänzende Kopfhaut verteilt. Greta nickte und setzte ein höfliches Lächeln auf. Dann drehte sie sich weg, schwenkte ihr Glas und beobachtete die geschmeidige Bewegung des flüssigen Goldes darin.

»Wenn man einmal damit ansitzt, wird man die nicht mehr los«, ereiferte sich die Schmuckträgerin.

»Worum geht es denn?«, fragte Greta und blickte in die Runde. Die meisten starrten in den Kamin, schienen aber dennoch bei der Sache zu sein. Die Bewegung der Flammen, ihr Aufbäumen und Zurückweichen, die Art, mit der sie die Holzscheite fraßen, war ein großes Schauspiel. Greta hatte früher immer in Häusern mit Kamin gewohnt. In diesem Moment wurde ihr wieder einmal bewusst, wie sehr sie das in ihrer jetzigen Wohnung vermisste.

»Haben Sie das denn nicht mitbekommen?«, fragte eine dickliche Frau mit sportlicher Kleidung. »Der Kammerjäger war heute hier.«

»Ratten«, fiel die Schmuckträgerin ein. »Das muss man sich mal vorstellen. In so einem Hotel.«

»Aber das kann doch überall vorkommen. Die sind zäh und waren auf diesem Planeten schon lange vor uns da«, beschwichtigte ihr Mann. Seine Locken sahen im Schein des Feuers selbst aus wie lodernde Flammen.

»Das sagt man von den Kakerlaken auch. Doch deswegen muss ich sie noch lange nicht in meinem Bett haben!«, schmetterte seine Frau den Einwand nieder. Sie saß ganz steif auf ihrem Stuhl, die Füße in der Luft hängend, und zog über ihre Kette langsam einen Anhänger hin und her.

»Aber Schatz, sie waren doch hinten im Gartenhaus und nicht hier.« Ihr Mann rückte seinen Sessel dichter an den Kamin.

Für einen Moment sagte niemand mehr etwas. Greta blickte durch ein Fenster. Der Wind heulte wie ein Tobsüchtiger und beugte die fast kahlen Bäume, die im Schein der Straßenlaternen aussahen wie tanzende Gespenster.

»Weiß der Teufel, was die dort wollten. Hier im Hotel ist die Küche, hier werden sie doch letztendlich ihre Nahrung suchen.« Die Frau gab nicht auf.

Greta sah dem Laub zu, das durch die kalte Nacht wirbelte, und dachte nach. Möglicherweise war ganz einfach Rattengift der Grund dafür, weswegen sie heute Mittag das Gartenhaus nicht betreten sollten. Warum hatte der Gärtner es ihnen als Hotelgästen dann nicht einfach freundlich gesagt? Stattdessen hatte er sich vor der Tür postiert wie vor einem Hochsicherheitstrakt, mit einem Blick, als wollten sie einen Schwerverbrecher befreien. Und warum um alles in der Welt war er gestern Nacht durch den Garten gegeistert? Hatte er etwa mitten in der Nacht bemerkt, dass dort Ratten sind? Und wen hatte Marie zuvor auf dem Rasen gesehen?

»Was für ein Wetter.« Der dicke Ehemann versuchte das Thema zu wechseln und blickte nun auch nach draußen.

»Da möchte man ja keinen Wiedergänger vor die Tür jagen.« Der gelockte Mann am Kamin lachte leise, so lange, bis er sah, dass auch andere Gäste schmunzelten. Dann wurde er lauter. Irgendwann ließen sich alle anstecken, und das gemeinsame Lachen war einem Rudel bellender Hunde nicht unähnlich, einem Rudel, unter das sich auch Wölfe gemischt hatten.

Im allgemeinen Lärm ging das Knallen des aufspringenden Fensters zunächst unter. Doch schon einen Augenblick später fegte eiskalte Luft durch den Raum. Der Lockenkopf sprang auf und eilte zu dem Fenster, doch noch bevor er es richtig greifen konnte, fiel das Licht aus – überall. Auch draußen war es plötzlich schwarz. Das Gelächter erstarb. Der Kamin warf ein schwächlich zuckendes Licht auf die Gesichter, die nun von Schatten zerschnitten wurden. An den Wänden tanzten schwarze Köpfe. Wer weiter weg vom Feuer saß, verschmolz mit der Dunkelheit. Greta drückte Lissys Hand, so fest sie konnte.

»Du tust mir weh«, flüsterte die und versuchte sich aus dem Griff zu lösen. Ihre Stimme war ruhig, ihre Handflächen fühlten sich nass an. Der Wind wehrte sich auf das Heftigste gegen die Versuche, das Fenster wieder in den Rahmen zu drücken. Der Braungebrannte eilte zur Hilfe. Unter lautem Heulen von draußen, das, je weiter sich das Fenster dem Rahmen näherte, immer höhere Tonlagen erreichte, ging es endlich zu.

»Es war nicht richtig verschlossen«, informierte der Lockenkopf. Aber das interessierte niemanden mehr. Die irritierten Gäste gingen zu den Fenstern und blickten in die Nacht. Nur irgendwo weit hinten, wahrscheinlich auf dem Meer, war ein kleines Licht auszumachen. Jemand ging zur Tür und betätigte den Schalter auf dem Flur, aber auch dort blieb es dunkel.

»Stromausfall«, sagte der Lockige. »Ganz Binz scheint tot.«

»Gott sei Dank, wir haben den Kamin«, hörte man eine zittrige Stimme aus dem Dunkeln.

»Die Flammen werden schwächer«, sagte die Schmuckträgerin mit einer ängstlichen Nuance in der Stimme. Sie hielt den Anhänger mittlerweile fest umklammert. »Was machen wir jetzt?«

»Schlafen gehen. Was sonst?«, erwiderte der gelockte Mann. »Obwohl: Wäre das ein Film, würde der Zuschauer sagen: ›Wie können die jetzt auseinandergehen?‹ Wer die Gruppe verlässt, wird das nächste Opfer.«

»Wir sind hier nicht im Film. Was sollen wir hier im Dunkeln? Gruselgeschichten erzählen?«, sagte der Ehemann, dessen Beschützerinstinkt geweckt schien.

»Das ist doch gar keine schlechte Idee«, mischte sich Greta ein, die solche Situationen liebte.

»Das sieht dir ähnlich«, flüsterte Lissy, so dass es nur Greta hören konnte. »Und morgen früh kommst du wieder nicht aus dem Bett!«

»Ja, wir sollten vielleicht wirklich besser hier im Raum zusammenbleiben. Erst recht nach den Ereignissen der letzten Nacht«, sagte die Schmuckträgerin.

Diejenigen, die am Fenster standen, drängten zurück in die Mitte des Raumes, dorthin, wo die letzten kleinen Flammen im Kamin kämpften. Die Augen des gebräunten Mannes mit den pomadisierten Haaren leuchteten jetzt noch heller. Sein Rasierwasser biss in Gretas Schleimhäute. Sie drängte sich dichter an Lissy.

»Die letzte Nacht«, sagte der Mann mit den Locken. »Wir sind uns doch wohl hoffentlich alle einig, dass es sich dabei nur um eine Halluzination gehandelt haben kann. Da ist offenbar jemandem die Phantasie durchgegangen.«

»Ich bin mir da gar nicht so sicher«, erwiderte die Frau mit dem Goldschmuck, jetzt bedeutend leiser als vor dem Stromausfall. Dabei ließ sie den Anhänger fallen.

»Sie glauben allen Ernstes, dass wir in der letzten Nacht von einem Geist heimgesucht worden sind?« Der Mann lachte laut auf.

»Ich bin mir nicht sicher«, beharrte die Frau. »Es gibt Dinge zwischen Himmel und Erde …« Ein Holzscheit fiel in sich zusammen.

»Es gibt viele Dinge zwischen Himmel und Erde, aber Geister gehören nicht dazu«, erwiderte der Lockige und grinste das sterbende Feuer an, als hätte er darin einen Verbündeten. Er blickte herausfordernd zu Greta und sagte: »Also gut, dann fangen Sie mal an mit einer guten Spukgeschichte.«

Alle Blicke krallten sich an Greta fest.

»Ja«, begann sie, »warum ich?«

»Sie fanden die Idee doch so gut«, erwiderte der Mann und legte zwei neue Scheite in den Kamin.

3

24. Oktober stand auf dem kleinen Abreißkalender in ihrer Küche – die zehnte Woche. Niemand ahnte etwas. Ihre Übelkeit am Morgen, die Stimmungsschwankungen und Angstzustände hatte sie bisher gut verbergen können. Aber jetzt wollte sie es zeigen. Sie freute sich auf das Kind, ein Kind mit ihm. Es würde sie fester aneinander binden. Er würde endlich zu ihr stehen, vor allem vor seinen Eltern. Die werden platzen vor Wut, dachte sie, während sie sich Parfum auf den Hals tupfte. Sie warf einen Blick nach draußen. Der Sturm drückte gegen die Fenster ihrer kleinen Dachwohnung. Die durch die Luft wirbelnden Blätter sahen im Schein der Straßenlaternen aus wie Goldtaler. Sie blickte an sich hinunter: Das Kleid stand ihr gut, der Bauch war erst schwach gewölbt. Es könnte zu kalt werden. Sie lächelte in den Spiegel. Nein, das war heute egal. Sie wollte schön sein für ihn. Sie genoss den letzten Schluck Sekt, bevor sie die Kerzen auspustete. Dann warf sie den Wollmantel über und zog die Tür hinter sich zu. Es machte ihr nichts aus, wie die Böen an ihren Haaren zerrten. Sie kam kaum vorwärts, so sehr drückte sich der Wind gegen sie. Sie begann zu schwitzen. Das passierte schnell, seit sie schwanger war. Aber heute war alles egal. Gleich würde sie bei ihm sein. Endlich! Sie hatten sich schon zwei Wochen nicht gesehen. Seine Eltern hetzten ihn auf gegen sie, wo sie nur konnten. Mit Erfolg, wie sie bis vor drei Tagen befürchtet hatte. Denn mit einem Mal hatte er auf ihre Anrufe mürrisch reagiert, schließlich war er gar nicht mehr ans Telefon gegan-

gen. Einmal hatte sie ihre Rufnummer unterdrückt, aber nichts gesagt, als er abgenommen hatte. Sie hatte ja nur wissen wollen, ob sein Handy möglicherweise kaputt war. Natürlich war es das nicht. Diese Gewissheit schlug ihr dann ins Gesicht wie die Pranke ihres Vaters, als sie noch ein Kind war. Seitdem war es ihr richtig schlecht gegangen. Bis seine SMS kam vor drei Tagen. Ob sie sich treffen könnten, er wollte mit ihr reden, persönlich. Und ob sie das wollte! Mit einem Treffen machte er es sich nicht leicht. Wenn er ihre Beziehung beenden wollte, wäre das Telefon der bequemere Weg gewesen. Nein, ihm war es jetzt wichtig, sie zu sehen. Und selbst, wenn er sie verlassen wollte, ihre Nachricht würde ihn umstimmen. So hart konnte er nicht sein.

Sie bog in die Hauptstraße ein in Richtung Seebrücke. Der Wind nahm ihr die Luft zum Atmen. Sie schlug den Kragen bis unter die Augen. Ihren Schal hatte sie vergessen. Allerdings spekulierte sie ja auch darauf, ihn schnell zu sich nach Hause locken zu können. Vielleicht blieb er endlich einmal wieder über Nacht. Außerdem spürte sie die Kälte kaum. Sie würde erst ruhiger werden, wenn sie ihn sehen konnte. Nicht gucken, sagte sie sich. Wenn man etwas zu sehr ersehnt, bekommt man es nicht oder viel zu spät. Sie wünschte, sie wäre weniger aufgeregt. Bestimmt ist er nicht da. Ihre Freude verwandelte sich plötzlich in Angst. Es war bisher immer so. Das Abendessen bei ihr zu Hause, zu dem sie ihn vor zwei Monaten eingeladen hatte. Mal sehen, ob ich es schaffe, hatte er gesagt. Sie hatte das für ein »Ja« gehalten. Die Kerzen brannten herunter, die Rosenblätter auf dem weißen Tischtuch welkten, die Gänsekeulen wurden kalt. Irgendwann versagte auch die Bettdecke als Wärmespeicher für den Kartoffeltopf. Und sie saß da, eine Stunde, zwei Stunden, drei Stunden auf ihrem Stuhl gegenüber dem Platz, den sie ihm zugedacht hatte. Sie hatte zuvor extra geprüft, wo sie besonders vorteilhaft beleuchtet wurde. Dann hatte sie alles weggeschmissen. Nein, vorher hatte sie die Gänsekeulen an die Wand geworfen und »Scheiße!« geschrien. Mehr nicht.

Ihr Herz raste fast zu schnell für ihren zarten Körper. Als sie ihn vorn an der Seebrücke stehen sah, wurde sie ruhiger. Auch er hatte den Kragen seines Mantels hochgeschlagen. Sie ging schneller, blickte starr geradeaus, ließ das majestätische Kurhaus links liegen. Sie bewegte sich gedankenlos, wie von fremder Hand geführt, als würde ein unsichtbares Band zu ihm hinziehen. Die See war unruhig. Weiße Wellenkämme stürmten an den Strand und zogen sich zurück, nur um gleich danach wieder ein Stück Land zu erobern. Die Ahornbäume und Kiefern an der Strandpromenade bogen sich im Wind, während Frank starr dastand, wie mit dem Boden verwachsen. Er lächelte nicht zurück, als sie sich näherte. Seinen Kopf zog er zur Seite, als ihre Lippen seinen Mund suchten.

Sie versuchte, sich ihre Enttäuschung nicht anmerken zu lassen und lächelte weiter. Er zeigte mit dem Kopf Richtung Strand und ging vor. Seine Hände blieben in den Manteltaschen. In Wassernähe blieb er stehen. Das Licht der Laternen reichte kaum bis hierher. Als sie in seine Augen blickte, konnte sie nicht mehr lächeln. Sie hatten keinen Ausdruck. Da war kein Gefühl, nicht mal Hass oder Verachtung, Liebe schon gar nicht. Nichts.

»Ich hab eine Neuigkeit«, begann sie schnell in dem Augenblick, als er auch zum Sprechen ansetzte. Jetzt setzte die erste, wenn auch winzige Gefühlsregung ein: Er verdrehte die Augen und seufzte.

»Lass mich zuerst sprechen«, sagte er dann.

»Es ist eine schöne Neuigkeit, etwas ganz Wunderbares«, sprach sie weiter, um einen euphorischen Gesichtsausdruck bemüht.

Er berührte ihre Arme, strich aber nicht darüber, sondern packte sie fest, fast schüttelte er sie, dass sie endlich still sein möge. »Nein, ich will es nicht wissen«, sagte er und blickte zwar in ihre Richtung, aber direkt an ihrem Kopf vorbei. »Ich will nichts mehr wissen.«

»Wie meinst du das?«

»Du hast es dir sicherlich schon gedacht.«

Sie schüttelte den Kopf, anfangs, weil sie sich nichts gedacht hatte oder besser nicht wagte, etwas über seine wahren Gefühle zu denken. Sie hörte nicht auf, schüttelte und schüttelte ihren Kopf weiter, bis er ihn festhielt, mit einem besorgten Blick.

»Hör mir doch zu«, sagte er eindringlich. »Es ist Schluss. Endgültig Schluss.«

»Aber …«

»Kein Aber. Kein Aber mehr. Es ist mir ernst. Ich liebe dich nicht. Ich bin mir nicht mal sicher, ob ich es jemals getan habe.«

»Aber jetzt hör mir doch erst mal zu«, wimmerte sie. Der Wind pfiff durch ihren Mantel. Ihre Zähne klapperten. Sie merkte es nicht.

»Nein, ich will nichts hören. Es spielt alles keine Rolle mehr, egal, was es ist.« Ihr Brustkorb hob und senkte sich, sie pumpte wie ein Käfer, der gleich zum Flug ansetzen will.

»Komm, lass uns jetzt gehen«, sagte er. Erst jetzt bewegte sie sich, als hätte er sie mit diesem Satz geweckt.

»Nein!«, schrie sie, riss sich los und wich zur Seite.

»Jetzt sei nicht albern. Es ist eisig kalt und der Sturm wird stärker.« Er ging ihr nach und griff nach ihrem Arm.

»Lass mich los, du Schwein!« Wieder riss sie sich los und lief jetzt ein Stück. Er lief ihr nach.

»Komm jetzt! Es ist nicht gut, wenn du hier unten allein bleibst. Es ist stockfinster.«

»Das kann dir doch egal sein.«

»So war es nicht gemeint. Du bist mir nicht egal, aber eine Beziehung funktioniert nicht zwischen uns. Ich kann Gefühle nicht erzwingen.«

»Ich auch nicht!«, schrie sie. »Ich hasse dich, ganz von allein, nicht erzwungen.«

»Sei nicht albern und komm jetzt mit!« Seine Stimme klang jetzt nicht mehr freundlich.

»Ich mache, was ich will. Geh zu Mama und Papa! Die haben dich doch dazu gebracht, mit mir Schluss zu machen. Du machst alles, was die sagen, aber auch alles.«

Immer, wenn er sich näherte, lief sie wieder ein Stück weg.

»Das hat doch mit denen überhaupt nichts zu tun. Es war allein meine Entscheidung!«, schrie er gegen den heulenden Sturm an. Sie winkte ab und rannte. Ein Stück rannte er noch hinterher. Dann gab er es auf und ging nach oben zur Promenade. Sie merkte es nicht und rannte, bis ihr die Luft wegblieb und ihr Kopf zu platzen schien. Sie ging in die Hocke und überließ sich ihrem heftigen Atem. Erst als der sich beruhigt hatte, liefen die Tränen. Sie ließ sich in den kalten Sand fallen und weinte wie ein Kind – laut und hemmungslos. Irgendwann ging sie los, Richtung Wald, dorthin, wo es dunkel war, wo man nichts mehr sehen konnte. Als sie den Schatten sah, stockte sie. Eine Einbildung? Vielleicht ein Baum, den der Sturm losgerissen hatte und der sich zum Strand hin gebogen hatte? Nichts von dem! Sie machte noch einen Schritt, um mehr erkennen zu können.

Der Schatten bewegte sich, ein Mensch. Oder zwei? Es war zu dunkel. War es Frank? War er ihr vielleicht auf der Promenade gefolgt, um sie zu beschützen? Er hatte besorgt ausgesehen, als sie weggelaufen war. Die Person kam näher.

»Frank?«, fragte sie laut. Keine Antwort.

»Bist du es?« Wieder keine Antwort. Jetzt ging sie rückwärts, den Blick noch immer auf die Gestalt gerichtet, in der Hoffnung, dass es doch Frank war. Aber es passte nicht zu ihm. Er hätte etwas gesagt. Sie drehte sich um und begann zu rennen. Wäre sie vorhin nicht so viel und schnell gerannt, hätten ihre Kräfte jetzt vielleicht gereicht, aber so war sie ein leichtes Opfer. Die Lichter waren weit weg. Sie schrie, obwohl sie wusste, dass sie niemand außer ihrem Verfolger hören konnte. Der Wind heulte lauter. Kurze Zeit später spürte sie Hände an ihren Schultern. Sie wurde zu Boden gerissen, festgehalten und spürte diese Flüssigkeit im Mund. Es ging zu schnell, als dass sie hätte nachdenken können. Dann musste sie nicht mehr festgehalten werden. Sie sackte zusammen. Der Wind jagte den Sand über ihren Körper, als wollte er sie begraben. Es begann zu regnen.

4

Binz sah am nächsten Morgen aus, als hätte die Natur ihren Müll hier ausgeschüttet. Die Straßen und Wege waren bedeckt von abgebrochenen Ästen, vertrockneten Blättern und Sand. Jetzt wehte kein Lüftchen mehr. Kein Blatt, kein Zweig, kein Sandkorn bewegte sich. Auch die Wolken waren verschwunden. Dennoch war es nicht richtig hell. Das Wasser hatte in der Nacht gut die Hälfte des Strandes überspült. Der noch nasse Sand sah braun aus. Aber das war es nicht, was die Frühstücksgäste im Restaurant des *Strandgold* an die Fenster trieb. Dafür sorgten die Blaulichter und Sirenen, die Aufregung, die von den vom Strand kommenden Polizisten und Notärzten auf die Passanten übersprang. Spekulationen wurden zwischen den Schaulustigen an den Fenstern hin und her geworfen, gewannen mit jedem Mal an Dramatik und Farbigkeit. Einige Gäste hatten bereits den Raum verlassen, um zum Strand zu gehen.

Lissy winkte ab, als sie Gretas neugierigem Blick begegnete. »Wenn da jemand gestorben ist, wird es ihm nichts nützen, wenn ich ihn mit nur einem halbem Frühstück im Magen anschaue«, sagte sie und setzte sich wieder an den Tisch.

»Würde es dir sehr viel ausmachen, wenn ich mal zum Strand ginge?«, fragte Greta und trank im Stehen den Rest des Kaffees aus ihrer Tasse.

»Würde es dir sehr viel ausmachen, wenn es mir sehr viel ausmacht?« Lissy kaute unbeirrt weiter und blickte an ihrer Freundin vorbei.

»Nein, natürlich nicht, Liebes! Bis nachher im Zimmer«, antwortete Greta und verschwand durch die Flügeltür.

Als Greta ins Freie trat, verschwand gerade eine Trage mit einem vollständig verhüllten leblosen Körper im Leichenwagen, der vor dem Hotel parkte. Für einen Augenblick krampfte sich ihr Herz zusammen. Die Situation erinnerte sie an Maxims Tod. Eine Kugel hatte ihn niedergestreckt, als er Geld für seine Auftraggeber eintreiben wollte. Greta hatte zeit seines Lebens keine Ahnung gehabt, womit ihr dritter und letzter Ehemann seine Tage und oft auch Abende wirklich verbrachte. Das Zuknallen der Wagentür riss sie aus der Erinnerung, und sie blickte zum Strand. Dort unten am Wasser waren immer noch Polizisten beschäftigt. Die Beamten nahmen Maß, untersuchten, fotografierten und notierten. Greta näherte sich dem abgesperrten Bereich. Sie sah darin ein Boot liegen, dessen mit Algen und Seetang bedeckter Kiel nach oben ragte. Sie mischte sich unter die Neugierigen, die von den Uniformierten immer wieder aufgefordert wurden zu gehen. Niemand leistete dieser Bitte Folge. Stattdessen vergrößerte sich die Menge stetig.

»Warum fährt sie nachts mit so einer Nussschale aufs Meer?«, fragte gerade eine Frau in dunkelblauer Laufkleidung eine andere mit Jeans und Parka bekleidete Schaulustige. Sie hatte die Arme in die Seite gestemmt und schüttelte den Kopf, wie es viele Leute hier taten. Beide schienen fast so etwas wie einen Funken freudiger Aufregung in den Augen zu haben.

»Wer ist denn gestorben?«, fragte Greta. Einige andere Leute drehten sich um und gierten nach der Antwort, die sie längst kannten.

»Eine junge Frau«, erfuhr sie von der Sportlichen.

»Schlimm ist das« und »So ein junges Ding«, echote ein mehrstimmiger Chor aus der Menge.

»Irgendjemand sagte vorhin sogar, dass es Marie Denz gewesen sein soll«, ergänzte die Sportliche. »Sie sind nicht von hier?« Ihr rundes Gesicht glänzte wie mit einer Wachsschicht überzogen, ihre Wangen waren stark gerötet. Sie blickte aufs Meer und schüttelte wieder mit dem Kopf.

»Nein, ich bin nicht von hier«, antwortete Greta. »Marie, sagten Sie?«

»Ja, sie hat hier oben in einem Hotel gearbeitet. Gott, die armen Eltern.«

»Aber wie …«, begann Greta zu fragen.

»Man weiß es noch nicht genau«, unterbrach die sportlich wirkende Frau. »Die Polizei sagt dazu nichts, aber jemand von den Leuten hier soll etwas von Selbstmord aufgeschnappt haben.«

»Schon wieder!«, erwiderte jemand. »Marie hat doch im *Strandgold* gearbeitet. Das ist ja, als würde ein Fluch auf dem Hotel liegen.«

»Wer fährt schon nachts bei Sturm raus aufs Meer!?«, stimmte eine weitere Stimme ein. »Das macht nur jemand, der lebensmüde ist.«

Möwen kreischten und kreisten über ihren Köpfen. Der spektakuläre Teil des Morgens war offensichtlich vorbei. Die Menschenmenge lichtete sich. Das Boot wurde abtransportiert, und damit verlor der Leichenfundort jeglichen Reiz. Neue Informationen waren hier vorerst nicht zu erwarten.

»Mein Gott!«, hörte Greta plötzlich hinter sich eine bekannte Stimme. Als sie sich umdrehte, sah sie die toupierten roten Haare der Köchin aus dem *Strandgold*. So sehr, wie sie keuchte, musste sie gerannt sein. Über ihrer Küchenkleidung trug sie einen Anorak. »Mein Gott«, flüsterte sie noch einmal in ihre Handflächen hinein, die sie vor ihren Mund presste.

»Wissen Sie es schon?«, fragte Greta.

»Ja, es war unsere Marie. – Was ist denn bloß passiert?«

»Sie soll sich umgebracht haben. Ertränkt.«

»Ertränkt!?« Die Köchin lachte ernst.

»So lauten zumindest die Gerüchte. Ein Boot ist angeschwemmt worden.«

»Haben Sie es gesehen?«

»Ja, es liegt gleich dort drüben. Mit dem Kiel nach oben.«

»Selbstmord«, flüsterte die Rothaarige und blickte dabei zum *Strandgold*. »Dass ich nicht lache.«

»Aber …«

»Ich muss wieder zurück in die Küche«, durchkreuzte die andere Gretas begonnenen Satz. Dann eilte sie los, die Arme vor dem Oberkörper verschränkt, die Schultern hochgezogen.

Greta blieb stehen und versuchte, ihre Gedanken zu ordnen, in denen wiederkehrende Tote und Selbstmörder durcheinanderflogen. Einige Möwen hatten sich lautstark auf dem Strandsand niedergelassen und näherten sich ihr so dicht, dass sie Unbehagen verspürte. Die Kälte begann an ihren mit Feinstrümpfen und Stiefelletten ein wenig zu dünn bekleideten Beinen hinaufzukriechen. Als eine der letzten ging sie vom Meer zurück zum *Strandgold* und fragte sich, ob es Zufall sein konnte, wenn drei Menschen, die über dieses Hotel miteinander verbunden waren, innerhalb weniger Wochen eines unnatürlichen Todes starben.

***

»Vielleicht stimmte etwas nicht mit der guten Marie«, mutmaßte Lissy, die immer noch beim Frühstück saß. »Schließlich wollte sie einen Wiedergänger gesehen haben, die verstorbene Hotelbesitzerin, die ihren Mann vergiftet hat. Außer Marie scheint es hier aber niemanden zu geben, der eine ähnliche Beobachtung gemacht hat. Schizophrenie ist weiter verbreitet, als man denkt, meine Liebe.«

»Ich habe in der gleichen Nacht auch jemanden gesehen. Das war zwar nur der Gärtner, aber immerhin«, erwiderte Greta. »Und die Köchin sagte, dass Marie die Einzige war, die seit dem Tod der Goldmanns Nachtschichten hatte.«

»Wiedergänger könnte man doch sicher auch anderswo sehen, wenn es sie denn gäbe. Ich kenne mich mit solchen übersinnlichen Phantasien allerdings nicht besonders gut aus«, sagte Lissy. »Aber was wirklich seltsam ist: Warum hat denn ausschließlich Marie hier die Nachtschichten gearbeitet? Normalerweise wechselt man sich doch mit den Schichten ab. Hat sie die Zuschläge gebraucht – falls solche überhaupt noch gezahlt werden? Hatte sie keine Familie? War sie einsam? Vielleicht wollte sie wenigstens etwas Aufmerksamkeit in dunklen Nächten …«

Greta lachte. »Als ich dich kennengelernt habe, warst du auch allein. Ich kann mich allerdings nicht erinnern, dass du nach Aufmerksamkeit gesucht hättest.«

»Allein ist nicht gleich einsam.«

Gretas Blick wanderte weg von Lissys Gesicht und verharrte auf einem Punkt im Muster der Tapete. »Komm mit«, sagte sie. »Wir gehen ins Kaminzimmer.«

»Du mit deinen Gedankensprüngen!«, antwortete Lissy und folgte ihr. »Na gut, ich will mir ohnehin ein Buch holen.«

Während Lissy an den Regalen entlangging, hier und da ein Buch herauszog und darin blätterte, stellte sich Greta ans Fenster und blickte hinaus zum Wasser. »Komm mal her«, sagte sie. Lissy behielt ihren bereits gesammelten Stapel im Arm und stellte sich neben sie.

»Erinnerst du, dass vergangene Nacht, als der Strom ausgefallen war, dort draußen auf dem Wasser ein Licht zu sehen war?«, fragte Greta.

»Wie oft hab ich dir schon gesagt: Es heißt: ›Erinnerst du dich‹. Es ist ein reflexives Verb. Und um auf den Inhalt deiner Frage zurückzukommen: Ja, zumindest sagten es einige Gäste. Ich selbst habe es nicht gesehen.«

»Der Engländer sagt auch: I remember und nicht I remember me. Und um auf den Inhalt deiner Aussage zurückzukommen: Wenn Marie alleine dort hinausgefahren ist, um zu kentern und zu ertrinken, hatte sie allenfalls eine Taschenlampe dabei. Das Boot, neben dem man sie heute morgen am Strand gefunden hat, war ein kleines Ruderboot. An so einem Boot gibt es kein größeres Licht.«

»Ja und?«

»So ein schwaches Licht wie das einer Taschenlampe hätten wir von hier aus doch niemals sehen können. Möglicherweise ist sie mit einem größeren Boot hinausgefahren und dort in dieser kleinen Jolle ausgesetzt worden«, mutmaßte Greta weiter.

»Das wäre dann ja kein Selbstmord mehr.« Lissy blickte Greta an, schüttelte den Kopf und lachte kurz auf. »Es könnte so oder so gewesen sein, Frau Holmes. Die Polizei wird die Wahrheit ans Licht bringen.« Mit diesen Worten ging Lissy wieder zum Regal und stellte zwei der Bücher zurück.

»Dein Wort in Gottes Ohr«, murmelte Greta und beobachtete noch immer die ruhige See, die unter einem Dunstschleier lag.

»Hat denn jemand überhaupt von Mord gesprochen, vorhin am Strand?«, fragte Lissy und setzte sich mit zwei Büchern in der Hand in einen der Sessel.

»Nein, die Polizei hat sich natürlich überhaupt nicht geäußert. Das wäre ja viel zu früh. Aber der Hotelköchin entfuhr so eine seltsame Bemerkung.« Greta spürte wie so oft diesen angenehmen herausfordernden Kitzel. Fragen, kombinieren, etwas zutage bringen, Verbrechen aufklären, und das alles ohne den Erfolgsdruck und die Arbeitslast, denen ein Kripobeamter ausgesetzt ist – das war ihr Element, das sie quasi schon mit der Muttermilch aufgesogen hatte. Schließlich hatte ihr Vater es zum Landeskriminaldirektor von Hamburg gebracht, und sie hatte ihn bereits als kleines Mädchen täglich über seine Arbeit ausgefragt. Und er hatte sie, je älter sie wurde, oft in seine Überlegungen mit einbezogen. Die Faszination für die Kriminalistik hatte sogar die Auswahl ihrer Männer beeinflusst. Ihre erste Ehe war sie mit einem Kriminalkommissar eingegangen, der es noch zum Hauptkommissar gebracht hatte, bevor ihn der Alkohol tötete. Sein Nachfolger, ein Kriminaloberrat, hatte einen Herzinfarkt nicht überlebt. Beim dritten Versuch hatte Greta unbewusst das Lager gewechselt und den schönen Maxim geheiratet, der statt ins Büro zu gehen, wie er ihr vormachte, täglich Schutzgelder eintrieb bzw. eintreiben ließ, bis eines seiner Opfer ihn ermordete.

Noch heute unterhielt Greta beste Kontakte zur Hamburger Kripo, die ihr schon manchmal geholfen hatten, wenn es darum ging, ihre kriminalistische Neugierde zu befriedigen.

Hin und wieder nutzten Ex-Kollegen ihrer Männer sogar Gretas gute Spürnase, um sich selbst die Arbeit zu erleichtern – heimlich versteht sich. Für sie ging es dabei um nichts anderes als um Nervenkitzel und Herausforderung. Sie besaß genug Zeit und Geld für ein solches Hobby, schließlich hatte sie viel geerbt, und Lebensversicherungen kamen noch hinzu.

Einer festen Arbeit nachzugehen, war für Greta schon immer unvorstellbar gewesen. Das Studium hatte ihr noch Spaß gemacht. Wem würde Archäologie wohl nicht gefallen? Auch dabei war es immer darum gegangen, Dinge zu suchen, zutage zu fördern, einzuordnen und viele kleine Teile zu einem großen Ganzen zusammenzufügen. Greta hätte sich vorstellen können, ab und an auch nach der Uni an Ausgrabungen teilzunehmen, doch noch vor Ende des Studiums hatte sie ihren ersten Mann kennengelernt und entschieden, in Hamburg zu bleiben. Er besaß ein Haus in Rotherbaum. Das Leben wurde noch angenehmer, als sie es von ihrem Elternhaus kannte, in dem Geld ebenfalls nie eine Rolle gespielt hatte. Sie verlor ihr berufliches Ziel schnell aus den Augen, zumal auch keine konkrete Stelle in Reichweite schien. Stattdessen pflegte Greta ihre zahlreichen Sozialkontakte, gab Gesellschaften, pflegte den Garten, widmete sich der Fotografie und spielte Tennis. Damit waren ihre Tage immer ausgefüllt gewesen. Wenn ihr Mann Joachim dann noch hin und wieder einen kniffligen Fall mit nach Hause brachte, war das Leben perfekt.

Greta tauchte wieder in die Gegenwart ein. Vielleicht konnten ihre alten Kontakte auch hier in Binz für sie nützlich sein. Und möglicherweise könnte sie dazu beitragen, diese absurde Wiedergänger-Geschichte aufzuklären. Apropos! Sie sollten sich den Friedhof und die Gräber anschauen. Wer nach

Untoten sucht, fängt am besten dort an, wo die sterblichen Überreste liegen.

Die Hoffnung auf Sonne prallte auf die sich verdichtenden Wolken. Nur drei verfrorene Spaziergänger kamen Greta und Lissy auf der Bahnhofsstraße entgegen, die gemäß dem Ortsplan aus der schweinsledernen Hotelmappe zum Friedhof führte. Von den Bahnschienen her hörten sie einen Zug. Auf der Straße fuhren ab und an Autos vorbei. Kurz hinter dem Bahnhof bogen sie links in den Wald ab und erkannten schon bald den Friedhof, der hier eine Lichtung bildete.

»Es soll einen Abschiedsbrief gegeben haben«, sagte Greta und blickte dabei ihrem kondensierenden Atem nach. Die Hände hatte sie in den Taschen ihres Dufflecoats vergraben, den sie gegen den Kaschmirmantel getauscht hatte, genauso wie Kleid, Feinstrümpfe und Stiefeletten gegen Rollkragenpullover, Jeans und gefütterte Halbstiefel.

»Von Marie?«, fragte Lissy.

»Nein, von Renate Goldmann, der Hotelchefin«, erwiderte Greta und erblickte ein höheres, kirchlich anmutendes Gebäude. Ich habe nach dem Mittagessen noch einmal ein bisschen mit Margret, unserer Köchin, geplaudert.

»Mhm. Ein Brief. Das ist ja bei Selbstmördern nicht selten der Fall, oder?«

»Sie war offenbar sehr raffgierig und zanksüchtig.«

»Dann hätte doch wohl eher ihr Mann Grund gehabt, sich selbst oder besser noch sie umzubringen«, meinte Lissy. »Vielleicht war er auch der Auslöser für ihr Verhalten.«

»Da ist in diesem Fall wohl viel Wahres dran. Er soll einen enormen Drang verspürt haben, alle Damen dieser Welt zu beglücken. Und weil ihn das Liebesspiel offenbar nicht ausgelastet hat, frönte er auch noch dem Glücksspiel.«

»Da haben wir's doch wieder. Das Ypsilonchromosom macht dumm und böse. Und deshalb sage ich mir konsequent, seit ich den Mist mit Harald durchhabe: Nie wieder!«

»Wenn du doch mit deinen Pauschalverurteilungen etwas mehr hinterm Berg halten würdest! Meinen Ex-Männern jedenfalls kann man zwar allerhand vorwerfen, aber Untreue nicht.«

»Ach komm, vielleicht hast du's nur nicht gemerkt«, sagte Lissy darauf und zog sich die Skimütze noch tiefer ins Gesicht. »Letztlich sind sie alle gleich und tragen ihr Gehirn im Schritt.«

»Schluss damit! Verschon mich mit deinen Hasstiraden. Du hast deinen Ex-Mann bis aufs Hemd ausgezogen. Worüber beklagst du dich überhaupt?«

»In die Ehe bin ich aber mit anderen Zielen gegangen, oder sagen wir Illusionen. Da habe ich noch an das Gute im Mann geglaubt. Ums Geld ging's mir nun wirklich nicht. Das hätte ich auch als Anwältin verdienen können.«

»Bitte«, entgegnete Greta, »du kannst doch noch immer als Anwältin arbeiten. Warum machst du's nicht?« Irgendwo knackte ein Ast.

»Mein Ex-Mann hat es nicht anders verdient. Soll er bluten und jeden Tag an das denken, was er mir angetan hat. Dieses Aas! Nein, von seinem Geld lebe ich wirklich gerne. Und du hast es gerade nötig, mir Vorwürfe zu machen, Madame! Du bist aus deinen Ehen ja auch nicht als arme Frau hervorgegangen.«

»Meine Männer haben mir das Geld immerhin freiwillig überlassen.« Ein Specht hämmerte weit über ihnen gegen einen Stamm. Endlich kam der Friedhof in Sicht.

»Freiwillig!«, erwiderte Lissy und lachte laut. »Hatten sie denn eine Wahl? Sie waren tot.«

»Hör mal zu!«, sagte Greta jetzt laut und blieb stehen. Dabei packte sie Lissy am Arm, so dass diese ebenfalls stehen bleiben musste. »Ich habe meine Männer geliebt, alle drei.« Nach diesen Worten ließ sie ihre Freundin stehen und ging auf das Friedhofstor zu. Lissy folgte ihr mit schnellen Schritten und beeilte sich zu sagen: »Tut mir leid. Das war vielleicht nicht ganz fair.«

»Schon gut!«, entgegnete Greta und blieb an der kleinen schnörkellosen Metallpforte stehen. »Vielleicht kann ich jetzt endlich weiter von den Goldmanns erzählen. Ich war nämlich noch nicht fertig.«

»Ich höre.« Lissy klang ein wenig zerknirscht.

»Ferdinand Goldmann war wohl auf dem besten Wege, das Hotel in den Ruin zu treiben«, begann Greta.

»Dann hätte Renate eigentlich nur ihn umbringen müssen«, warf Lissy ein. »Warum denn auch noch sich selbst?«

»Der Abschiedsbrief nennt als den Hauptgrund für alles seine mehr als unappetitlichen Affären. Die daran beteiligten Damen waren wohl meist gerade einmal der Pubertät entsprungen. Die dauernden Demütigungen durch jüngere Frauen haben Renate Goldmann offenbar zermürbt. Dazu noch ihre desolate finanzielle Situation – das Leben hatte keinen Sinn mehr, wie man so schön sagt.«

»Das muss ja ein doller Kerl gewesen sein. Wie alt war der denn?«, fragte Lissy.

»Ende 50, wie seine Frau.«

»Was wollen denn die Mädchen immer von den alten Kerlen?«

»Ferdinand Goldmann stellte eben etwas dar. Der große Zampano. Viele Menschen beeindruckt das«, antwortete Greta und öffnete die Pforte.

Einzelne Vögel tschilpten und piepten, während die beiden Frauen den Sandweg beschritten und an einem knorrigen Baum stehen blieben, neben dem ein Wasserhahn über einem Fass tropfte. Das Rauschen der hohen Bäume vermischte sich mit dem des Verkehrs unten auf der Bahnhofsstraße. Das half Greta und Lissy, sich hier, umringt von hohen Bäumen und Gräbern und wer weiß, was noch, etwas wohler zu fühlen. Außer ihnen schien keine Menschenseele unterwegs zu sein. Wind war aufgekommen und ließ die Baumkronen sich noch stärker wiegen, als würden sie einem melancholischen Lied lauschen. Gelbe Blätter umtanzten Greta und Lissy und legten sich dann auf den Boden, wo sie raschelnd weiterkrochen. Greta war überwältigt von der Schönheit dieses dunkelgrünen Ortes, der nur durch einen Maschendrahtzaun vom golden schimmernden Wald getrennt war, aus dem es schallte, klopfte und flatterte. Wegen der Hügel im Gelände konnte man den Friedhof nicht mit einem Mal überblicken. Gut zum Verstecken, dachte Greta, als sie zur nächsten Anhöhe emporblickte. Die beiden Freundinnen schritten langsam voran, an alten Eiben, hohen Lebensbäumen, Rhododendren und Hortensien vorbei, und blieben immer wieder stehen, wenn sie besonders schöne Grabstellen entdeckten. Viele waren von aufwendig gearbeiteten Metallgittern umfriedet und mit Buchsbaum, Kiesel und Heidekraut bedeckt. Manche waren so alt, dass die Inschriften kaum mehr zu entziffern waren und Moosschichten einen grünen Pelz auf dem rauen Stein bildeten. Für das Gießwasser standen einige Wasserbehälter bereit, in denen

Laub schwamm. Schließlich sahen sie es. Recht weit oben am Ende des Friedhofs gab es ein relativ frisches Grab, auf dem noch die seidenen Bänder mit den Widmungen und Namen der Trauernden lagen. Die weißen und gelben Chrysanthemen waren bereits verwelkt. Greta fühlte sich vom Tod umschlichen und vergrub die Hände noch tiefer in ihren Dufflecoat. Wie sie vermutet hatten, lagen hier die Goldmanns begraben. Es roch modrig, hoffentlich nach Laub.

»Irgendwie kommt mir das, was wir hier gerade tun, plötzlich recht albern vor«, durchbrach Greta das Schweigen.

»*Du* wolltest hierher.«

»Ich meine ja nur. Ich fühle mich unwohl.«

»Das hast du von Friedas Haus auch gesagt«, erwiderte Lissy, begab sich in die Hocke und betrachtete nach und nach alle Bänder. Greta ging gebeugt um das Grab herum und sah sich die Erde an.

»Also beim besten Willen«, begann Lissy. »Untote passen vielleicht in die Karpaten, aber nicht auf diesen sortierten Friedhof und schon gar nicht zu diesem Grab. Das sieht ja hier eher aus wie beim Karneval.«

Greta scharrte mit den Füßen auf der Erde. Sie fühlte sich noch immer beobachtet. »In jedem Märchen steckt doch auch immer ein Fünkchen Wahrheit.«

»Es gibt nicht die geringste Spur, die darauf hindeutet, dass hier jemand aus dem Grab gestiegen ist«, sagte Lissy und machte aus ihrem Spott keinen Hehl. Ihre Finger glitten über ein paar Samenkörner, die hier jemand verloren zu haben schien.

»Erwartest du denn Fußabdrücke? Könnten Untote, wenn es sie denn gäbe, überhaupt welche hinterlassen?«

Lissy presste die Lippen aufeinander und zog die Brauen hoch. »Dass wir darüber überhaupt ernsthaft reden, ist schon gespenstisch genug.«

»Ohne Frage!«, stimmte Greta zu. »Darum denke ich gerade auch in eine andere Richtung, die mir etwas realistischer erscheint.« Auch sie legte Samenkörner frei, als sie die Sohlen ihrer Stiefel über den Boden kreisen ließ.

»Und die wäre?«

»Scheintot«, erwiderte Greta und blickte sich um.

»Du meinst, Wiedergänger sind Tote, die nicht richtig tot sind«, antwortete Lissy. Bevor sie ihren Gedanken weiterführen konnte, ertastete ihre Hand einen runden, weichen Gegenstand unter den Schmuckbändern. Sie zog ihre Hand schnell zurück.

»Zumindest hier. Das könnte doch sein. Es wäre eine rationale Erklärung«, sagte Greta, die ihren Blick immer noch über den Friedhof schweifen ließ. Erst als Lissy nichts entgegnete, blickte sie wieder zu ihr hin. Ihre Freundin hatte vorsichtig einige Bänder hochgehoben und sich, so weit es ging, nach unten gebückt, um erkennen zu können, was sie eben berührt hatte.

»Was ist denn da?«, fragte Greta. Lissy schwieg und langte langsam unter die Bänder. Dann zog sie ihre Hand zurück und atmete ihre Erleichterung aus.

»Knoblauch?«, fragte Greta, als ihre Freundin ihr die weiße Zwiebel entgegenstreckte. So absurd sie diese Situation fand, so unheimlich war ihr gleichzeitig zumute.

»Willkommen in Transsylvanien!«, sagte Lissy und hielt die Knolle von sich weggestreckt, als könnte sie sich mit einer Krankheit anstecken.

»Kannten Sie die Goldmanns?«

Die laute Stimme ließ beide zusammenzucken. Schritte hatten sie nicht gehört. Als sie sich fast zeitgleich umdrehten, sahen sie hinter sich Elsa Hoth, mit einem Eimer Unkraut in der Hand. Ihr dunkelgrauer Wollmantel war leicht verschmutzt, ihre geröteten Finger mit den verdickten Gelenken umklammerten den Henkel.

»Was machen Sie denn da mit der Knoblauchzehe?«, fragte Elsa, die kleinen wässrigen und tief in den Höhlen liegenden Augen auf Lissys Hand gerichtet.

»Die haben wir gerade gefunden«, erwiderte Greta, hockte sich nieder und hob die Bänder hoch. »Hier, unter dem Gebinde.«

Elsa Hoth verzog keine Miene. Ihr Kopftuch war ein Stück nach hinten gerutscht und gab den Ansatz ihrer grauen Haare frei. Eine schwache Böe ließ die noch an den Ästen verbliebenen Blätter rascheln.

»Was haben Sie denn unter dem Gebinde gesucht?«, fragte Elsa Hoth und trieb Greta und Lissy die Schamesröte ins Gesicht, denn es gab keinerlei plausible Antwort dafür. Die Alte trat einen Schritt näher an die Grabstelle und betrachtete schweigend das einfache Holzkreuz.

»Hier liegen doch die Goldmanns«, begann Greta und erzählte von den Wiedergängergerüchten um die frühere Hotelbesitzerin. Die alte Frau hörte ihr mit ernstem Blick zu. Sie hatte den Eimer abgestellt und einen Arm in den Rücken gestemmt. Ihre kleinen Augen ließen Greta nicht mehr los. Ab und an nickte sie, als hätte sie Ähnliches auch schon erlebt. Ihre blau-nassen Lippen bewegten sich nicht, sie bildeten nur eine weitere Falte in ihrem Gesicht. Als Greta ihre Erzählung beendet hatte, schwieg Elsa noch einen Moment, bevor sie sich dazu äußerte.

»An Ihrem Gesichtsausdruck und an der Art, wie Sie eben gesprochen haben, sehe ich, dass Ihnen das Thema unangenehm ist«, begann sie.

»Für uns gehört so etwas eigentlich in die Welt der Märchen. Ich glaube auch eher an Schein …«, versuchte Greta sich zu erklären, doch Elsa Hoth fragte unbeeindruckt: »Warum sollen das Märchen sein, Frau Winter?«

»Weil jemand, der tot ist, auch tot ist«, mischte sich jetzt Lissy ein. »Die Lebensfunktionen sind erloschen. Das Herz schlägt nicht mehr. Das Gehirn ist tot. Es gibt kein Leben mehr im Körper«, sagte sie und stellte sich neben Greta.

»Woher wollen Sie das so genau wissen?«

»Das weiß man doch. Das ist Logik, Wissenschaft, was auch immer. Es ist eine Tatsache«, erwiderte Lissy.

»Tatsache ist nur das, was Sie selbst sehen und spüren. Alles andere sollten Sie anzweifeln, bis Sie es bewiesen haben, und zwar mit eigener Hand. Die Menschen hinterfragen heutzutage nichts mehr. Sie glauben alles, was man in den Zeitungen, in Büchern oder im Internet schreibt, sie begeben sich selbst nicht mehr zu den Quellen des Wissens. Damit entfernen sie sich vom Leben. Ihre Welt ist abstrakt. Die meisten sind ja nicht einmal mehr in der Lage, in ihren eigenen Körper hineinzuhören und wundern sich, wenn sie plötzlich krank sind«, ereiferte sich Elsa und nahm dabei ihre Schultern zurück. Greta und Lissy blickten sie erstaunt an.

»Also glauben Sie auch, dass es Wiedergänger gibt?«, fragte Greta.

»Es hat sie schon immer gegeben. Und die Tatsache, dass Sie Knoblauch gefunden haben, zeigt, dass noch jemand anderes befürchtet haben muss, dass die Goldmanns zurückkehren. Was glauben Sie, warum hier lauter Samenkörner liegen?«

»Sie werden es uns hoffentlich verraten«, erwiderte Greta und erntete für ihren sarkastischen Unterton ein kurzes Lächeln von der alten Frau.

»Man sagt, dass Wiedergänger jedes Samenkorn einzeln auflesen, um sie zählen zu können«, fuhr Elsa fort. »Weil sie pro Jahr aber gerade einmal ein Korn aufnehmen und zählen können, sind sie damit lange Zeit beschäftigt und abgelenkt, können also den Menschen keinen Schaden zufügen.«

Greta und Lissy blickten noch einmal zur Grabstelle und erkannten, dass die Samenkörner einen geschlossenen Kreis darum bildeten. Sie blickten wieder ungläubig zu Elsa, die nun triumphierend lächelte.

»Wer einen Verstorbenen am Wiederkehren hindern will, muss dies recht schnell nach dessen Ableben tun«, erklärte Elsa. »Es heißt, dass die Seele noch für einige Tage im Körper verweilt und damit das Leben noch nicht vollends aus dem Körper gewichen ist, wie Sie und viele andere Menschen heute annehmen.«

»Also streut man Samen um die Grabstelle und legt Knoblauch dazu?«, schlussfolgerte Greta aus ihren Beobachtungen.

»Das ist nur eine von vielen Möglichkeiten«, antwortete Elsa. »Es heißt auch, dass kein Mondlicht auf den aufgebahrten Leichnam fallen darf. Es könnte ihn wieder erwecken. Weil Spiegel und spiegelnde Oberflächen als Pforten zwischen Menschen- und Totenreich gelten, haben die Menschen diese früher verhängt bzw. abgedeckt, solange der Verstorbene noch im Haus war. Noch heute beachten manche Menschen, vor allem die alten, diese Regel. Werden die Verstorbenen beerdigt, stopft man ihnen Mund und Nase zu mit Steinen, Metall oder mit Gras bewachsenen Erdschollen.«

»Ins Gras beißen …«, dachte Lissy laut und schmunzelte.

»Sie sagen es!«, erwiderte Elsa, und ihre Stimme klang plötzlich heller als sonst. »Diese Redewendung kommt in der Tat von diesem Brauch. Auch eine Münze haben die Menschen den Verstorbenen mit ins Grab gelegt, damit diese die Überfahrt ins Jenseits bezahlen konnten. Oft wurden sie auch mit dem Gesicht nach unten bestattet. Beginnt der Tote zu graben, würde er sich tiefer ins Erdreich graben statt nach oben ans Tageslicht, in die Welt der Lebenden.« Je mehr Elsa Hoth erzählte, desto lebhafter wurde sie. Ihre Wangen röteten sich zunehmend. Ihre Lippen waren jetzt rot, und selbst ihre Augen schienen ein wenig aus ihren Höhlen gekommen zu sein. Greta hingegen fühlte sich immer unbehaglicher. Die feuchte Kälte kroch wieder an ihren Beinen hoch. Auch hatte sie das Gefühl, Elsa würde zu laut sprechen für diesen Ort und dieses Thema. Immer wieder blickte sie um sich, aber sie schienen allein zu sein.

»Und wenn alles nichts half, dann gab es noch rabiate Möglichkeiten, die Verstorbenen am Umherwandern zu hindern. Man verstümmelte oder köpfte den Leichnam. Auch Verbrennen half. Manchen Toten wurden auch Hände und Füße gefesselt.« Die Augen der alten Frau schnellten zwischen Greta und Lissy hin und her, als wollte sie beider Reaktionen genau im Blick behalten. Jede Handlung, die sie beschrieb, führte sie in der Luft mit ihren geröteten, krallenartigen Händen aus. Deren Haut spannte sich zwischen den vergrößerten Gelenken, so dass sie glänzte.

»Ich glaube, das ist jetzt genug«, unterbrach Lissy schließlich den Redeschwall. Auch sie, die erklärtermaßen nicht an solche Dinge glaubte, schien sich aufgrund der detailreichen Beschreibungen in direkter Nachbarschaft zu den vielen Toten, die vielleicht gerade mal anderthalb Meter unter ihnen lagen, unwohl zu fühlen.

»Nun lass doch gut sein!«, wies Greta ihre Freundin zurecht. »Was Sie da erzählen, Frau Hoth, finde ich überaus interessant. Fast könnte man glauben, dass es solche Dinge wirklich gibt«, sprach sie ebenso euphorisch wie Elsa weiter. Deren Blick verfinsterte sich sofort und sie trat so dicht an Greta heran, dass die den Atem der Alten riechen konnte. Sie wagte nicht zurückzugehen. Es war, als würde die alte Frau sie mit einem unsichtbaren Band festhalten.

»Es gibt so viel mehr, als Sie sich vorstellen wollen«, sagte Elsa. Und leiser: »Haben Sie nicht auch manchmal das Gefühl, die Welt der Toten und der Lebenden würde sich vermischen?«

Greta trat jetzt doch einen Schritt zurück. »Nein, bisher nicht, um ehrlich zu sein.«

»Seien Sie froh! Wiedergänger sind nämlich in der Lage, die Menschen zu sich zu holen, auf die sie es abgesehen haben«, sprach Elsa lauter weiter, jetzt auch wieder an Lissy gewandt.

»Wie denn das? Können sie richtige Handlungen vollziehen?«, fragte Greta.

»Sie halten eine geistige Verbindung zum Lebenden. Da gibt es beispielsweise die Nachzehrer«, erläuterte Elsa weiter. Lissy holte tief Luft und schloss die Augen.

»Zehren von verspeisen?«, fragte Greta.

»Ja, sie essen im Grab ihr Leichengewand oder ihren eigenen Körper. Um das zu verhindern, darf nichts an ihren Mund gelangen können. Wenn sie zehren, zehren sie damit auch an den Menschen, die sie noch immer im Sinn haben, entziehen ihnen auf diese Weise Kraft und Lebensgeister, bis diese ebenfalls sterben. Niemals darf man einem Verstorbenen einen persönlichen Gegenstand mit ins Grab geben. Das ist der beste Weg, Opfer eines Nachzehrers zu werden.«

»Das klingt furchtbar!«, erwiderte Greta und dachte plötzlich an Frieda. Waren auch bei ihrer Tante alle Vorkehrungen getroffen worden, um ihre Rückkehr zu verhindern?

»Manchmal, erzählten sich die Leute, konnte man Schmatzgeräusche auf dem Friedhof hören«, sprach Elsa weiter.

»Ich sehe mich hier mal etwas um«, unterbrach Lissy. Sie wirkte bleich im Gesicht, und ihre Lippen waren blau gefroren. Während sie sich entfernte, blickten ihr die beiden anderen Frauen einen Moment lang nach. Über Elsas Gesicht huschte ein Lächeln. Greta konnte nicht deuten, ob es herzlich oder boshaft war.

»Der Knoblauch hier erinnert mich an Vampirgeschichten.« Greta zeigte auf die Knolle.

»Wiedergänger sind aber keine Vampire. Sie saugen kein Blut. Sie verbrennen auch nicht bei Tageslicht, wenngleich sie tagsüber schwächer sind als in der Nacht.«

»Dann schützt Knoblauch auch davor, dass Tote zurückkehren?«

»Eigentlich nicht«, entgegnete Elsa. »Wenn er im Grab läge, könnte der zum Leben erwachende Tote die Knolle aufessen, und was das Nachzehren bewirkt, habe ich Ihnen ja gerade erzählt. Und hier draußen neben dem Grab nützt er überhaupt nichts.« Elsa winkte verächtlich ab. Sie blickte sich um. Der Friedhof war noch immer menschenleer. Lissy war den Hügel hinabgegangen und hinter dem dunklen Grün verschwunden.

»Mit dem Knoblauch können Sie sich allerdings vor Wiedergängern schützen«, fuhr Elsa fort. »Er gilt in der Naturmedizin als Heilmittel. Und alles, was heilt, glaubte man schon immer, schützt auch gegen böse Geister. Darum waren früher Knoblauchgirlanden üblich, wie Sie sie vermutlich aus Filmen kennen. Heute sieht man so etwas nur noch selten. Aber auch das kommt noch vor.«

»Wer mag die Knolle hierhergelegt haben?«

»Ich weiß es nicht. Vermutlich aber jemand, der fürchtet, dass die Goldmanns zurückkehren, und der auch einen Grund dafür wüsste. Außerdem war es jemand, der sich mit diesen Dingen nicht auskennt.« Dabei lachte Elsa leise, nahm die Zehe und legte sie wieder unter die Gebinde.

»Die Goldmanns waren nicht besonders beliebt in Binz«, sagte Greta.

»Nein, das waren sie nicht«, bestätigte Elsa Hoth. Dann schwieg sie einen Moment. »Hinter den Weibern war er her, der Ferdinand. Aber wer wollt's ihm verdenken? Ein Herz aus Stein hatte seine Frau. Der arme Kerl.« Elsa blickte noch immer auf das Grab und schüttelte den Kopf. »Wiedergänger«, sagte sie nach einer längeren Zeit des Schweigens. Diesmal sprach sie leiser als zuvor. »Wiedergänger haben meistens noch etwas zu klären in der Welt der Lebenden. Darum kommen sie zurück.«

»Sie finden keine Ruhe«, sagte Greta.

»Ja, irgendetwas treibt sie um, ein ungelöstes Problem oder Hass«, fuhr Elsa Hoth fort. »Ich habe einmal von einer Frau auf Jasmund gehört, die erschlagen worden ist. Sie kehrte so lange wieder zum Haus ihres Mörders zurück, bis der sich selbst gestellt hat. Oder der alte Degner hier aus Binz, der soll seinen Nachbarn zu Lebzeiten so sehr gehasst haben, weil der ihm die Frau ausgespannt hatte, dass auch er im Grab keine Ruhe fand und regelmäßig wiederkehrte.«

»Und warum, denken Sie, dass Renate Goldmann keine Ruhe finden kann?«, fragte Greta.

»Selbstmord«, antwortete Elsa Hoth und ging einen Schritt zurück, weg von der Grabstelle. »Viele Selbstmörder sind zurückgekehrt.« Die alte Frau sprach jetzt noch leiser, so als fürchtete sie, Renate könne sie hören. »Wer sich das Leben nimmt, ist sehr verzweifelt.« Elsa schritt weiter nach hinten und löste endlich ihren Blick von der Grabstelle.

»Möchten Sie vielleicht einmal Friedas Grabstelle sehen? Morgen geben wir ihr ja das letzte Geleit«, sagte sie plötzlich in völlig verändertem Ton und stürmte auch schon los, ohne Gretas Antwort abzuwarten. Ihre Füße ertranken im Laub, aber das schien sie nicht zu merken. Greta folgte ihr schweigend. Die Beerdigung ihrer Tante hatte sie fast vergessen. Sie gingen den Hügel hinab, dorthin, wo sie auch Lissy zuletzt gesehen hatte. Und hier hatte sich Gretas Freundin auch auf einer Holzbank in einem Rondell niedergelassen. Lissy stand auf und gesellte sich wieder zu ihnen. Als sie an Friedas Grabstelle standen, mischte sich plötzlich ein Geräusch in das Rascheln der Blätter und Rauschen der Bäume. Es war ein Heulen, aber nicht das des Windes.

»Was ist das?«, fragte Greta und reckte ihren Hals aus dem Mantelkragen.

Elsa schien es überhört zu haben, denn sie blickte weiterhin auf die Grabstelle herab und murmelte etwas. Aber Lissy drehte sich ebenfalls um und suchte mit ihrem Blick den Friedhof ab. Aus dem Heulen war Schreien geworden.

»Das ist ein Baby«, sagte Lissy.

Elsa nahm Eimer und Harke und schlurfte zu einem Geländer, an dem Gießkannen angeschlossen waren. Greta und Lissy gingen ein Stück in jene Richtung, aus der die Schreie kamen. Niemand war zu sehen. Der Friedhof lag da wie ein Bühnenbild. Bäume und Sträucher waren arrangiert, als sollten sie ein tragisches Stück umrahmen – abgedunkelt durch eine Wolkendecke. Dann verstummten die Schreie. Sie drehten sich wieder um, doch Elsa war verschwunden. Die Pforte fiel ins Schloss. Das Stück beginnt, dachte Greta und zog Lissy hastig in Richtung Ausgang. Keine Sekunde länger hierbleiben!

Sie waren den Klünderberg Richtung Strand hinuntergegangen. Weil die Luft so angenehm war und die Sonne endlich wieder schien, genossen sie den Spaziergang auf der belebten Promenade und beschlossen, doch nicht, wie geplant, sofort in ein Restaurant zu gehen. Besonders lebhaft ging es auf Höhe der Seebrücke, der Hauptstraße und des Kurhauses zu. Die meisten Spaziergänger waren offenbar Urlauber und Besucher aus Großstädten. Zumindest nährte deren vornehme und teils auch sportliche Kleidung eine solche Vermutung. Die einen, so schien es Greta, folgten einfach ihrer Gewohnheit, sich am Wochenende in feinster Ausstattung zu präsentieren. Sie stolzierten auf dem gepflasterten Weg entlang, in der Hoffnung, von möglichst vielen – an der Strandpromenade reihten sich die Restaurants, Cafés und Bars wie die Perlen einer Kette aneinander – gesehen und bestaunt zu werden. Die Sportlichen dagegen wollten offenbar keine Sekunde ihrer freien Zeit für etwas vergeuden, das nichts mit der Stählung ihres Körpers zu tun hatte. Früher joggte man einmal morgens durch den Wald. Inzwischen joggten und walkten sie *nordic* rund um die Uhr, natürlich ebenfalls dort, wo sie von möglichst vielen gesehen werden konnten, also auf der Promenade. Und weil auch beim Sport inzwischen die Kleidung und das Zubehör mindestens genauso wichtig wie die Bewegung selbst waren, paradierte in Binz heute alles, was die Sportläden zu bieten hatten. Gerade als Greta und Lissy vier älteren Frauen mit Walkingstöcken aus dem Wege gingen, sahen sie Margret aus einem der Hotels kommen. Sie war dabei, ihren Mantel zu schließen und blieb dafür einen Augenblick stehen. Mit Bluse, Rock und Hackenschuhen wirkte sie so gar nicht wie die Köchin, die sie kannten.

Greta berührte Lissys Arm, wie sie es immer tat, wenn sie etwas Sonderbares entdeckte.

»Das hier ist nicht das *Strandgold*«, wunderte sich ihre Freundin. »Schmeckt der Guten etwa die eigene Küche nicht?«

Die beiden Hamburgerinnen verlangsamten ihren Schritt. Als Margret den Mantel geschlossen hatte, blickte sie kurz nach links und rechts, wobei sie ihren Kopf gesenkt hielt. Greta und Lissy hatten sie jetzt fast erreicht. Margret erkannte die beiden und öffnete einen Augenblick den Mund, schloss ihn jedoch sofort wieder. Am liebsten wäre sie zurück ins Hotel gegangen – das war deutlich zu sehen –, aber es war zu spät. Also hob sie den Kopf und bemühte sich zu lächeln.

»Wie es aussieht, wollten wir wohl alle heute eine andere Küche als die des *Strandgold* testen«, begann Greta nach der höflichen Begrüßung. »Was uns anbelangt, liegt es allerdings nicht daran, dass wir mit Ihren Künsten unzufrieden wären. Im Gegenteil.«

»Danke, das ist sehr freundlich. Ich weiß: Man möchte Abwechslung und ist zu nichts verpflichtet«, entgegnete Margret und schien jetzt ihre Fassung zurückgewonnen zu haben. Sie ging weg vom Restaurant mit der Glasfront, das zu einem Hotel gehörte, auf die gegenüberliegende Seite des Weges und legte dabei ihre Hände auf Gretas und Lissys Rücken, als würde sie die beiden mit sich schieben.

»Können Sie die *meerbar* empfehlen?«, fragte Greta, als sie wieder standen. »Wir wollten gerade einkehren.«

Margret schien zu überlegen. Sie blickte auf ihre Schuhe, dann schloss sie kurz die Augen und leckte sich über die Lippen.

»Die Küche hier ist ausgezeichnet: leicht und mit frischen Bio-Zutaten«, erwiderte sie. »Gehen Sie unbedingt hinein. Ich habe hier eben allerdings nicht gegessen. Ich habe mich beworben.«

»Gefällt es Ihnen nicht mehr im *Strandgold*?«, fragte Greta und hielt sich die rechte Hand vor die Augen, um sich gegen die blendenden Sonnenstrahlen zu schützen.

»Ich wäre Ihnen sehr verbunden, wenn Sie das für sich behalten«, sagte Margret leise und blickte die Passanten aufmerksam an. »Ich verdiene hier mehr. Man muss sehen, wo man bleibt«, fügte sie hinzu, und es klang wie auswendig gelernt.

»Das ist natürlich ein guter Grund«, erwiderte Lissy, blickte an den vielen Spaziergängern vorbei zum Restaurant und beneidete dessen Gäste um deren volle Teller.

»Ich halte Sie bestimmt auf«, sagte Margret und setzte zum Gehen an.

Noch bevor Lissy etwas von Mittagessen sagen konnte, ergriff Greta das Wort.

»Aber nein, keineswegs tun Sie das. Wir wollten ohnehin noch etwas gehen und später essen. Wenn Sie Lust haben …« Greta witterte Informationen. Lissy rollte mit den Augen und eilte ohne Abschied in die *meerbar*.

Margret zögerte und blickte sich erneut um. »Wenn es Sie nicht stört?«, sagte sie, und ein zaghaftes Lächeln signalisierte Erleichterung. »Gehen wir hinunter zum Wasser«, schlug sie vor und bahnte einen Weg durch den Passantenstrom hindurch zum Holzsteg des nächsten Strandaufganges. Greta ging neben ihr hinunter zur Ostsee, Lissy folgte einige Minuten später mit einem dicken Sandwich. Auch hier direkt am Wasser waren viele Leute unterwegs, neben diversen Sportlichen auch viele, die sich erkennbar unaufgeregt und selbstverständlich am Strand bewegten. Damit passten sie bedeutend besser zum ruhigen Wellenschlag. Greta tippte darauf, dass diese Menschen einheimisch waren, ohne dies laut auszusprechen. Eine Möwe hatte eine kleine Scholle gefangen. Der Fisch zappelte noch. Ringsum lauerten mehrere Artgenossen darauf, die Beute zu stehlen oder wenigstens etwas vom Rest abzubekommen. Weiter hinten am Horizont zeichnete sich der graue Hafen von Mukran über der Ostsee und vor dem dahinter liegenden Wald ab. Mehrere Fähren glitten durch das Wasser. Rechts darüber leuchteten die Kreidefelsen der Halbinsel Jasmund.

»Es ist gar nicht das Geld«, begann Margret, nachdem sie ihren Trott gefunden hatten. »Ich fühle mich im *Strandgold* nicht mehr wohl. Nein, besser gesagt: sicher. Ich fühle mich dort nicht mehr sicher.« Sie blieb stehen und blickte auf das grünblaue Wasser.

»Wegen der Todesfälle?«, fragte Greta und blieb ebenfalls stehen. Dabei schaute auch sie dem Kommen und Gehen der

Wellen zu. Manchmal redete es sich besser, wenn man sich nicht in die Augen sah. Lissy kaute.

»Um ehrlich zu sein: ja. Ich glaube nicht, dass Marie sich das Leben genommen hat. Das haben Sie vermutlich schon heute Morgen am Strand bemerkt. Irgendetwas Seltsames geht im *Strandgold* vor. Die Besitzer sterben einen grässlichen Tod, der von der Frau herbeigeführt worden sein soll. Wenig später wird sie wieder gesehen, nachts, wie ein Geist. Wer weiß, was dort noch passiert? Ich möchte nicht warten, bis auch ich die Goldmann sehe und dann am nächsten Tag tot am Strand liege. Und außerdem hat sich die Stimmung unter den Kollegen grundlegend verändert. Tezlaw ist nur noch angespannt, seit er die kommissarische Führung übernommen hat. Jeder hat immerzu Angst, weil er auch nicht den kleinsten Fehler toleriert. Ach, das will ich mir alles nicht mehr antun. Dieses Stellenangebot hier im Hotel kommt mir wie gerufen.

»Sie glauben nicht, dass Renate Goldmann sich und ihren Mann getötet hat?«, fragte Greta.

»Nein, ich kann es nicht beweisen und will es auch nicht, aber wenn Sie mich fragen: Die Goldmanns wurden umgebracht. Doch die Spuren am Fundort sprachen offenbar klar für Selbstmord. Jedenfalls hat die Polizei ihre Ermittlungen ziemlich schnell, viel zu schnell eingestellt«, erzählte Margret aufgebracht.

»Warum sind Sie so sicher, dass es Mord war?«, fragte Greta.

»Ach sicher, wie das klingt. Wenn man von ›sicher‹ spricht, werden immer Beweise verlangt«, erwiderte Margret. »Die habe ich nicht. Dass Marie Renates Wiedergänger gesehen hat, kann ich nicht beweisen. Ich glaube ihr aber, weil ich sie kenne oder besser kannte. Marie war kein Mädchen, das sich mit Geschichten wichtig machen wollte. Sie war aufrichtig.«

Eine leichte Gänsehaut breitete sich über Gretas Körper aus. Schon wieder dieses Thema! Aber jetzt nicht von einer alten abergläubischen Frau vorgebracht, sondern von einer mitten im Leben stehenden, offenbar modernen Frau, die sich auszudrücken wusste und nicht einmal ein Kreuz um den Hals oder esoterisch anmutende Ohrringe trug. Margret hätte auch eine Bankangestellte sein können, so wie sie heute aussah. Und diese solide wirkende Frau sagte ihr ohne irgendein Zittern in der Stimme oder eine sich verändernde Gesichtsfarbe, dass sie an Wiedergänger glaubt. Schlimmer noch war, dass dabei die Sonne schien, unzählige Spaziergänger um sie herumgingen, die nicht aussahen, als würden sie in der Tasche eine Knoblauchknolle mit sich tragen, um sich vor ihrer verstorbenen Großmutter zu schützen, und sie, Greta Winter, begann sich zu fürchten. Von einer Frau wie Elsa Hoth hatte sie abergläubisches Geschwätz fast schon erwartet, aber aus Margrets Munde hörte sich das an, als wäre es die normalste Sache der Welt, noch einmal aus dem Grab aufzustehen. Greta wünschte, sie hätten dieses Gespräch nie geführt, sie wären doch in die *meerbar* gegangen und hätten gegessen.

Sie blickte ihre Freundin an, in der Hoffnung, dass diese ihr durch ihre Mimik zeigen würde, wie absurd es war, an auferstandene Tote zu glauben. Doch Lissy blickte an irgendeinen Punkt weit hinten am Horizont und schien innerlich selbst Zwiesprache zu halten. Dabei hielt sie den Rest ihres Sandwiches in der Hand, als hätte sie ihn ganz vergessen.

»Ich dachte, gerade Selbstmörder würden häufig zu Wiedergängern«, sagte Greta und bemühte sich um einen möglichst selbstverständlichen Tonfall, was ihr nicht ganz gelang. Ihre Stimme zitterte.

»Verstorbene kehren zurück, weil sie noch etwas zu erledigen haben«, erwiderte Margret. »Sie wollen sich beispielsweise an ihrem Mörder rächen. Und Marie hat Renate immer am Hotel gesehen, also dem Ort ihres Todes.«

»Sie sucht ihren Mörder?«, fragte Greta.

»Sie halten mich jetzt sicher für verrückt, nicht?«, fragte Margret und blieb einen Moment stehen, um Greta prüfend anzuschauen.

»Nein, es ist nur …«, versuchte sich Greta zu erklären.

»Es ist nur so irrational?«, beendete Margret den Satz.

»Ja, es fällt mir schwer zu glauben, dass es so etwas gibt. Ich habe noch niemals den Geist von irgendjemandem gesehen und auch nichts Übersinnliches. Noch nie«, erwiderte Greta und hoffte, Margret oder sie selbst könnte sich überzeugen, dass das genügt. Doch natürlich stand ihr im gleichen Moment glaskar vor Augen, dass der Fakt, dass man etwas noch nie gesehen hat, nicht beweist, dass es diese Sache auch tatsächlich nicht gibt.

»Dann kann ich Sie gut verstehen«, sagte Margret und berührte Gretas Arm. »Ich habe zum Glück auch noch nie einen Wiedergänger gesehen, aber meine Großmutter hatte ein solches Erlebnis. Und ich werde niemals den Gesichtsausdruck vergessen, den sie hatte, nachdem es passiert war. Niemals zuvor habe ich sie so gesehen. Ich könnte fast sagen, sie war danach nicht mehr dieselbe, die sie bis dahin gewesen war.«

Greta spürte erneut diesen Druck auf ihrem Brustkorb. Bilder alter Zombie-Filme drängten sich in ihre Gedanken, starr dreinblickende Untote, die sich plump, aber unbeirrbar auf ihre Opfer zubewegten und diese auffraßen. Als junges Mädchen hatte sie solche Filme geliebt, diesen angenehmen Nervenkitzel, jenen Schauder, der nur dann süß ist, wenn man im gemütlichen Wohnzimmer sitzt und weiß, dass es solche Dinge nicht gibt. Aber was, wenn sie wirklich jemanden sähe, der eigentlich tot war? Ein Alptraum! Die Grundfesten ihrer Weltanschauung wurden zusammenstürzen. Sie hätte Angst, immer nur Angst. Schon jetzt spürte sie dieses Gefühl wachsen. Machtlos wäre man. War man? Warum sollte Margret lügen? Und Marie war so bleich und schockiert gewesen in jener Nacht …

»Aber das ist es gar nicht, was mich so sicher macht, dass die Goldmanns umgebracht worden sind«, sagte die Köchin nach einer Pause. Lissy schwieg noch immer. Und noch immer blickte sie nicht verächtlich und sagte nichts Sarkastisches, wie das sonst der Fall war, wenn jemand etwas von sich gab, das sie für absurd hielt. Greta hätte es sich gewünscht.

»Was ist es dann?«, fragte Greta.

»Ich habe mal ein Gespräch belauscht zwischen den Goldmanns«, begann Margret. »Zufällig«, beeilte sie sich hinzuzufügen. »Ich erinnere mich noch gut. Ich wollte um eine Gehaltserhöhung bitten und hatte bereits einen Termin mit Frau Goldmann vereinbart. Im Grunde hat sie das Hotel ja allein geführt. Ferdinand hatte andere Dinge im Kopf.«

»Wir haben davon gehört«, erwiderte Lissy laut. Margret und Greta blickten sie verwundert an. Es war das erste Wort von ihr, seit sie aufeinandergetroffen waren.

»Jedenfalls hörte ich die beiden schon reden, als ich noch unten auf der Treppe stand«, sprach Margret weiter, blieb stehen und wandte sich Greta und Lissy zu. »Ferdinand Goldmann wollte seine Frau verlassen.«

»Das hat er gesagt?«, fragte Greta, dankbar, dass es nicht mehr um Wiedergänger ging.

»Ja, so wahr ich hier neben Ihnen stehe – das hat er klar und deutlich gesagt.«

»Hat er auch einen Grund genannt?«, fragte Greta.

»Er hatte sich verliebt.«

»In wen?«

»Das weiß ich nicht, und Renate hat auch nicht danach gefragt.« Margret wirkte nicht glücklich mit ihrem Wissen. Ihre Frisur war ein wenig nach unten gesackt. Auch ihre Gesichtsmuskeln waren erschlafft. Am liebsten hätte Greta sie jetzt in den Arm genommen. Stattdessen strich sie nur über Margrets Arme. Der Stoff des Mantels war kalt und steif. »Haben Sie das der Polizei erzählt?«, fragte sie und trat dabei noch einen Schritt an Margret heran.

»Nein, wo denken Sie hin? Ich habe gelauscht. Das ist schlimm genug. Das muss ich nicht noch in der Öffentlichkeit breittreten« erwiderte die Köchin und hielt abwehrend die Handflächen vor ihren Oberkörper. »Außerdem ist es kein Beweis.«

»Gut, aber gegen Selbstmord spricht es nicht«, hielt Greta dagegen.

»Ja, vielleicht. Ich habe noch etwas beobachtet. Es erklärt möglicherweise, warum Renate sich nicht sonderlich für die Frau interessierte, in die sich ihr Mann verliebt hatte. Sie hatte nämlich selbst auch ein Verhältnis.« Margret wurde rot und blickte auf ihre Schuhe. Sie waren schon ein Stück in den Sand eingesunken.

»Mit wem?«

»Tezlaw.«

»Wie kommen Sie darauf?«

»Sie gingen abends durch das Restaurant im *Strandgold* und besprachen einen größeren Empfang, der bald stattfinden sollte. Ich war noch in der Küche beschäftigt, traf ein paar Vorbereitungen für den nächsten Tag. Sie haben mich nicht bemerkt, weil ich in dem Moment etwas geschrieben habe. Dann hörte ich plötzlich nichts mehr und hatte irgendwie das Gefühl, dass es auch besser wäre, wenn sie mich nicht bemerken würden. Einfach nur so ein Gefühl. Sonst wäre ich ja aus der Küche gekommen und hätte etwas gesagt. Nur so ein Gefühl …«

»Verstehe.«

»Ich schlich mich hinter eine Tür, auch für den Fall, dass sie in die Küche kommen würden. Sie hätten sich ja gewundert, dass ich nichts sage. Die Situation war ohnehin schon unmöglich, aber manchmal macht man solche Dinge und kann es gar nicht richtig erklären.«

»Frauen und Gefühle«, entgegnete Greta.

»Sie verstehen mich.« Margret hakte Greta unter und ging mit ihr weiter. Lissy hatte sich zurückfallen lassen und war nur noch als roter Punkt weit hinten zu erkennen. Greta kniff die Augen zusammen und winkte ihr, bevor sie weitergingen.

»Jedenfalls konnte ich die beiden gut beobachten. Renate hing förmlich an seinem Mund, und es war kein einfacher Freundschaftskuss, wenn Sie verstehen.«

»Ja, verstehe. Aber das kann ja auch im Affekt passiert sein. Sie waren allein, es war später Abend und, nun ja …«

»Nein, sie sprachen über ihr Verhältnis. Er sagte beispielsweise: ›Wann habe ich dich endlich ganz für mich?‹ So ein verlogener Kerl!«

»Das ist eine gewagte Behauptung«, sagte Greta. »Warum soll er sie nicht wirklich geliebt haben? Offen gesagt, kommt er mir auch ziemlich durch den Wind vor. Möglicherweise sind das noch die Folgen ihres Todes? Vielleicht trauert er wirklich?«

Magret sagte nichts.

Je weiter südlich sie kamen, desto einsamer wurde es. Keine weißen Villen mehr, sondern Wald. Geräusche kamen nur noch vom Wasser und von den Bäumen. Die Wellen schoben sich in monotonem Rhythmus über den Sand, wie Hände, die nach etwas greifen, was sie nicht bekommen können. Sie spielten, sie reizten, sie zogen sich schmollend wieder zurück, nur um im nächsten Moment noch energischer zu fordern.

»Ich habe Tezlaws Blick gesehen, als sie ihn küsste«, sagte Margret, nachdem sie einige Minuten geschwiegen hatte. »Und wenn man seine Freundinnen zuvor erlebt hat – die waren grundsätzlich jünger. Aber sie, Renate, war verliebt in ihn. Wie sie sich an ihn geklammert hat. So im Hotelbetrieb hat man es ja nie bemerkt – im Gegenteil. Sie haben ihre Rolle als Chefin und Angestellter perfekt gespielt. Niemand im Hotel hätte geglaubt, dass die beiden ein Verhältnis hatten. Außer mir weiß es wohl auch niemand.«

Zwei Strandläufer rannten neben ihnen am Wasser entlang. Der rote Punkt in der Ferne vergrößerte sich. Lissy begann aufzuschließen.

»Und Sie glauben, dass Renate sich, weil sie verliebt war, nicht das Leben genommen haben kann?«, fragte Greta. Sie blieben stehen. Der Strand war hier zu Ende. Der Wald lag vor und hinter ihnen wie eine dunkle Wand.

»Warum sollte sie das tun? Es ging ihr doch gut. Und was Ferdinand machte, ging ihr im Grunde sonst wo vorbei.«

»Mag sein«, erwiderte Greta. »Nun ja, den Abschiedsbrief hätte auch jemand anderes verfasst haben können.«

»Die Polizei hat die Schrift wohl eindeutig als Renates Handschrift identifiziert. Den Brief muss sie also selbst geschrieben haben. Vielleicht hat man sie bedroht. Ich habe da so meinen ganz eigenen Verdacht.«

»Und auf wen fällt der?«

»Auf Tezlaw, der ist nicht sauber. Ist Ihnen mal aufgefallen, dass er niemandem in die Augen blicken kann? Als hätte er Angst davor, dass jemand darin irgendetwas erkennen könnte. Ich habe richtig Angst vor ihm, richtiggehend Angst«, sagte Margret.

»Ja, das ist mir durchaus aufgefallen, aber deswegen muss er doch noch lange kein Mörder sein.«

»Für mich ist er es.«

»Aber warum? Was sollte er denn davon haben? Oder hatte Renate ihn schon als Erben eingesetzt?«

»Ich weiß es nicht.« Margret hob Schultern und Hände.

»Wem gehört eigentlich jetzt das Hotel?«, fragte Greta.

»Auch das weiß ich nicht. Tezlaw hat jedenfalls jetzt erst mal die Geschäftsführung übernommen und spielt sich auf, als würde ihm alles gehören.«

»Warum sagen Sie das nicht der Polizei?«, fragte Greta und legte ein paar lose Haarsträhnen hinter die Ohren.

»Ach, ich kann doch nichts beweisen. Ich habe die beiden belauscht. Das ist peinlich genug. Und den Rest habe ich mir selbst zusammengereimt. Nein, damit gehe ich ganz bestimmt nicht zur Polizei. Außerdem, wenn Tezlaw das mitbekäme … Ich habe wirklich Angst vor ihm.«

Lissy war jetzt auf ihrer Höhe angekommen. Ihre Wangen leuchteten so rot wie ihre Jacke. »Lasst euch nicht stören«, sagte sie außer Atem. »Ich muss schneller gehen, sonst friere ich.« Dabei blickte sie zwischen Greta und Margret hindurch zum Wald. Ihre Mütze bedeckte fast ihre Augen, ihren Kragen hatte sie über ihren Mund gezogen. Zu sehen war nur noch eine rote Stupsnase. Greta musste an eine Märchenfigur denken. Als sie wieder allein waren, sprach Margret weiter.

»Und ich denke, dass er auch Marie auf dem Gewissen hat. Vielleicht wusste sie zu viel? Oder sie hatte etwas Verdächtiges beobachtet? So wie ich. Und damit war sie Tezlaw im Wege.«

»Vielleicht steckt aber auch etwas ganz anderes hinter allem.« Langsam begann Greta die Kälte zu spüren, genauso wie ihren Hunger, den sie bis jetzt hatte verdrängen können.

»Ich glaube es nicht. Ich kenne diesen Mann und traue ihm wirklich alles zu. Wenn er wüsste, dass ich ihn und Renate beobachtet habe … Er hat manchmal so einen seltsamen Blick. Ich kann es schlecht beschreiben, aber da ist etwas Unheimliches in seinen Augen. Ich kann seine Anwesenheit spüren, ohne ihn zu sehen. Wenn er in der Nähe ist, verkrampfe ich und … ach, es ist einfach nur noch eine Qual für mich. Ich bin kein Mensch mehr. Die Angst frisst mich auf. Vielleicht steigere ich mich da auch einfach zu sehr rein, aber es ist so, und ich kann daran nichts ändern. Ich komme erst wieder zur Ruhe, wenn ich das *Strandgold* hinter mir gelassen habe.«

»Aber meinen Sie nicht, er hätte bereits etwas unternommen, wenn er Sie verdächtigen würde, dass Sie ihn beobachtet haben? Sie hätten ihn doch längst an die Polizei verraten können. Und außerdem: Nur weil Sie ihn mit Renate Goldmann gesehen haben, müssen Sie noch lange nicht wissen, dass er sie umgebracht hat, wenn es denn tatsächlich so gewesen ist.«

»Ich weiß nicht, was in diesem kranken Kopf vor sich geht und was der Tezlaw sich so alles denkt. Ich will einfach nur weg, und ich wäre es auch schon, wenn ich früher einen neuen Job gefunden hätte. Allerdings ist Nebensaison. Da braucht kaum jemand neues oder gar zusätzliches Personal. Aber ich denke, dort oben habe ich eine Chance.« Margret zeigte in den Norden, wo sie sich vorhin getroffen hatten. »Wenn es nach mir ginge, würde ich noch heute meine sieben Sachen packen und aus dem *Strandgold* verschwinden.«

»Ich drücke Ihnen die Daumen!«, sagte Greta, lächelte Margret an und strich mit ihren Händen über deren herabhängende Arme. Sie gingen noch ein Stück zusammen, bis sich Margret schließlich verabschiedete und allein am Strand zurückging.

Greta sehnte sich nach ihrem warmen Zimmer und ging hoch zum *Strandgold*, allerdings mit gemischten Gefühlen. Wer wusste schließlich, was sich wirklich hinter den Kulissen abspielte? Konnte sie sicher sein, dass niemand gerade hinter einer Gardine stand und sie beobachtete? Hatte sie vielleicht schon zu viel herausgefunden? Sie blieb auf der Promenade stehen und blickte einige Minuten hoch zu dem dunklen Gebäude. Die Sonne ließ es freundlich, ja geradezu einladend wirken. Einige Leute spazierten vorbei, längst nicht so viele wie weiter nördlich nahe der Seebrücke und des Kurhauses, aber immer noch genug, damit die Szenerie alltäglich wirkte und Intrigen oder Mord fast vergessen machte. Die Kälte tat weh. In ihrem Kopf hämmerten viele neue Informationen. Vielleicht würde Greta ein Bad nehmen. Sie betrat das Hotel und genoss den warmen Duft des Holzes, der sie sofort umfing. Tezlaw ein Mörder? Und wenn nicht? Margret hatte keine Beweise. Vielleicht hatte es jemand anderes auf die Belegschaft abgesehen. Wenn sie wusste, wer der Eigentümer war, konnte sie ihre Gedanken sortieren. Greta atmete auf, als sie die Zimmertür hinter sich zugezogen hatte. Drinnen war es still. Sie schlich zur Zwischentür und blickte in das andere Zimmer. Lissy saß im Sessel, die Beine auf einen Hocker gelegt, und las. Sie blickte erst hoch, als Greta »Hallo!« rief. Dann hob sie die Hand und las weiter.

»Bist du mir böse?«, fragte Greta und lehnte sich in den Türrahmen.

»Nein, warum sollte ich? Du kannst eben den ganzen Tag lang reden und ich auch mal still sein. Wir sind verschieden, und das ist gut so. Aber ich bin mir sicher, dass es einiges zu erzählen gibt.« Lissy lächelte jetzt und legte das Buch auf den Tisch, der, im Gegensatz zu dem in Gretas Zimmer, vollkommen leer war. Auch in dieser Hinsicht waren sie sehr verschieden. In Lissys Räumen herrschte eine fast militärische Ordnung, bei Greta sah man oft die Möbel unter den Kleidern, Schals, Büchern oder Zeitschriften nicht.

Greta setzte sich auf den Hocker vor ihre Freundin und erzählte.

5

Im Nebenzimmer raschelte es. Lissy war aufgewacht. Greta hörte ihr Stöhnen und Strecken, ab und zu ein Knacken. Und immer wieder Gähnen. Wie so oft hatten sie sich über Mittag hingelegt, Lissy, um ihr Schlafbedürfnis zu stillen, Greta in der Hoffnung, die Faltenbildung aufzuhalten. Aus der geplanten Viertel- war wieder einmal eine ganze Stunde geworden. Greta streckte sich, stand auf und schaute nach draußen. Wolken waren aufgezogen und ließen die Sonne nur noch vereinzelt durchscheinen. Das Gartenhaus sah abweisend aus. Es hockte zwischen den Lebens- und Buchsbäumen und wirkte trotz seiner geringen Größe wie eine Festung. Über seine Fenster waren Bretter genagelt.

»Lass uns noch einmal zum Friedhof gehen«, sagte Greta, als sie Lissys Zimmer betrat. Die saß noch auf der Bettkante und fuhr mit den Händen durch ihre kurzen Haare.

»Wir hätten dort ein Zimmer nehmen sollen. Wir waren doch heute schon da, jetzt willst du schon wieder hin, und morgen ist Beerdigung.«

»Nur ganz kurz, versprochen. Mich würde doch zu sehr interessieren, für wen Ferdinand Goldmann seine Frau verlassen wollte.«

»Du meinst, dort finden wir einen Hinweis? Eine Aufschrift à la ›Deine Geliebte, für die du deine Frau verlassen wolltest‹?« Nach diesen Worten ging Lissy ins Bad. Durch die geöffnete Tür hörte Greta, wie sich ihre Freundin bei laufendem Wasser laut prustend das Gesicht wusch. Noch während sich Lissy mit dem Handtuch ihr Gesicht trockenrieb, verschwand Greta wieder in ihrem Zimmer und zog sich Pumps und Mantel an.

»Los, komm!«

Der Friedhof war menschenleer. Lissy und Greta eilten zur Goldmann'schen Grabstelle und hockten sich hin, um die Gebinde zu inspizieren. Aber es gab keine Widmung, die ausschließlich Ferdinand galt, geschweige denn eine, die besonders liebevoll war. Die Sprüche ähnelten sich und nach dem vierten Schmuckband hatten sie das Gefühl, immerzu dasselbe zu lesen. Den Knoblauch rührten sie diesmal nicht an.

»Achtung!«, flüsterte Greta plötzlich, als sie bereits auf dem Rückweg waren, packte ihre Freundin am Arm und zog sie ein Stück zurück. Sie waren gerade an der Gartenanlage vorbeigegangen, die sie auf dem Weg zu Elsas Haus schon gesehen hatten. Durch die unter den Wolken farblos wirkenden Parzellen führte ein mit Gras bewachsener Pfad. Auf diesem schlurfte jetzt der Gärtner des *Strandgoldes* entlang. Er kam geradewegs in ihre Richtung. Lissy und Greta freuten sich wie zwei Kinder, von dem ewig finster dreinblickenden, stockartig gebauten Mann nicht entdeckt worden zu sein. Sie bewegten sich vorsichtig zurück, sorgsam darauf bedacht, kein Geräusch zu verursachen oder anderweitig auf sich aufmerksam zu machen. Niemand sonst war hier unterwegs. Die Gärten waren größtenteils winterfest mit umgegrabenen Beeten, abgedeckten Pflanzen und leer geräumten Terrassen. Zwischen allem standen verlassene Bungalows, einige mit Holzplatten vor den Fenstern, andere mit Gardinen. Davon, dass es hier sonst grün war, zeugten noch Lebensbäume, Eiben und Rosenkohl, der bereits so groß war, dass man ihn ernten konnte. Nur der vielgerühmte erste Frost fehlte noch. Unter Laubdecken lugte hier und da auch noch Rasen hervor. Ein verschlafenes Reich, das vor der gewaltigen, farbenfrohen Kulisse des Granitz-Waldes kauerte.

Der Gärtner überquerte den Sandweg und ging geradewegs auf die holzverkleideten Ferienhäuser zu. Auch sie standen leer. ›Was sucht der hier?‹, fragte sich Greta, während sie sich bemühte, unsichtbar zu sein, als er an ihnen vorbeiging. Das wäre ein komplett sinnloses Unterfangen gewesen, wenn er in ihre Richtung geschaut hätte. Der blattlose Strauch bot keinen wirklichen Schutz. Doch glücklicherweise schien ihn irgendetwas am Boden zu interessieren. Beim Anblick dieses stets so vogelscheuchenartig wirkenden Männerkörpers spürte Greta wieder jenes Unbehagen, ähnlich wie vor Tante Friedas Haus. Auch Lissy stand starr neben ihr und schien um nichts in der Welt gesehen werden zu wollen. Im Gegenteil – sie hatte unbewusst Gretas Hand ergriffen. Eine Geste, die Greta rührte. Lissy zeigte nur selten Gefühle und Angst schon gar nicht. Seit ihrer Scheidung war sie zum Mann geworden. Plötzlich blieb der Gärtner stehen. Die ganze Zeit über hatte er nur nach unten geschaut, hatte abwesend gewirkt. Irgendetwas schien ihn zu beschäftigen. Seine Lippen bewegten sich wie im Selbstgespräch. Irgendwann drehte sich sein Kopf, langsam, in ihre Richtung. Greta spürte, wie sich unter ihren Achseln Schweiß bildete. Sie nahm schnell ihr Feuerzeug aus der Manteltasche und tat, als würde sie sich eine Zigarette anzünden wollen. Er verzog keine Miene, blickte sie nur ernst an. Dann kniff er die Augen zusammen, als könnte er sie so besser durchschauen. Gretas Hände wurden feucht. Das Feuerzeug rutschte. Lissy blickte weiterhin nach unten, obwohl auch sie wusste, dass er sie anstarrte. Greta war sich nicht sicher, ob sie seinem Blick standhalten oder lieber ebenfalls nach unten schauen sollte. Sie entschied sich, ihn durch ein Nicken zum Grüßen zu animieren. Schließlich war er der Mann, und es geziemte sich doch wohl noch immer, dass der Mann zuerst grüßte. Doch ihr Entgegenkommen blieb unbeantwortet. Der Gärtner hob zwar die rechte Hand, doch keineswegs zum Gruß, sondern, um beim nun folgenden Schnäuzen das Nasensekret wegzuschleudern. Daraufhin setzte er sich wieder in Bewegung und schlurfte den Berg hinunter, auf den grau schimmernden Schmachter See zu.

»Dieser ungehobelte Klotz!«, stieß Greta hervor, sobald er außer Hörweite war.

Lissy blickte ihm hinterher und sagte nur: »Was erwartest du?«

6

Seit er hier lag, ging es ihr besser. Es war still, totenstill, dachte sie und lächelte. Der Wind hatte sich gelegt, wie so oft an den Abenden. Man hörte nichts als das Knirschen der Steine unter ihren Turnschuhsohlen und das Surren der Räder des Kinderwagens. Sie atmete tief ein. Es roch hier immer anders als im Ort. Als würden nachts die Toten ausatmen, erleichtert, dass sie endlich Ruhe hatten vor den emsigen Friedhofsbesuchern, den Gaffern, die so gierig die Namen und Geburtsdaten auf den Grabsteinen in sich aufsogen. Und die hinter vorgehaltener Hand sagten, dass die und der es nicht besser verdient hätten oder der und die dies und das gemacht hätten, von dem sonst niemand wusste. Hier lagen so viele Geheimnisse, dass man damit hätte Bücher füllen können – haarsträubende Geschichten. Ja, ein Gang über den Friedhof war für viele eine bittersüße Flucht vor ihrem eigenen Leben, ihren Schwächen und vor allem Ängsten. Hier ging es nie um sie selbst. Hier ging es um Menschen, die nicht mehr in ihre Welt gehörten, glaubten sie. Sie kramte in ihrer Tasche nach der Zigarettenschachtel und zog sich eine Zigarette heraus. Nach einem Zischen spuckte das Feuerzeug die Flamme und sie saugte, bis die Spitze des langen weißen Stängels glühte. Sie sog den Rauch tief in die Lungen, bis ihr leicht schwindelig wurde. Sie rauchte nur hier und nur abends. Sie fühlte sich dann, als würde sie schweben, wie die anderen hier, die sie nicht sehen konnte, aber atmen zu hören glaubte. Es war nicht so unangenehm, wie viele dachten. Es roch modrig, nach Leben. Und es roch nach Ruhe, nach dieser erlösenden Ruhe. Das Baby schlief. Am Tag schrie es viel. Es war nicht leicht für sie, dabei immer die Geduld zu bewahren, aber sie riss sich zusammen, denn der Abend brachte Erlösung.

Abends konnte sie endlich zu ihm und hatte ihn für sich allein. Nein, hier konnte er nicht weg, nicht so wie früher, immer gleich, nachdem er in ihr gekommen war. Er hatte Angst gehabt. Das hatte er nicht gesagt, sie hatte es aber immer gespürt. Wenn er fertig war, kehrte diese Unsicherheit zurück in seine Augen, als wäre er in ihr jemand anders gewesen – ein Mr. Hyde. Er wollte nie etwas von ihren Gefühlen hören, hatte sie damit immer allein gelassen. Es war manchmal nicht auszuhalten. Man kann nicht jedes Gefühl aushalten. Ein Käuzchen sang. »Komm mit!«, forderte es. Elsa hatte sie darauf aufmerksam gemacht. Käuzchen waren Todesboten, hatte Elsa gesagt, ihre engste Vertraute, obwohl sie nicht einmal miteinander verwandt waren. Wenn man ein Käuzchen rufen hört, stirbt in dieser Nacht jemand, den man kennt – oder man stirbt selbst. Sie hatte keine Angst hier auf dem Friedhof, anfangs ja, aber die Nähe zu ihrem Geliebten wog schwerer als jede Angst. Inzwischen hörte sie das Käuzchen fast jede Nacht, und sie fühlte sich sogar beschützt. Und vor dem Tod hatte sie längst keine Angst mehr. Sie glaubte nicht mehr an seine Endgültigkeit. Manche kehrten zurück.

Sie war jetzt am Filter angelangt, trat die Zigarette aus und zündete sich sofort eine neue an. Die Benommenheit durfte sich nicht auflösen. Klarheit tat ihr weh. Das Baby bewegte sich, gab einen weinerlichen Laut von sich und schlief weiter. »Dein Kind schläft«, flüsterte sie vor dem Grab. Als er noch lebte, hatte es ihn nie interessiert, aber jetzt konnte er der Wahrheit nicht ausweichen. Ja, sieh es dir an! Er hat deine Augen. Und sie war überzeugt, dass er ihren gemeinsamen Sohn sah. Manchmal glaubte sie, ihn zu riechen. Nur für einen Moment, sein Duft. Dann war er lebendig.

7

Es war der 26. Oktober, der Tag, an dem Tante Frieda beerdigt werden sollte. Schwarz, wohin man blickte. Greta hatte sich für diesen Anlass neu eingekleidet und trug ein knielanges, enges Kleid, über dessen Preis Lissy wie ein knauseriger Ehemann gezetert hatte. Mit ihren hochhackigen Pumps, dem Hut, dessen Schleier ihr Gesicht verdeckte, und ihrem schwarzen Samtmantel wirkte sie unter den Trauergästen wie ein Paradiesvogel unter Spatzen. Die meisten, das sahen sie schon von weitem, hatten die 60 überschritten. Lissy mit ihrem schlichten Hosenanzug und dem Gehrock wurde weniger kritisch angesehen. Sie fühlten sich wohler, als Elsa sie in Empfang nahm. Die Kirche war gut gefüllt. Über dem Trauergottesdienst lag ein Murmeln, Schnauben und Schluchzen, das nicht besonders laut war, aber dennoch die Worte des Redners für die hinteren Reihen verschluckte. Über Gretas Wangen rannen Tränen und zogen einen Teil der Wimperntusche mit sich. Ab und an tupfte sie mit einem Taschentuch ihre Unterlider ab. Gretas Traurigkeit hatte allerdings wenig mit ihrer Tante Frieda zu tun. Es waren vielmehr die Erinnerungen an ihre Eltern, an ihre Männer, vor allem an Maxim, die in diesem Moment wieder hochkamen. Greta konnte auf fast allen Beerdigungen weinen, auch ohne je etwas mit dem Verstorbenen zu tun gehabt zu haben.

Auf dem Sarg stand eine Fotografie von Frieda. Sie war Gretas Mutter kaum ähnlich gewesen. Nicht mal wie eine Hexe hatte sie ausgesehen, wie Greta es sich immer vorgestellt hatte, sondern einfach wie eine zerfurchte, freundlich wirkende Alte mit grauen, kurzen Locken. Als die Trauerrede beendet war, blieben die Gäste sitzen und lauschten der Sopranistin, die ihre Stimme nach und nach in die höchsten Tonlagen peitschte.

Obwohl es ihre Beerdigung war, stand an diesem Morgen nicht Frieda im Mittelpunkt der allgemeinen Flüsterei. Vielmehr bestimmte der Tod von Marie Denz das leise Getuschel. Es schien eine neue Entwicklung zu geben. Offenbar war der Freund von Marie verhaftet worden. Greta stellte sich dicht neben eine Gruppe und lauschte. Das junge Paar hätte sich noch kurz vor Maries Tod gestritten, hieß es.

»Dieses Schwein müsste man vierteilen«, zischte ein weiblicher Trauergast und erntete dafür verbalen Beifall.

Elsa wartete, bis jeder der Anwesenden Blumen und Sand auf den Sarg geworfen und Greta das Beileid ausgesprochen hatte.

»Ich bleibe noch einen Moment hier«, sagte sie, als Greta und Lissy andeuteten, gehen zu wollen. Die hellen Augen der alten Frau lagen unbeweglich in den Tälern über den Wangenknochen. Greta und Lissy bewegten sich langsam in Richtung Tor, blieben aber an einem Gebüsch stehen. Von dort beobachteten sie, wie Elsa etwas zu den Totengräbern sagte, die sich daraufhin trollten. Die alte Frau blickte ihnen nach und holte schließlich etwas aus ihrer Tasche, das Greta und Lissy wie ein Netz vorkam. Die beiden gingen langsam wieder ein Stück näher und erkannten tatsächlich ein Fischernetz. Dann zog Elsa noch ein zirka 30 Zentimeter langes Holzkreuz heraus, hockte sich hin und warf beides vorsichtig in den Schacht.

»Wird das denn genügen?«, fragte Greta, die inzwischen mit Lissy wieder hinter Elsa stand. Die fuhr zusammen und schrie kurz auf.

»Was machen Sie denn noch hier?«, fragte die alte Frau unsicher.

»Die Frage müsste ich eher Ihnen stellen. Frieda war meine Tante.«

Lissy ging dicht an die Grabstelle und blickte hinein.

Elsa gab den in einem Parallelweg wartenden Totengräbern ein Zeichen. »Kommen Sie mit«, sagte sie zu den beiden Frauen. »Es gibt etwas, das Sie wissen sollten.« Sie hakte Greta und Lissy unter und ging mit ihnen weg. Hinter sich hörten die drei den dumpfen Aufprall von Erde auf Holz.

Elsa schaltete eine Stehlampe an, deren vergilbter Schirm nur wenig Licht in den Raum entließ. Die Erinnerung an das Sofa hatte Greta und Lissy gleich zu den Sesseln getrieben. Elsa Hoth saß wieder vor ihnen auf einem Stuhl und sah sie lange schweigend an. Sie schien zu überlegen.

»Ich habe Angst«, begann die Alte schließlich mit zitternder Stimme und schien während dieser Worte durch beide Frauen hindurch zu blicken. Ihre kleinen Augen schnellten hin und her, schienen Gedanken zu jagen. Lissy sah Greta an und zog die Stirn kraus, doch Greta starrte auf Elsa, gespannt auf neue, vielleicht erhellende Informationen.

»Ich habe Angst, dass Frieda wiederkehrt«, fuhr Elsa fort und amtete tief aus. Dann stand sie auf und ging zum Fenster. Lissy warf sich zurück in die Lehne ihres Sessels. Greta stand auf und stellte sich neben Elsa ans Fenster.

»Als Wiedergänger?«, fragte sie mit leerer Stimme und krallte ihre Finger an den Schenkeln in den Stoff ihres Kleides. Ihre Brauen schoben sich leicht über ihre Augen. Vor dem Gespräch mit Margret hätte sie diese Information vielleicht frei von jedem Gefühl aufgenommen. Aber jetzt gab es da eine Wahrscheinlichkeit. Es war nicht mehr abwegig. Und, was das Schlimmste war: Frieda war ihre Tante, ihre Verwandte. Nicht nur das: Greta war Friedas einzige Verwandte hier in Binz. Möglicherweise wäre sie die Einzige, die von ihrer Tante aufgesucht würde. Konjunktiv, mahnte sich Greta. Würde! Immerhin hatte Margret selbst niemals einen Wiedergänger gesehen. Doch der Appell an ihre eigene Vernunft funktionierte nicht. Sie wurde nicht ruhiger.

Draußen war es dunkler geworden. Die Wolkendecke hing tief über dem Ort. Kein Mensch ging an Elsas Haus vorbei. Der Regulator an der Wand rasselte plötzlich und schlug den Gong. Es war 12 Uhr mittags.

»Wissen Sie, dass Luise, Ihre Großmutter, manchmal nachts am Meer gesehen wird?«, sprach Elsa in die Stille hinein.

»Aber Luise ist schon lange tot!«

Die Kirchenglocken hallten durch den Ort.

»Das ist sie. Wissen Sie, wie Sie gestorben ist?« Elsa griff sich an den Rücken und setzte sich wieder auf den Stuhl.

»Sie war krank, hat meine Mutter gesagt. Sie hatten am Ende nur noch wenig Kontakt. Ein paar Briefe und Päckchen. Ganz selten hat meine Mutter sie hier mal besucht, in Binz.«

»Und haben Sie sich nie gefragt, warum das so war?«

»Nein, eigentlich nicht.« Greta drehte sich um und verschränkte die Arme vor ihrem Oberkörper. »Die Grenze hat auch ihre Leben getrennt. Meine Mutter hat nie gerne und viel über Luise gesprochen. Ich hatte manchmal das Gefühl, sie wären zerstritten.«

»Warum?«, fragte nun Lissy und blickte Greta interessiert an.

»Sie waren immerhin Mutter und Tochter. Das genügt manchmal schon. Eine Lappalie kann es nicht gewesen sein.«

»Ich weiß vielleicht, warum das so war«, sagte Elsa. Als sie ihren Rücken bewegte, schloss sie die Augen. »Zumindest habe ich eine Vermutung.«

»Meinen Sie, es lag daran, dass Luise sich mit Magie beschäftigt hat?«, fragte Greta.

»Es wäre möglich. Es blieb ja leider nicht bei der Weißen Magie«, sagte Elsa. »Irgendwann muss sie mit der Schwarzen Magie begonnen haben.«

»Woher wissen Sie das?«

»Sie hat natürlich nie darüber gesprochen, aber sie hatte sich eines Tages plötzlich verändert.« Elsas Stimme wurde schwächer. Den letzten Teil des Satzes flüsterte sie nur noch.

Greta setzte sich wieder auf den Sessel neben Lissy, rückte aber dichter an Elsa heran, um sie besser verstehen zu können.

»Wie verändert?«

»Frieda war die Erste, der es auffiel. Luise brach nach und nach ihre Freundschaften, Familienbande, ja überhaupt alle sozialen Kontakte ab. Sie zog sich immer mehr zurück, verließ das Haus kaum noch und wenn sie es tat, dann nur nach Einbruch der Dunkelheit.«

»Sie meinen, dass der Kontakt zu meiner Mutter abbrach, lag vor allem an meiner Großmutter?«, fragte Greta.

»Ich bin mir sicher, dass es so war. Selbst Frieda sah ihre eigene Mutter kaum noch, obwohl beide unter einem Dach lebten. Luise war innerhalb, sagen wir, eines halben Jahres ein vollkommen anderer Mensch geworden. Einst war sie so offen und gesellig gewesen. Kein Wunder, wenn man Krankheiten bespricht. Irgendwann hat jeder etwas, mit dem die Schulmedizin nicht fertig wird. Aber dann kam einfach niemand mehr an sie heran, nicht einmal ihr eigenes Kind.« Elsa blickte auf ihre krallenartigen Hände und schüttelte den Kopf.

»Vielleicht eine Depression«, mutmaßte, hoffte Greta.

»Möglicherweise auch«, erwiderte Elsa. »Wenn man Luise zu Gesicht bekam, wirkte sie immer, als würde sie sich vor irgendetwas fürchten, sich von etwas verfolgt fühlen. Aber falls sie wirklich depressiv war, was ich nicht ausschließen will, dann kam das von den Geistern, die sie rief, und die sie nun nicht mehr in Ruhe ließen, verstehen Sie?«

»Es gibt auch Verfolgungswahn«, brachte sich nun auch Lissy mit ein und rückte ein Stück vor. »Warum sind Sie so sicher, dass sie böse Geister heraufbeschwor?«

»Frieda fand im Haus hin und wieder Bücher und Utensilien, die mit Teufels- und Geisterbeschwörung, aber nichts mehr mit Weißer Magie zu tun hatten.«

»Schön und gut«, sagte Greta, um Fassung bemüht, obwohl es ihr heiß und kalt den Rücken hinunterlief, »das mag schon sein. Solche Dinge besitzen aber wahrscheinlich auch viele andere Leute.«

Elsa erhob sich unter leisem Stöhnen und schleppte sich wieder zum Fenster. »Sie haben keine Ahnung von solchen Dingen.« Ihre Stimme war plötzlich so laut, als würde jemand anderes sprechen. Lissy und Greta erschraken.

»Wer sich mit dem Bösen einlässt«, sprach sie weiter und straffte ihren Körper, »muss damit rechnen, dass er sich etwas ins Haus holt, das er nie wieder loswird.«

»Was?«, fragte Greta, während sie sich mit feuchten Handflächen über ihre Haare strich. »Was wird er nicht mehr los?«

»Das Böse! Das, mit dem er sich verbündet. Viele Menschen ignorieren diese Gefahr, entweder aus Unwissenheit oder aus Naivität. Sie denken, dass es schon nicht so schlimm ist. Insgeheim glauben sie nicht einmal an Magie. Aber wehe, es funktioniert. Dann ist es die Hölle. Sie werden es nicht wieder los.«

»Angenommen, es stimmt: Warum sollte Luise sich auf die Schwarze Magie eingelassen haben? Die Gefahr hätte gerade sie doch kennen müssen!«, sagte Greta.

»Warum nehmen Menschen Drogen?«, entgegnete Elsa. »Ich weiß auch keine Antwort. Vielleicht wollte sie sich mehr in den Mittelpunkt stellen. Bei der Weißen Magie geht es um andere Menschen. Wer sie praktiziert, will anderen helfen, ihnen Gutes tun, sie beispielsweise von Krankheiten befreien. Bei der Schwarzen Magie geht es um einen selbst, oft auch zum Schaden anderer. Möglicherweise wollte Luise einfach etwas Neues testen. Mit der Weißen Magie kannte sie sich seit vielen Jahren aus. Auf diesem Feld waren kaum noch Überraschungen zu erwarten.«

»Hat meine Großmutter denn jemandem geschadet?«

»Ich weiß es nicht«, antwortete Elsa. Dabei wanderte ihre Hand am Kinn entlang.

»Was genau passiert bei der Schwarzen Magie?«, fragte Greta. »Wie muss ich mir das vorstellen?«

»Die Schwarze Magie hat viele Gesichter«, antwortete Elsa und drehte sich wieder zu ihren Besucherinnen um. »Da gibt es beispielsweise den Schadenszauber, der Krankheiten bei anderen Menschen auslösen kann. Oder Liebeszauber, mit dem man sich jemanden, den man begehrt, gefügig macht. In der Regel will der Zaubernde Vorteile für sich erlangen. Das ist das Ziel, dem alles untergeordnet wird. Um es zu erreichen versucht man auch, mit Toten oder Dämonen in Kontakt zu treten.«

»Und Sie glauben, Luise hat das getan und ist diesen Dämon oder Geist dann nicht mehr losgeworden?«, fragte Greta.

»Die Geister, die ich rief …«, flüsterte Lissy und schaute auf ihre Armbanduhr.

»Es hat sie in den Tod getrieben. Sie war dem nicht gewachsen«, erwiderte Elsa und nickte.

»Aber was hat das mit Frieda zu tun? Sie ist doch bei der Weißen Magie geblieben. Oder nicht?« Greta betonte diese Frage wie eine Bitte. Und sie hoffte auf eine bejahende Antwort.

»Luise wurde seit ihrem Tod manchmal am Wasser gesehen. Sie hat sich dort ja auch ertränkt.« Ein leichter Wind bewegte die hohen Lebensbäume vor dem Haus. Elsa strich sich über die Arme. »Nicht mal nach ihrem Tod hat sie das Unheil in Ruhe gelassen. Frieda wollte ihre Mutter erlösen. Sie hat alles versucht, was möglich ist. Sie ist sogar zu einem recht bekannten Magier gefahren und hat sich dort Rat geholt, aber es hat nicht geholfen.«

»Und nun glauben Sie, auch Frieda würde wiederkommen?«, unterbrach sie Greta. »Weil sie diese Sache zu Ende bringen will?«

»Es muss nicht bei jedem so sein, aber da Luise zur Wiedergängerin geworden ist, wäre das auch bei Frieda möglich.

Sie steigerte sich immer mehr hinein, ihrer Mutter helfen zu müssen. Am Ende war sie fast ebenso von der Welt abgekehrt wie Luise, nur eben aus anderen Gründen. Sie fand auch keine Ruhe mehr.«

»Und Sie denken, dass ein Fischernetz und ein Kreuz genügen, um Frieda von der Wiederkehr abzuhalten?«, wollte Lissy wissen.

»Ich habe ihr versprochen, dafür zu sorgen, dass Luise ihre Ruhe findet. Wenn ich das schaffe, wird auch Frieda bleiben, wo sie jetzt ist.« Elsa blickte auf die Uhr. »Es ist spät geworden. Ich muss noch etwas erledigen.«

Beim Abschied blickte sie an den beiden Frauen vorbei. Ihre Augen bewegten sich nervös in den Höhlen.

»Meine Güte, das sind ja Geschichten …«, begann Lissy, als sie zurück zum *Strandgold* liefen.

»Vielleicht waren meine Tante und meine Großmutter einfach nur einsam und hatten zu viel Zeit«, erwiderte Greta, ohne zu glauben, was sie sagte. »Ein Mann in ihrem Leben hätte sie auf andere Gedanken bringen können.«

»In unserem Leben gibt es derzeit auch keine Männer mehr, von deinen Eskapaden hin und wieder mal abgesehen. Trotzdem leben wir nicht isoliert. Wir haben Freunde, mit denen wir uns oft treffen, und wir leben zusammen. Das ist doch ein bisschen wie eine Ehe. Und vorher habe ich allein gelebt, aber trotzdem habe ich keine Leute verhext.«

»Ich sage nicht, dass sich jeder einsame Mensch so entwickeln muss«, sagte Greta.

»Es klang aber so. Man braucht keine Männer, um normal im Kopf zu bleiben. So argumentierst du ja zu gerne. Ganz im

Gegenteil: Ich glaube, ohne Männer wären viele Frauen viel weniger Hexe, und das meine ich jetzt nicht im magischen Sinne.«

»Können wir das Gespräch beenden? Du willst mich nicht verstehen.« Greta ging schneller voran, sie floh – aber nicht vor Lissy.

»Ja, hm«, sprach Greta ins Telefon, als sie wenig später in ihren Zimmern waren. Lissy lehnte am Türrahmen und versuchte, etwas von den Augen ihrer Freundin abzulesen. Die saß angespannt auf einem Sessel, die Ellenbogen auf die Knie gestützt, nur die Fußballen auf dem Boden. »Ja, ist doch klar«, sagte sie ernst. »Du kannst dich wirklich wie immer auf mich verlassen. … Kein Wort. Nein. … Natürlich!« Greta nickte in den Hörer hinein. »Vergiftet. … Eisenhut. Hm, das ist seltsam. … Die ehemaligen Besitzer unseres Hotels hier haben sich auch vergiftet. Deswegen wundere ich mich nur.« Sie stand auf und ging zum Fenster. »Ja, hm.« Jetzt drehte Greta sich um und starrte Lissy an, als könnte sie durch ihren Blick all das wiedergeben, was ihr Gesprächspartner gerade erzählte. »Was du nicht sagst«, sprach Greta weiter, »das ist sehr interessant. … Ja, vielen Dank, wirklich. Ich stehe in deiner Schuld. … Ja, wir gehen mal essen, wenn ich wieder zurück in Hamburg bin. … Ins *Shalimar*! Natürlich. Bis bald! … Ja danke, dir auch!« Greta nahm das Handy vom Ohr.

»So, jetzt will ich Fakten, Frau Holmes.« Erwartungsvoll zog Lissy die graue Wollstrickjacke enger vor ihrem Busen zusammen.

»Die bekommst du«, begann Greta. »Die Obduktion hat ergeben, dass Marie nicht ertrunken ist, sondern schon vorher vergiftet wurde.«

»Ergo haben wir hier also einen klaren Fall von Mord«, schlussfolgerte Lissy.

»Wenn der Fall wirklich so klar wäre, würde der Mörder sicherlich nicht mehr frei herumlaufen«, erwiderte Greta. »Was Margret erzählt hat, ergibt immer mehr Sinn. Und jetzt kommt's: Marie war schwanger.«

»Was haben die heute Vormittag auf dem Friedhof erzählt? Ihr Freund ist verhaftet worden. Das erscheint mir auch logischer, als dass zum Beispiel ihr Arbeitgeber Tezlaw sie auf dem Gewissen hat.«

»Aber was ist mit Renate und Ferdinand? Was soll Maries Freund mit denen zu tun gehabt haben?«

»Wer weiß? Dazu wissen wir viel zu wenig. Das kann alles viel komplizierter sein, als wir uns gerade vorstellen, mit unseren Informationshäppchen«, sagte Lissy.

»Das mag sein, und darum machen wir morgen einen kleinen Ausflug nach Bergen zum Amtsgericht. Ich möchte zu gerne wissen, wem das *Strandgold* gehört.«

Der Nebel lag wie Watte über der Ostsee. Sein eisiger Atem strich über ihre Haut. Das Wasser griff nach ihren Füßen. Sie konnte sich nicht bewegen, stand einfach nur da, als wäre sie hier abgestellt worden. Bis auf das Gurgeln der Wellen hörte sie nichts. Der Strand war menschenleer. Trotz der Nacht war es nicht schwarz, eher grau hier unten. Warum war sie hier? Die Kälte klammerte sich an ihre Waden und schob sich Stück für Stück höher. Ihr Kleid war von Wasser durchtränkt. Sein Gewicht zog nach unten. Dann hörte sie ein Rauschen, aus dem Wasser. Schleppend und monoton, aber stetig. Die Erkenntnis, dass es auf sie zukam, nützte nichts. Ihre Beine bewegten sich nicht, als hätte man ihren Oberkörper auf Holz gepflanzt. Sie versuchte, die Arme zu bewegen, beugte sich nach vorn und wieder nach hinten, aber es half nichts. Dann sah sie etwas im Nebel. Ein Kopf schwebte darüber. Helles Haar, das wie Latex an Gesicht, Hals und Schultern anlag. Mehr und mehr war zu erkennen. Zerschlissener Stoff, der Knochen bedeckte. Was sich dort im Wasser bewegte, kannte sie von einem alten Foto. Luise! Sie wollte etwas sagen, aber sie fand keine Stimme. Luise zeigte keine Regung. Unbeirrbar, als wäre sie ferngesteuert, schob sie sich durch das Wasser. Ihr Geruch drängte ans Ufer, biss in die Schleimhäute – Moder. Jetzt waren sie deutlich zu sehen, die hässlichen Flecken auf der brüchig transparenten Haut. Nein, es war nicht Luise, sondern Elsa! Bei diesem Anblick versuchte sie erneut zu schreien. Ihr Mund riss von alleine auf, doch sie brachte keinen Ton heraus, so sehr sie ihre Stimmbänder auch anstrengte. Stattdessen begann sie zu beben. Etwas rüttelte an ihr.

»Wach auf!«, sagte Lissy, die an Gretas Bett saß.

8

Nachts war es am schlimmsten. Nicht nur wegen der Dunkelheit. Auch die Stille fühlte sich schwer an. Man hörte den Atem, das Herz, jede kleine Bewegung erzeugte Rascheln, Knacken. Geräusche, die von anderen gehört werden konnten.

Am Tag hatte sie genug Vernunft zu wissen, dass es hier nachts außer ihr niemanden gab. Sie war allein in dieser Laube und in dieser Gartenanlage. Vermutlich würde nicht mal jemand ihr Schreien hören. Aber nachts war die Vernunft verschwunden. Dann kam der Wald näher. Er kesselte sie ein mit seinem Schwarz, blickte auf sie herab, beobachtete sie, wie ein Raubtier seine Beute. Sie hätte nie gedacht, dass ihr die Nacht jemals solche Angst würde einjagen können. Überall Bewegung. Ganz in der Nähe schrie ein Käuzchen. Es klang nervös, warnend und zugleich froh, denn es konnte ja jederzeit fortfliegen. Aber sie saß hier fest, war ausgeliefert – allem ausgeliefert. Ein fremdes Gefühl, denn früher war sie diejenige, die den Ton angab. Hier galten andere Gesetze. Sie empfand das als Bedrohung, fühlte sich wehrlos.

Wenn sie wenigstens schlafen könnte, aber wie sollte sie, wenn sich ständig etwas näherte. Auch wenn sie nichts ausrichten konnte, so wollte sie doch wenigstens wissen, was passierte. Natürlich, in den bisherigen Nächten war alles gut gegangen, aber das bedeutete nichts. Vielleicht wurde nur ausgekundschaftet. Vielleicht sollte es heute passieren. Sie hielt sich die Hand vor den Mund, die nach Talg und Schmutz roch, ein bisschen me-

tallisch. Dann konzentrierte sie ihre Sinne wieder auf die Geräusche. Wenn doch das Käuzchen endlich Ruhe geben würde. Warum konnte ein Nachtvogel nicht singen wie eine Amsel? Mittendrin keckerte es plötzlich. Wenigstens kannte sie diesen Vogel. Eine Elster war offenbar im Schlaf gestört worden. Warum sollte auch nur sie allein nicht schlafen können?

In der Laube war es kalt. Rauch hätte sie verraten. Sie, die sonst nur im Kostüm ging, trug zwei Jogging-Anzüge übereinander. Dennoch: Besser als frieren. Hinzu kam die abgestandene Luft. Auch die Fenster mussten geschlossen bleiben. Wann würde das endlich ein Ende haben? Schritte. Irgendetwas näherte sich. Erst waren sie schnell, dann langsamer, aber lauter. Sie zog die Decke bis über die Nase und drückte sich fest an die Wand. Die Schritte wurden erneut schneller und wieder langsamer. Was war das? Für einen Menschen waren die Schritte beinah zu leicht, aber für ein Tier zu schwer. Da war er, dieser Gedanke, dieses Bild, das sich ihr schon als kleines Mädchen oft in den Kopf gedrängt hatte. Ein Wiedergänger. Besonders die alten Leute redeten davon, als wäre es etwas Normales. Als Kind hatte sie manche Nacht nicht geschlafen aus Angst, ein Untoter würde an ihrem Fenster kratzen. Nicht einmal ihre geliebten Großeltern hätte sie auf diese Weise wiedersehen wollen. Sie hatte diese Angst so lange verdrängt, keine Sekunde mehr an die alten Geschichten gedacht, nicht einmal, wenn sie nachts auf der Straße ging. Warum gerade jetzt? Warum sah sie jetzt einen Toten vor sich, der zurückkehrte und vielleicht sogar wütend war? Weswegen auch immer. Sie würde es ausbaden müssen. Tapp, Tapp, Tapp. Konnten Wiedergänger überhaupt Geräusche erzeugen? Hatten sie ein Gewicht? Absurd, alles absurd! Wie konnte sie wirklich daran glauben? Nun ja, immerhin hatte ihre

Mutter es ihr erzählt, als sie schon größer war, dass ihr einmal jemand erschienen war. Niemand von den Großeltern, sondern ein ehemaliger Nachbar. Ihre Mutter war nachts auf die Toilette gegangen, er hatte auf dem Flur gestanden und sie angestarrt. Sie wollte nicht beschreiben, wie er ausgesehen hatte. Aber ihr Gesichtsausdruck sprach Bände. Mitten in diese Gedanken brach ein Schrei, kurz danach ein zweiter. Ihr Herz raste dem Atem davon. Noch ein Schrei. Sie zuckte zusammen. Erst nach und nach wurde ihr klar, dass es mehr ein Bellen als ein Schrei war, wenn es auch nicht wie ein Hund klang. Es war ein heiseres Bellen. Noch in dieser Sekunde fiel ihre Anspannung in sich zusammen. Ein Fuchs! Als Jugendliche hatte sie einmal nachts einen Fuchs auf einem Feld gehört und gedacht, dort würde ein Verrückter durch das Korn streifen. Erleichtert sank sie in das dünne Kissen. Dann drängte sich ein ganz anderes Geräusch dazwischen, noch eines – Verkehr, Autos, der Morgen kam. Endlich! Die Erleichterung machte ihre Augenlider schwer.

9

»Ist das wirklich nötig?«, maulte Lissy am nächsten Morgen, als sie noch in ihren Zimmern waren.

»Wir haben alle Zeit der Welt mit dem Haus. Es ist doch nur ein Nachmittag, heute Nachmittag«, erwiderte Greta und ging ins Bad, um Puder aufzutragen.

»Ich wollte während unseres Urlaubs das Auto nicht anrühren. Und jetzt?«

»Bergen ist doch nur einen Katzensprung von Binz entfernt.« Greta konzentrierte sich ganz auf ihr Spiegelbild. Die Wangen sahen frisch und rosig aus, geradezu makellos. Nun kamen die Augen an die Reihe.

»*Du* musst ja nicht fahren.« Lissy stellte sich hinter Greta. Sie war fertig. Ihre Morgentoilette hatte aus Gesichtwaschen, Zähneputzen und Eincremen bestanden. Die Lippenpomade trug sie immer erst auf, wenn sie sich die Jacke anzog.

»Wenn du partout nicht mitkommen möchtest, nehme ich mir ein Taxi. Ich weiß allerdings gar nicht, warum wir jetzt darüber diskutieren. Wir hatten das doch gestern schon besprochen.« Greta blickte weiterhin ihr Spiegelbild an. Sie hasste Diskussionen ohnehin, besonders aber beim Schminken der Augen, wo sie alle Sinne beisammen haben musste. Eine falsche Bewegung und sie würde das Auge wieder abschminken müssen. Und dann alles wieder von vorn. Lissy ahnte gar nicht, wie sehr sie gerade den pünktlichen Aufbruch gefährdete.

»Ach was, Taxi, ich fahr schon. Ich frag mich nur, warum du hier Kripo spielen musst.« Lissy stellte sich jetzt neben Greta, um ihren Blick zu treffen, doch ihre Freundin konzentrierte sich auf ihre Wimpern.

»Tezlaw ist mir äußerst suspekt. Maries Freund hin oder her.«

»Du bist genauso verbohrt wie Elsa mit ihren Geistergeschichten«, sagte Lissy, zog sich die Schuhe an und blickte auf die Uhr. »Wenn man nur lange genug über einen Verdacht nachdenkt, findet man immer mehr Anhaltspunkte dafür. Genau wie diese Verschwörungstheoretiker, die im Nachhinein auch immer alle möglichen ›stichhaltigen‹ Beweise finden, die ihre Wahnvorstellungen untermauern.«

Greta schüttelte den Kopf, lächelte und ging an ihrer Freundin vorbei in ihr Zimmer, wo sie in ihre Pumps schlüpfte. »Komm«, sagte sie nur, »uns bleibt nur noch eine halbe Stunde fürs Frühstück.«

Sie gingen nach unten und setzten sich an einen Fenstertisch mit Meerblick. Das Wetter schien Lissy friedlicher zu stimmen, denn nachdem sie eine Weile nach draußen geblickt hatte, lächelte sie und sagte: »Schön heute!« Das Wasser lag wie eine Glasplatte unter dem wolkenfreien Himmel. Die Sonne blendete. Selbst Margrets Haarfarbe erinnerte heute eher an geräucherten Lachs als an Wein. Sie grüßte die beiden Frauen, sah am Buffet nach dem Rechten und verschwand in der Küche.

»Sie wirkte ängstlich, nicht?«, sagte Greta.

»Ja, und ein Messer steckte in ihrem Rücken«, erwürgte Lissy kurzerhand das Gespräch. Erst als sie ihre zwei Brötchen aufgegessen hatte, riss sie den Blick vom Meer los und sah ihre

Freundin an. »Was glaubst du eigentlich durch diesen Handelsregisterauszug zu erfahren?«

Greta hatte wenig Appetit gehabt und war seit langem fertig mit dem Essen. Sie schaute gedankenverloren auf das Wasser – mit dem Traum der letzten Nacht vor Augen.

»Ich will einfach wissen, wer jetzt Eigentümer des *Strandgold* ist«, antwortete sie leise. Dabei blickte sie hinter sich, auf der Suche nach einem Lauscher.

Lissy beugte ihren Oberkörper über den Tisch und senkte die Stimme. »Aber meinst du nicht, dass auch die Polizei den gleichen Verdacht hatte und mal das Amtsgericht befragt hat? Du bist doch bestimmt nicht die Erste mit dieser ›genialen‹ Idee.«

»Natürlich wird die Polizei das getan haben«, erwiderte Greta, wurde allerdings von Lissys plötzlichem »Psst!« unterbrochen, dem ein leise genuscheltes »Tezlaw« folgte. Greta blickte sich kurz um und traf den wässrigen Blick des Hotelchefs. Der nickte den beiden Frauen zu und ging in die Küche.

»Arme Margret«, sagte Greta.

»Wahrscheinlich geht es nur ums Essen.« Lissy schüttelte den Kopf und sah wieder auf die Ostsee, als könnte sie von dort Vernunft erwarten.

»Aber wir wissen Dinge, die die Polizei nicht weiß«, sagte Greta jetzt noch leiser, wobei sie sich immer wieder zur Küche umdrehte. »Ich glaube nicht, dass sie eine Ahnung von der Affäre zwischen Tezlaw und Renate Goldmann haben.«

»Aber ich bin mir sicher, dass sie beim Amtsgericht waren, um überhaupt Verdächtige zu ermitteln, für den Fall, dass es doch kein Selbstmord war bei Renate. Und selbst wenn Tezlaw Eigentümer ist, werden sie sein Alibi überprüft haben. Ich weiß wirklich nicht, was uns das mit dem Amtsgericht bringen soll. Abgesehen davon, dass hier wenige Straßen weiter ein großes und marodes Haus darauf wartet, entrümpelt zu werden. Was ist mit dem Immobilienmakler?«

»Den rufe ich auch noch an«, antwortete Greta.

»Das hättest du heute Morgen tun können. Aber das macht nicht so viel Spaß wie das Detektivspielen, oder?« Leicht verärgert starrte Lissy wieder zur Küche, die Tezlaw in diesem Augenblick verließ. Bevor er aus dem Restaurant eilte, nickte er noch einmal den beiden Frauen zu.

Behördengebäude flößten Greta von jeher das gleiche Unbehagen ein wie Krankenhäuser. Auch das Amtsgericht Bergen hatte diesbezüglich keine Ausnahme dargestellt, trotz des schönen Giebels und Turms aus Backstein. Ordnung, Kunststoff und Vorschriften drückten dort ebenso nieder wie eine Grabplatte. Nun lag sie in ihrem Sitz, während Lissy durch den dunklen Spätnachmittag zurück nach Binz steuerte, und fragte sich, wie ihr Vater und all ihre Männer es tagaus tagein in solchen Gebäuden ausgehalten hatten. Kein Wunder, dass Joachim, der sich zum Kriminalhauptkommissar hochgearbeitet hatte, irgendwann mit dem Trinken begann. Im Unterschied zu ihrer Familie, die völlig verständnislos auf den Absturz ihres ersten Ehemannes reagierte, hatte Greta ihm nie Vorwürfe gemacht. Was auch immer es war, das an Joachim fraß, nur wenn seine Augen glasig waren, sah er noch wirklich glücklich aus. Nach drei Jahren, sie war gerade 32 geworden, war sein Kreislauf zusammengebrochen, an einem Samstag. Sie hatte seltsamerweise damals das Gefühl gehabt, dies war der glücklichste Augenblick seines Lebens.

Aber trotz allem Unbehagen – nun wusste Greta, was sie wissen wollte. Nach dem, was Margret erzählt hatte, überraschte es sie kaum, dass Tezlaw der Eigentümer des *Strandgold* war. Allerdings hatte im Handelsregister noch ein zweiter Name gestanden: Leonore Goldmann. Mit ihr teilte sich Tezlaw das Hotel. Dieser Name, er ging gut über die Lippen, war Greta völlig neu. Und das, obwohl die Frau, zu der er gehörte, nicht erst mit Renate Goldmanns Tod Miteigentümerin geworden war.

Lissy pfiff irgendeinen Schlager mit, der im Autoradio dudelte. Greta hasste Schlager, aber sie wagte heute nichts dagegen zu sagen. Na ja, wenigstens war ihre Freundin in der Kreisstadt nach dem Mittagessen auch noch ein wenig auf ihre Kosten gekommen. Außer von der alten Bergener Kirche waren sie beide von dem 35 Tonnen schweren Gerichtsstein vor dem *Ratskeller* beeindruckt gewesen. Nun waren sie fast allein auf der Straße. Ab und an tauchten zwei Scheinwerferlichter vor oder hinter ihnen auf, dann wieder Einsamkeit mit Bäumen und Stoppelfeldern, über denen Krähen kreisten.

»Was ist das?«, sagte Lissy plötzlich. Anfangs merkte Greta nichts, aber sie wurden langsamer. Der Motor war aus. Lissy ließ den Volvo an die Seite rollen und schaltete das Warnblinklicht ein.

»Ich rufe die Pannenhilfe«, bot Greta an. Sie kramte bereits in ihrer Handtasche nach dem Handy.

»Wart ab. Ich versuche das erstmal allein. Das hat der noch nie gehabt. So einfach von allein ausgehen …« Lissy schüttelte den Kopf und presste die Lippen zusammen. Als der Wagen auch beim erneuten Starten nur ein Stöhnen von sich gab, fluchte sie, stieg aus und öffnete die Motorhaube.

»Früher konnte man noch selbst reparieren, aber heute bei dieser ganzen Elektronik muss man ja ein ingenieurwissenschaftliches Studium absolviert haben«, sagte sie, als sie wieder im Auto saß. »Und das Licht ist auch schon zu schlecht.« Hinter ihnen tauchte ein Scheinwerferpaar auf.

»Ich winke den jetzt heran«, sagte Greta und stieg aus dem Wagen. Doch anstatt den Arm zu heben ging sie in die Knie.

»Was war los?«, fragte Lissy, als ihre Freundin sich wieder neben sie setzte.

»Tezlaw«, antwortete Greta und blickte den in der Ferne kleiner werdenden Lichtern hinterher.

»Das hätte doch perfekt gepasst, um ihn gleich nach einer gewissen Leonore Goldmann zu fragen«, sagte Lissy und pfiff durch die Zähne.

»Neben ihm saß eine Frau.«

»Konntest du sie erkennen?«

»Nein. Aber es sah aus, als hätte sie einen Hut auf dem Kopf.«

»Sicher?«

»Ziemlich sicher.« Greta kniff die Augen zusammen. Plötzlich sprang der Motor wieder an. Es war Lissys fünfter Versuch.

»Es ist Tezlaws gutes Recht, unterwegs zu sein, auch mit einer Frau, selbst wenn die Dame einen Hut trägt«, sagte Lissy, als sie durch die Allee weiterfuhren – inzwischen nur noch ein schwach beleuchteter langer Flur mit schwarzen Wänden. Die Dunkelheit kam schnell.

»Ich habe ja auch keineswegs gewertet, meine Liebe. Es war nur meine Beobachtung.« Greta fühlte sich unwohl in dieser Einsamkeit. Sie war immer ein Stadtmensch gewesen, brauchte Leben und Licht. Die Nacht griff nach ihnen. Noch zehn Minuten, dann würden sie wieder in Binz sein. Dort warteten das Hotel und die See. Aber auch dieser Gärtner und Tezlaw. Ob das wirklich so viel besser war …

Lissy schrie und trat auf die Bremse. Ein Reh stand vor ihnen und starrte sie an.

»Was ist bloß los heute?«, fluchte sie. Sie schaltete das Licht aus und hupte. Das Tier verschwand in der Nacht. Sie fuhren weiter.

Die Straßenlampen und flachen weißen Häuser von Binz empfingen sie mit einem angenehmen Bild. Als sie das Auto abgestellt hatten, drängte Greta darauf, kurz zum Wasser zu gehen.

»Ich muss mal durchatmen.«

Lissy folgte ihr.

»Wir sollten Margret fragen, wer Leonore Goldmann ist. Sie könnte das wissen«, sagte Greta und sog die kühle Seeluft tief ein.

Während sie unruhig über das Wasser blickte, machte Lissy ein paar Dehnungsübungen. Zuckend blinkten die Lichter von Mukran.

Noch bevor Greta die Fußspuren erblickte, hatte sie gespürt, dass jemand in ihrem Zimmer gewesen sein musste. Es war nur ein Gefühl gewesen, denn alles schien so, wie sie es verlassen hatte. Vielleicht war es der Geruch, ein Hauch von Erde und Tabak. Nun war sie sich sicher, dass hier jemand während ihrer Abwesenheit eingedrungen war.

»Das Zimmermädchen schließe ich mal aus«, schlussfolgerte Lissy, nachdem Greta zu ihr hinübergegangen war und sich empört hatte. »Vielleicht unser Freund, der Gärtner?«

»Als wollte der mich provozieren, diese Holzpuppe!« Greta warf ihren Mantel über einen Sessel und schüttelte die Pumps von den brennenden Füßen. »Aber so weit kann der gar nicht denken. Vermutlich ist der ganz einfach zu blöd, mal nachzuschauen, ob er Dreckspuren hinterlassen hat.«

»Vielleicht wurde er auch gestört«, erwiderte Lissy. »Er könnte uns gehört haben.« Auch sie stand im Türrahmen der Durchgangstür und betrachtete die Spuren.

»Wie auch immer. Jemand war in meinem Zimmer. Ich gehe zu Tezlaw und beschwere mich!«, schimpfte Greta und stürmte auf den Flur hinaus.

Das »Herein« war kaum zu hören. Darum klopfte Greta noch einmal, als sie bereits im hell erleuchteten kleinen Büro des Geschäftsführers stand. Er betrachtete sie mit einer Mischung aus Überraschung und Genervtheit und bemühte sich, beschäftigt zu wirken.

»Frau …«, begann er und blickte dabei an die Decke, als würde dort ihr Nachname zu lesen sein.

»Winter«, ergänzte sie.

»Was kann ich denn für Sie tun?« Sein Gesicht wirkte im grellen Schein der Leuchtstoffröhre an der Decke noch blasser als sonst. Seine Augen waren gerötet. Er rieb sich mit der rechten Hand das Kinn.

»Jemand war in meinem Zimmer«, sagte sie und blähte die Nasenflügel.

»Das Zimmermädchen …«, erklärte er, aber Greta ließ ihn nicht weiterreden.

»Nein, ich kann mir nicht vorstellen, dass das Zimmermädchen mit großen und zudem dreckigen Schuhen sauber macht. Das wäre doch irgendwie kontraproduktiv, nicht? Außerdem roch es noch nach Zigarette, als ich das Zimmer betrat.«

Jetzt ließ der Geschäftsführer seinen Stift fallen und sagte, nachdem er tief ausgeatmet hatte: »Fehlt denn etwas?«

»Nein, es fehlt nichts. Aber, dass jemand in mein Zimmer geht, finde ich, ehrlich gesagt, schlimm genug.«

»Aber wer sollte …?«

»Wer? Wer rennt denn hier im Dreck rum? Vielleicht sollten Sie sich überhaupt einmal Ihren Gärtner ein bisschen genauer ansehen. Von Gastfreundschaft und Höflichkeit scheint er nicht viel zu halten.«

»Sie verdächtigen Fred Peters? Bisher hat es keine Klagen über ihn gegeben«, erwiderte Tezlaw und lehnte sich in seinem Drehstuhl zurück, der bei der nächsten Bewegung nach hinten an die Wand stoßen würde, so winzig war der Raum.

»Dann ist das eben die erste. Aber bitte, kommen Sie doch einfach mit hoch. Sehen Sie sich die Fußspuren an und holen Sie ihn, damit er seine Schuhe zeigt. Ich bin mir sicher, dass wir da die eine oder andere Gemeinsamkeit finden werden.«

Tezlaw schien nachzudenken. Seine Gesichtszüge wurden weicher, er lächelte.

»Tut mir leid, Frau Winter. Nehmen Sie bitte Platz. Ich werde mich darum kümmern. So etwas wird nicht wieder vorkommen.« Er begann jetzt sogar zu plaudern: über das Seebad, über das Hotel und über das Reisen ganz allgemein. Während das geschäftige Gerede auf sie einplätscherte, betrachtete Greta die Pinnwand hinter seinem Schreibtisch, die übervoll mit Urlaubskarten war. Sie war viel herumgekommen in ihrem Leben und kannte fast jeden der Orte, die dort fotografisch in Szene gesetzt waren. An einem der Bilder blieb ihr Blick haften. Marseille – mit Joachim war sie oft hier gewesen auf ihren Reisen durch die Provence. Sie wollten sich sogar ein Ferienhaus dort kaufen, in La Londe, einem kleinen Küstenort an der Côte d'Azur.

»Mögen Sie Frankreich?«, fragte Georg Tezlaw, der ihrem Blick gefolgt war.

»Ja, sehr!«, erwiderte Greta. »Aber ich muss jetzt gehen.« Sie überlegte kurz, ob sie ihn darauf ansprechen sollte, dass sie ihn eben im Auto gesehen hatte, aber nach einem kurzen Zögern unterließ sie es.

Irgendetwas hatte sie geweckt. Greta saß im Bett und blickte in die Dunkelheit. Oder hatte sie wieder nur geträumt? Es war nichts zu hören, nichts Verdächtiges zumindest. Lissy schnarchte, aber daran war sie gewöhnt. Das konnte sie nicht aufgeschreckt haben. Sie legte sich wieder hin und schloss die Augen. Gerade als sie wieder in den Schlummer sank, knallte eine Tür, dann hörte sie Schritte. Die Geräusche kamen von unten, aus der Lobby.

Stimmen, tiefe Stimmen, Männer. Greta weckte Lissy. Inzwischen klappten draußen die ersten Türen. Greta schaute auf den Flur. Eine Frau im Morgenrock kam gerade von der Treppe zurück. Sie tänzelte auf Zehenspitzen, als wollte sie niemanden stören.

»Und?«, fragte Greta, während sie ihren seidenen Morgenrock vor dem Bauch zusammenband.

»Polizei«, flüsterte die Frau.

»Was ist denn passiert?«

»Ich weiß es nicht. Es war nicht zu verstehen, was sie gesagt haben.« Lissy erschien in der Tür und gähnte laut. »Und?«, sagte auch sie.

»Polizei«, gab Greta wieder.

Die Nachricht verbreitete sich am nächsten Morgen wie ein Lauffeuer. Greta und Lissy nahmen Platz an einem der großen runden Tische, an denen acht Personen Platz fanden. Es wurde heftig diskutiert. Jemand hatte sich in der letzten Nacht offenbar in Tezlaws Wohnung zu schaffen gemacht. Margret winkte ihnen kurz zu. Sie sah blass aus und ernst. Als Greta auf sie zuging, eilte sie in die Küche. Überhaupt fiel Greta auf, dass das Personal durch die Bank weg besorgt wirkte.

»Kein Wunder«, sagte ein Mann, der neben ihr saß. »Wenn von meinen Kollegen einer nach dem anderen weggemetzelt würde, würde ich auch so gucken.«

»Weiß man denn Genaueres?«, fragte Greta. Sie fühlte sich selbst nicht besonders gut. Die Unausgeschlafenheit ließ sie frösteln, sodass sie ihre schmalen Hände in den etwas zu langen Ärmeln ihres schwarzen Rollkragenpullovers versteckt hielt. Ihr Lachsbrötchen hatte sie noch nicht angerührt. Sie ärgerte sich: Tezlaw war ihr Hauptverdächtiger gewesen, und jetzt schien er selbst so etwas wie ein Opfer geworden zu sein. Statt eines klaren Tätermotivs – Habgier – schien seit gestern Nacht alles möglich. Sogar jemand, der eine ganze Hotel-Belegschaft ausmerzen wollte, vielleicht einfach nur so, aus Langeweile, weil es ihm krankhafte Freude bereitete.

»Ich bin froh, dass wir morgen abreisen, ehrlich gesagt«, sagte eine Frau am Tisch. »Das ist hier doch wie in Agatha Christies *Zehn kleine Negerlein*.«

Kurzentschlossen stand Greta auf und sprach Margret an, die am Buffet nach dem Rechten sah.

»Leonore Goldmann?« Margret drängte Greta durch den Rührei-Brötchen-Kaffee-Duft des Frühstücksraumes in Richtung Küche. Hinter einem Pfeiler blieben sie stehen. »Vielleicht ist das die Schwester der ehemaligen Chefin. Genau weiß ich es nicht, aber ich habe mal so etwas gehört«, sprach sie leiser weiter, während sie versuchte, den Raum aus den Augenwinkeln im Blick zu behalten.

»Und haben Sie eine Idee, wer etwas über diese Frau wissen könnte?«

»Nein, ich habe auch gerade keine Zeit«, erwiderte Margret und riss die Augen auf, um gestresst auszusehen.

»Bitte, warten Sie noch einen Moment«, sagte Greta und berührte Margret von unten am Ellenbogen. »Heute Nacht soll jemand in Tezlaws Wohnung eingedrungen sein. Glauben Sie das? War er in Gefahr?«

»Ich weiß im Moment überhaupt nicht mehr, was ich denken soll«, flüsterte Margret. »Ich will hier nur noch weg.«

Plötzlich packte Greta jemand am Arm. Lissy war es nicht; der Rasierwassergeruch verhieß jemand anderen. Sie verkrampfte.

»Gestern haben wir uns wohl verpasst hier beim Frühstück«, sagte der Mann, neben dem sie im Lesezimmer gesessen hatte, in jener Nacht, als Marie umgebracht worden war. Seine Augen leuchteten so hell, wie seine Haut dunkel schimmerte.

Margret nutzte die Gelegenheit. »Ich muss wieder.«

»Ich wollte auch gerade gehen«, sagte Greta und schob den Mann zur Seite.

»Aber warten Sie!«, rief er ihr nach. Greta seufzte und blieb stehen, ohne sich allerdings nach ihm umzudrehen. Unter Aufbietung aller Höflichkeitsreserven zwang sie sich zu einem Lächeln, als er sich vor sie stellte.

»Ich wollte Sie doch noch etwas fragen«, sagte er, etwas atemlos. Einige der Gäste blickten die beiden verwundert an. Greta streckte sich und hob das Kinn.

»Es war doch neulich sehr nett dort im Kaminzimmer, trotz des kleinen Zwischenfalls, aber selbst das hatte ja noch seinen Reiz, nicht?«

»Ich habe wirklich nicht viel Zeit«, erwiderte Greta, blickte an ihrem schlanken Körper hinunter und zog am Bündchen ihres Kaschmir-Rollkragenpullovers.

»Verzeihen Sie, ich möchte Sie auch nicht aufhalten«, stotterte der Mann, »aber ich würde mich freuen, wenn ich Sie mal zu einem Cognac abends einladen könnte. Wir scheinen da eine Leidenschaft zu teilen.«

Greta starrte auf die Schweißperlen an seiner Stirn und Nase. Während sie tief atmete, schloss sie die Augen und strich sich über ihre gewellten Haare, die sie heute nicht mit einem Glätteisen bearbeitet hatte.

»Hören Sie! Ich fürchte, dass der Cognac die einzige Leidenschaft ist und auch immer bleiben wird, die wir beide teilen.« Eine Welle des Mitleids bemächtigte sich ihrer, wie er da vor ihr stand – ein ausgereifter Mann mit dem fast bettelnden Blick eines Schuljungen. Sie eilte durch die Tür und aufs Zimmer, wo Lissy bereits wartete. Sie hatte Arbeitskleidung angelegt, denn für heute stand Friedas Haus auf dem Plan.

»Los, zieh dich auch um. In diesem Aufzug wären wir in einem Jahr noch nicht fertig mit dem Räumen«, sagte Lissy und zeigte auf Greta, wie sie da vor dem Bett stand im eng geschnittenen Rock und in hochhackigen Pumps.

»Du glaubst nicht im Ernst, dass ich so durch den Ort laufe«, erwiderte Greta und zeigte auf das Bett, wo Jeans und Sweat-Shirt für sie bereitlagen. Davor standen schwarze, derbe Knöchelschuhe.

»Wer sieht dich denn schon?«

»Ich ziehe mich in Friedas Haus um.«

»Dort ist es zu kalt. Wir können nicht warten, bis der Ofen Wärme abgibt«, erwiderte Lissy laut. »Jetzt hab dich nicht so. Wir müssen endlich mal vorankommen. Heute ist schon der 28. Oktober. Am Ende haben wir einen Mord aufgeklärt und ein baufälliges Haus, das im Chaos versinkt, am Hacken. Ich weiß nicht, ob ich das so gut finden würde.« Sie drehte sich zur Wand.

Greta streifte sich die Pumps ab und schleuderte sie ins Zimmer. Pullover und Rock schmiss sie aufs Bett.

»Willst du gar nicht wissen, was Margret gesagt hat?«

»Wenn es etwas Interessantes gewesen wäre, hättest du es mir sofort auf die Nase gebunden«, erwiderte Lissy. »Was hat sie denn nun gesagt?«

Der Gärtner schien das Hotel kurz vor Greta und Lissy verlassen zu haben. Er schlurfte nur wenige Meter vor ihnen die Strandpromenade entlang Richtung Wald. Wortlos und fast gleichzeitig beschleunigten sie ihren Schritt und setzten ihre Strickmützen auf, was wegen des Nieselregens sinnvoll war, vor allem aber zur Tarnung diente.

Der Gärtner trug den Kragen seines Kordjacketts hochgeschlagen. Seinen Hals neigte er so weit nach vorn, dass sein

Kopf von hinten nur halb zu erkennen war. Seine Hosen flatterten im Wind und gaben spindeldürre Fesseln frei. Ab und an führte er seine Zigarette zum Mund und spuckte meist wenig später auf den Gehweg. Weit hinten am südlichen Zipfel der Promenade, dicht am Granitz-Wald, bog er nach rechts in die Putbuser Straße ab und von hier dann wenig später nach links zum Klünderberg. Greta und Lissy hangelten sich eingehakt, als wären sie so besser geschützt, von Haus zu Haus, um sich hinter Büschen, Bäumen und Mauern verstecken zu können. Ab und an drehte der Mann sich um. Zwei Mal schon war er stehen geblieben und hatte längere Zeit in umgedrehter Stellung verharrt. Jetzt wechselte er die Straßenseite und bog nach rechts in die Zinglingstraße ab, in der auch Elsa wohnte. Als er hinter den ersten Bäumen verschwunden war, eilten Greta und Lissy hinüber, um ihm weiter zu folgen. Gerade als sie schutzlos mitten auf dem Weg gingen, hielt er abrupt in der Bewegung inne. Seine Verfolgerinnen verlangsamten sofort ihren Schritt, um wenigstens noch den Anschein erwecken zu können, sie würden spazieren gehen.

»Das geht schief«, flüsterte Lissy.

»Bleib ruhig«, sagte Greta und überlegte sich eine Strategie für den Fall, dass der Gärtner gleich auf sie zukommen würde, wie es zu erwarten war. Sie würde ihn gar nicht zu Wort kommen lassen. Der sollte erst mal begründen, was er in ihrem Zimmer zu suchen hatte, bevor er ihnen vorwerfen konnte, hier spazieren zu gehen, argumentierte sie im Stillen. Zugegeben – es regnete inzwischen stärker, es gab wahrlich besseres Spazierwetter, aber das war nicht seine Sache. Trotz aller Wut überwog doch ihre Angst. Wenn er wenigstens jemals etwas zu ihnen gesagt hätte, aber dieses ewige Schweigen … Und diese gruseligen Brillengläser – sie vergrößerten seine Augen so sehr, dass sie wie umrahmte hellblaue Golfbälle wirkten.

Gespannt wie zum Sprung verharrten die beiden Hamburgerinnen mitten auf der Straße. Aber er drehte sich nicht um. Stattdessen warf er seine Zigarette weg, spuckte auf den Weg, griff in seine Jackentasche, führte ein Handy ans Ohr und telefonierte. Er schien eher zuzuhören, als selbst zu reden, denn er stand ganz still. Dann nickte er und führte die Hand zur Jackentasche. Sie folgten ihm wieder. Bevor er nach rechts in den Weg durch die Gartenanlage einbog, zündete er sich eine neue Zigarette an und blieb während des Rauchens dort, wo er war. Greta und Lissy hatten sich hinter einem nur noch spärlich belaubten Baum versteckt. Ihre Sachen hingen nass an ihnen herunter. Auch die Mützen hatten sich mit kaltem Regenwasser vollgesaugt, das sie an Haare und Kopfhaut abgaben. Endlich ging er weiter in die Anlage hinein und blieb an einem Tor auf der linken Seite stehen. Er holte einen Schlüssel aus seiner Jackentasche, öffnete das niedrige Holztor und ging langsam auf die holzverkleidete Laube im Inneren des Gartens zu, nicht ohne sich dabei immer wieder umzublicken.

»Ob er uns gesehen hat?«, fragte Greta.

»Nein, ich glaube nicht«, antwortete Lissy. »Er ist einfach nur übervorsichtig.«

»Fragt sich nur, warum«, flüsterte Greta. »Übrigens: Wenn Maries Freund in Untersuchungshaft sitzt, kann er es kaum gewesen sein, der heute Nacht in Tezlaws Zimmer war.«

»Das ist wohl wahr«, erwiderte Lissy. »Vielleicht gibt es da wirklich noch einen Dritten, dem bisher niemand mehr zugetraut hat als Harken und Graben.« Sie zeigte auf das Gartenhaus, dessen Fenster mit Brettern zugenagelt waren. Er konnte sie folglich nicht mehr sehen aus dem Inneren des Hauses. Sie gingen zügig fort, zurück zum Klünderberg, wo Friedas altes Haus auf sie wartete.

Auf dem Weg versetzten Anspannung und Kälte Greta in eine Art Trancezustand. Sie vergaß, wie unwohl sie sich beim ersten Betreten dieses Hauses gefühlt hatte. Sie stellte sich vor, wie schön es wäre, endlich die Tür hinter sich zu schließen und irgendwo zu sein, wo sie sicher schienen. Das klamme Gefühl von Feuchtigkeit wurden sie allerdings auch nicht los, als sie in den Hausflur traten. Es roch nach moderndem Laub, und etwas widerlich Süßliches mischte sich darunter. Als das Türschloss einrastete, beschleunigte sich Gretas Atem. Sie fror, ekelte sich und hatte Angst. Erst als Lissy über den Flurläufer stolperte, löste sich der Knoten in Gretas Brustkorb, rutschte der Klumpen aus ihrem Hals, und sie konnte lachen.

Nach einem kurzen wütenden Blick auf den Teppich lachte auch Lissy. Sie beschlossen, zunächst den Ofen anzuzünden. Holz und Zunder lagen in einem Korb bereit. Es klappte, der Ofen brannte und begann, etwas Wärme auszustrahlen. Allerdings wurde die Luft dafür rußig, kratzte in ihren Hälsen und reizte die Augen. Da es kaum brauchbare Dinge gab im Haus, trugen sie ein Stück nach dem anderen nach draußen in den Vorgarten. Schon nach kurzer Zeit hatte sich dort ein beachtlicher Haufen Gerümpel angesammelt. Obwohl sie längst noch nicht fertig waren in der unteren Etage, dachte Greta immer wieder an die alte Truhe auf dem Dachboden. Lissy ging es nicht anders, denn kaum hatte Greta diese Truhe erwähnt, machte sie sich auf die Suche nach Werkzeugen. Mit einem Stechbeitel stiegen sie schließlich beide die Treppe hinauf.

Ein kalter Luftzug begleitete sie zu dem alten Möbelstück. Sie gingen schnell über die knarrenden Holzbretter, ohne nach links oder rechts zu schauen. Greta fühlte sich nicht wohl hier oben. Das Dachfenster war zu klein und der mit grauen Wolken verhangene Tag zu dunkel, um den Raum mit ausreichend Licht zu versorgen. Sie schalteten die Taschenlampe an, doch die ließ alles außerhalb des Lichtkegels noch finsterer wirken. Lissy schien davon weniger beeindruckt als Greta und schritt zur Tat. Nach zwei gezielten Hammerschlägen auf den Stechbeitel krachte es, und der Deckel sprang auf. Die Scharniere hatten nachgegeben. Noch im selben Augenblick fragte sich Greta, ob die Idee wirklich gut war, etwas gewaltsam zu öffnen, was offenbar nicht für sie und für andere bestimmt war. Es vergingen einige Sekunden, bis sie sich hinabbeugten, um den Inhalt in Augenschein zu nehmen.

Die Truhe war nicht voll. Dämonenfratzen starrten ihnen von zerfledderten Buchdeckeln entgegen. Pentagramme verblassten auf vergilbten Seiten. Hier und dort dunkle Flecken, die an Blut erinnerten, und viele Gegenstände, die sie noch nie gesehen hatten und mit denen sie nichts anzufangen wussten.

»Lassen Sie die Sachen, wo Sie sind!«, kreischte es plötzlich über den Dachboden hinweg. Greta und Lissy schrien gleichzeitig auf und fuhren herum. Elsa Hoth stand in der geöffneten Tür und starrte sie an, als hätten sie ein Verbrechen begangen.

»Was machen Sie hier?«, fragte Greta, als sie sich wieder gefangen hatte. Sie ging ein Stück auf Elsa zu, die sich keinen Zentimeter von der Stelle rührte.

»Was glauben Sie, was Sie dort finden? Solche Dinge sind kein Spaß, und sie haben weder Luise noch Frieda Glück gebracht«, sagte Elsa. Sie schien sich erst sammeln zu müssen und fügte versöhnlich hinzu: »Ich meine es doch nur gut mit Ihnen.«

»Was ist das?«, fragte Lissy und hielt ein Gefäß mit einer Art Harz hoch.

Elsa seufzte, schloss kurz die Augen und ging dann langsam auf die beiden Frauen zu, wobei sie das Gefäß nicht aus den Augen ließ. Als sie bei Lissy angekommen was, nahm sie es in die Hand.

»Das ist Weihrauch«, erklärte sie, »und alles, was sie hier sonst noch finden, nimmt man für Beschwörungen – sei es nun ein Dämon oder der Teufel selbst, den man rufen will.«

»Das hat Luise getan?«, fragte Greta.

Elsa zitterte. »Ich weiß nicht, wie weit Luise gegangen ist.« Sie stellte das Gefäß zurück in die Truhe und nahm ein anderes heraus.

»Storax«, sagte sie und zeigte ihnen ein grünliches Harz. »Auch für Zeremonien. Kreide, Haare – hier fehlt wirklich nichts.«

»Haare?«, fragte Lissy mit hochgezogenen Brauen und trat ein Stück zurück.

»Man braucht etwas Persönliches von dem Menschen, dem man etwas will.«

»Wie ›etwas will‹?«, fragte Lissy, und Greta war froh darüber. Sie selbst fühlte sich schwach, zu schwach, um zu sprechen. Die Angst hatte wieder begonnen, an ihr zu fressen. Genauso empfand sie es innerlich, ihr war, als würde etwas ihre Kraft und ihren Mut Stück für Stück aufzehren.

Elsa lachte leise. »Zauber funktioniert nur über diese Verbindung.«

Greta trat wieder an die Truhe heran und ließ ihren Blick über die verstaubten Gegenstände gleiten. Wie schon beim ersten Mal beschlich sie das Gefühl, hier oben nicht allein zu sein. Sie wagte kaum, sich umzusehen, aus Angst vor Augen, die sie dabei entdecken könnte. Ihr Blick traf ein Fläschchen. Sie wollte danach greifen, aber Elsa kam ihr zuvor.

»Fassen Sie das nicht an.«

»Was ist das?«

»Blut.«

Lissy ging noch weiter weg. Sie sah bleich aus. »Das ist ja Wahnsinn hier«, sagte sie laut.

»Gehen wir hinunter und räumen weiter aus. Das ist sinnvoller, als in diesem Zeug herumzuwühlen«, schlug Elsa vor.

Der Berg vor dem Haus wuchs, das Feuer im Ofen begann endlich richtig zu wärmen, auch die Bewegung trug dazu bei. Elsa war schweigsam. Während sie kleine Möbelstücke, Kisten und Gegenstände hinaustrug, schien sie mit den Gedanken woanders zu sein. Zum ersten Mal war es Greta aufgefallen, als sie beim Hinaustragen fast über Elsa gestolpert wäre. Die alte Frau hatte auf dem Flur wie versteinert gestanden und sich in alle Richtungen umgesehen, als würde sie etwas suchen. Erst als Greta in das Haus zurückkam, begann Elsa sich wieder zu bewegen.

Später tranken sie Tee und aßen Gebäck, das Elsa mitgebracht hatte. Lissy und Greta waren beide bemüht, sich ihren Widerwillen nicht anmerken zu lassen. Alles schmeckte so alt, wie das Haus, das sie gerade ausräumten.

Plötzlich kam Greta etwas in den Sinn.

»Leonore«, antwortete Elsa nachdenklich, nachdem Greta sie nach dem Namen aus dem Handelsregister gefragt hatte.

»Ja, Leonore, natürlich sagt mir der Name etwas. Wie kommen Sie bloß darauf? Das ist so lange her.«

»Sie ist als Miteigentümerin des Hotel *Strandgold* registriert.«

»Leonore ist die Zwillingsschwester von Renate Goldmann.« Elsa umklammerte gerade eine Stehlampe, als wäre die ein Mensch. Hinter ihrer Stirn arbeitete es.

»Renate Goldmann hatte eine Zwillingsschwester?«, fragte Greta und legte den Stapel Bücher ab, den sie gerade in einen Karton legen wollte. Wenn sie eines nicht wegwerfen konnte, waren es Bücher. Und davon gab es hier eine überaus stattliche Anzahl.

»Aber ja, sie waren sogar eineiige Zwillinge. Als Kinder haben sie immer ihren Schabernack damit getrieben, aber ich wusste, wie man sie auseinanderhalten konnte.«

»Und?«

»Leonore hat ein Muttermal im Nacken.«

»Lebt sie noch hier?«

»Nein, schon lange nicht mehr. Gleich, nachdem sie volljährig war, ist sie in den Westen gegangen und dann weiter nach Frankreich. Sie hatte schon immer etwas für den Süden übrig.«

»Hatten die Schwestern denn ein gutes Verhältnis zueinander?« Greta stellte sich dichter an den Ofen.

»Nein, ihr Verhältnis war nie gut. Sie entzweiten sich endgültig, als Leonore Renate den Freund ausspannte und ihn mit in den Westen nahm«, erzählte Elsa weiter. »Renate war danach lange Zeit gar nicht mehr zu sehen, wie vom Erdboden verschluckt. Es hieß damals, sie sei krank. Vermutlich war sie im Krankenhaus.«

»Was hatte sie?«, fragte Lissy. Auch sie gönnte sich jetzt eine Pause und stellte sich zu Greta an den Ofen.

»Das wusste niemand, aber ich habe etwas Seltsames beobachtet.« Die alte Frau ließ die Stehlampe los und rückte näher. »Nachdem Renate wieder zu Hause war, habe ich mehrmals gesehen, dass sie auf den Friedhof zu einer Grabstelle ging und Blumen hinstellte.«

»Für wen waren die Blumen?«

»Das ist das Merkwürdige. Der Platz gehörte zwar der Familie, aber dort war niemand beerdigt. Die alten Goldmanns liegen woanders, und die ersten, die auf jener Grabstelle beerdigt wurden, waren Renate selbst und ihr Mann Ferdinand.«

»Was denken Sie, was sie dort wollte?«, fragte Greta.

»Ich weiß es nicht und kann nur vermuten. Sie wollte diesen Mann damals heiraten, mit dem Leonore dann durchbrannte. Verlobt waren sie schon, wenn ich mich richtig erinnere. Sie hat es ja jedem erzählt, so stolz und glücklich war sie. Ich denke, sie war schwanger von ihm und hatte eine Fehlgeburt, die sie dort betrauert hat. Ich sehe das einem Menschen an, und sie hatte so etwas«, Elsas Augen schnellten hin und her in den Höhlen, »so etwas Ausgemergeltes, Leeres.«

»Aber eine Fehlgeburt wird doch öffentlich beerdigt«, mischte sich Lissy ein und zog hoch, wobei sie Mund und Nase nach oben bewegte.

»Kommt darauf an, was man möchte«, sagte die alte Frau. »Vielleicht hat sie den Fötus auch verbrennen lassen und sich hier für ihre Trauer in aller Heimlichkeit eine eigene Grabstelle geschaffen. Es hilft, wenn man einen Ort hat, an dem man mit dem Toten reden und seine Trauer ausleben kann. Aber wie auch immer das nun war – gut haben sich die beiden

Schwestern wirklich von klein an nie verstanden. Ich erinnere mich an ein Mal, da kam Renate vollkommen aufgelöst zu mir. Wir hatten nämlich ein sehr gutes Verhältnis. Das ging mir mit vielen Kindern hier so. Zu mir hatten sie oft mehr Vertrauen als zu ihren Eltern.«

»Was war passiert?«, fragte Greta.

»Leonore hatte ihr wohl abends eine halbtote Ratte ins Bett gelegt. Sie musste sie aus einer Falle geholt haben«, erzählte Elsa.

»Leonore schien sehr furchtlos gewesen zu sein.«

»Ja, die beiden sahen sich nur optisch ähnlich. Renate war ein richtiges Mädchen und Leonore ein kleiner Kerl, aber natürlich genauso liebenswert. Viele mochten sie sogar lieber als Renate, eben weil sie so niedlich auf ihre burschikose Art war. Die arme Renate hat damals so sehr geweint. Sie war erst sechs oder sieben Jahre alt, das arme Ding. Und sie hat nicht nur wegen der Ratte geweint. Das natürlich auch – sie war wie traumatisiert. Leonore ist von den Eltern nicht bestraft oder ermahnt worden. Und das war keine Seltenheit bei den Goldmanns. Leonore wurde meistens bevorzugt. Zu Renate haben sie an diesem Tag wohl nur gesagt, sie solle sich nicht so anstellen. Und das war natürlich besonders hart für das Mädchen.«

10

Ab und zu lugte der Mond hinter den sich jagenden Wolken hervor. Greta und Lissy stemmten sich gegen einen eisigen Wind, der von der Ostsee her kam. Im *Strandgold* wollten sie heute nicht essen. Sie hatten sich für das *Vier Jahreszeiten* entschieden. Ein Hotel dieses Namens war meist eine gute Adresse, und das galt auch in Binz. Schon beim Betreten des Eingangs fühlten sie sich wohl, wie zu Hause. Alles wirkte normal, kein Mord, keine Menschen, von denen man sich observiert fühlte. Gretas Wangen begannen zu glühen, als die Wärme des Saales sie umfing. Dazu kam der Geruch nach großartiger Küche. Lissy schloss die Augen und erschnüffelte die verschiedenen Aromen. Greta zog ihr Kleid glatt und strich sich über das Haar. Als sie merkte, dass jemand an ihren Tisch kam, dachte sie zunächst an den Kellner und legte sich die Worte zurecht, um sich für die überreichte Speisekarte zu bedanken. Aber es war kein Kellner.

»Sie hier?«

Margret reichte Greta und Lissy die Hand. Sie saß drei Tische weiter mit ihrem Ehemann und einem befreundeten Paar, wie sie berichtete. Ob sie sich nicht dazusetzen wollten? Greta verspürte Lust auf Unterhaltung außerhalb ihrer eheähnlichen Gemeinschaft mit Lissy. Und auch ihre sonst eher weniger gesellige Freundin schien ganz angetan von der Idee und lächelte. Margrets Mann war beleibt und vollbärtig und versorgte den ganzen Tisch mit seiner Herzenswärme. Margret wirkte, ganz anders als sonst, fröhlich und gelöst. Sie lachte oft und strich ihrem Mann über den Arm, wenn er erzählte. Er gehörte zu den Menschen, die eine Anekdote nach der anderen zum Besten geben konnten.

»Ich habe heute nur meinen freien Abend«, antwortete Margret, nachdem Greta sie gefragt hatte, ob sie überhaupt noch im *Strandgold* arbeitete. »Aber ich zähle die Tage, das kann ich Ihnen sagen! – Übrigens: Auch sie weiß von Ferdinand Goldmanns Liaison. Ganz so vorsichtig war er wohl doch nicht.« Margret zeigte auf ihre Freundin, die sich gleich zu Beginn mit ihrem Vornamen Heidi vorgestellt hatte.

Die Kerzen in den hohen silbernen Leuchtern flackerten.

»Woher wissen Sie das? Und was wissen Sie?«, wandte sich Greta an Heidi.

Der Kellner servierte die Vorspeise.

»Ich hab ihn einmal gesehen mit einer älteren Frau«, erzählte Margrets Freundin leise.

»Wie alt war sie denn?«, fragte Greta.

»So um die 60, also älter als er.«

»Das wundert mich nicht«, kommentierte Margret. »Wenn sie genug Geld hatte, wären auch 70 Jahre kein Problem gewesen.«

»Wo du Recht hast, hast du Recht. Bei den Goldmanns ging es nur ums Geld. Sie besaß es, hielt es zusammen und überlegte nur, wie sie es vermehren konnte. Und er brauchte viel davon und war nur damit beschäftigt, es auszugeben, nicht Dieter?« Heidi sah ihren Mann an, der bislang kaum ein Wort gesprochen hatte. Entsprechend überrascht blickte er seine Frau und die anderen Tischnachbarn an, als hätte er erst jetzt registriert, dass er nicht allein am Tisch saß. Lissy schaute zu ihm und kaute schnell und intensiv. Er lächelte, wischte sich den Mund mit der Serviette ab und trank einen Schluck Rotwein.

»Ferdinand«, begann er, »war im Grunde ein netter Kerl. Aber da war das liebe Geld. Er kam eigentlich aus armen Verhältnissen und war vollkommen überfordert mit dem plötzlichen Reichtum nach seiner Hochzeit. Na ja, ich will nicht sagen, dass das Vermögen keinen beträchtlichen Einfluss auf die Entscheidung hatte, Renate zu heiraten. Aber dennoch hatte er sich auch in sie verliebt.«

»Woher wissen Sie das denn so genau?«, unterbrach ihn Lissy. Greta blickte sie verwundert an.

»Ferdinand und ich waren, wie man so schön sagt, Sandkastenfreunde. Ja, er war verliebt in Renate, wie gesagt: anfangs. Wenn seine Gefühle dann rasch erstarben, lag es an Renate und ihrer Kälte. Eiszapfen hat er sie manchmal genannt.«

Irgendwo fiel Geschirr zu Boden. Draußen heulte der Wind.

»Kein Wunder, sag ich da nur. Wirklich kein Wunder«, ergänzte Heidi. »Manchmal glaube ich, sie wollte einfach nur irgendeinen Mann haben. Und da ist es eben Ferdinand geworden. Gefühle hat sie nie gezeigt. Es konnte einen geradezu gruseln in ihrer Gegenwart.«

»Hat er denn jemals etwas über diese Frau gesagt?«, fragte Greta, bevor sie den letzten Happen Bruschetta zum Mund führte. »Ich meine jetzt seine Affäre.«

»Ach ja richtig, diese Frau«, sagte Heidis Mann. »Ich selbst habe sie nie gesehen. Sie kam drei- oder viermal im Jahr hierher. An Geld mangelte es natürlich nicht.«

»Woher kam sie?«, fragte Lissy und schob ihren leer gegessenen Vorspeisenteller zur Seite.

»Aus Düsseldorf.«

»Hat Ferdinand denn Ihnen gegenüber mal erwähnt, dass er Renate verlassen will?«

»Ja, mit dieser Düsseldorferin hätte er es wohl getan. Er wäre mit ihr ja wieder abgesichert gewesen. Er sprach bereits davon, dorthin zu ziehen. Er wollte einfach weg von Renate.«

Der Wind hatte sich gelegt, als sie den Heimweg antraten. Der Himmel lag frei. Es war kalt.

»Vollmond«, bemerkte Lissy. »Hat man vorhin hinter den Wolken gar nicht gesehen.«

»Bei Vollmond kommen die Werwölfe«, flüsterte Greta und packte ihre Freundin so plötzlich am Arm, dass diese kurz aufschrie.

»Spinnst du? Das ist nicht lustig.«

»Ich denke, du glaubst nicht an solche Sachen.«

»Ich meinte auch das Erschrecken.« Lissy sagte es ernst. Es war bereits nach Mitternacht. Sie hatten lange gesessen im *Vier Jahreszeiten* und waren danach noch mit Margret und ihrem Mann in eine Bar gegangen. Margret schien ihre Gesellschaft zu genießen. Es lenke sie ab, hatte sie immer wieder gesagt.

»Was ist eigentlich mit Wiedergängern?«, fragte Greta durch ihren Schal hindurch, den sie bis hoch zur Nase gezogen hatte.

»Was soll damit sein?«

»Kommen Wiedergänger auch vorzugsweise in Vollmondnächten? Wie Werwölfe?«

Lissy lachte kurz auf und hakte ihre Freundin unter. In der Villa, an der sie gerade vorbeigingen, wurde lautstark ein Fenster geschlossen.

»Als Renate neulich diesem Mädchen erschien – und wahrscheinlich wirklich nur diesem Mädchen – war doch auch keine Vollmondnacht, oder?«, überlegte Lissy.

»Du glaubst aber auch nicht ein bisschen daran, oder?« Greta grub ihre Hände tiefer in ihre Manteltaschen. Die Kälte schmerzte. Einige Pfützen trugen eine dünne Eisschicht.

»Nein, ich glaube nicht daran, meine Liebe. Kein bisschen. Für mich hat dieses Mädchen einfach eine blühende Phantasie gehabt. Vielleicht ist das nicht mal so unnormal, wenn man nachts alleine dort unten beim Empfang sitzt.«

Als sie auf die Hauptstraße abbogen, hörten sie das Meer, wenn auch nur ganz leise. Ein Stück vor ihnen lag erleuchtet die Seebrücke wie ein Bauwerk aus Eis.

»Das hängt ja vom Typ ab, aber so ein junges Mädchen mag da viel ängstlicher sein. Erinnere dich mal an deine Jugend. Hattest du nie Angst im Dunkeln?«

»Natürlich, die habe ich heute noch manchmal«, erwiderte Greta. »Aber ich sehe dann trotzdem keine Wiedergänger.« Sie versuchte den aufkeimenden Gedanken an Frieda zu verdrängen. »Und trotzdem glaube ich nicht, dass Marie sich da was eingebildet hat. Sie hat etwas gesehen. Sonst wäre sie nicht so verstört gewesen.«

Vor der Seebrücke blieben sie kurz stehen und blickten bis zum schwarzen Wasser, dorthin, wo sich das Bauwerk verlor.

Lissy zog Greta hinunter zum Strand. »Lass uns hier entlang gehen«, schlug sie vor. »Ob wir nun die Straße nehmen oder den Strand, das ist doch die gleiche Strecke.«

Je weiter sie sich dem Wasser näherten, desto intensiver roch es nach Tang. Der Sand gab unter den Füßen nach und erschwerte das Gehen.

»Ist schon seltsam alles hier«, sagte Lissy nach einer Weile.

»Ja«, erwiderte Greta, »je mehr man erfährt, desto verwirrender wird es: Renate bringt sich und ihren Mann um, Marie glaubt, sie als Wiedergänger zu sehen, dann stirbt Marie oder besser, sie wird ermordet. Ihr Freund wird verdächtigt und verhaftet, es folgt ein Einbruch – oder was auch immer das sein sollte – bei Tezlaw, womit Maries Freund nichts zu tun haben kann, da er ja in Untersuchungshaft sitzt. Und nun noch diese Geschichte mit Ferdinand, der seine Frau verlassen wollte, wobei Renate ihrerseits Ferdinand auch verlassen wollte. Ihre angebliche Beziehung mit Tezlaw. Wie passt das alles zusammen? Muss es überhaupt zusammenpassen?« Sie entfernten sich langsam aus dem Lichtfeld der Seebrücke und gewöhnten sich nach und nach an die Dunkelheit. Der Mond warf einen weißen Kegel auf das Wasser.

»Nicht zu vergessen Leonore«, sprach Greta nach einer Weile weiter. »Mich würde interessieren, wo sie lebt und was mit ihr ist. Theoretisch hatte auch sie ein Motiv, ihre Schwester umzubringen. Sie wollte vielleicht das Hotel für sich und da sich die Schwestern nicht besonders gerne mochten, konnte sie einen Mord möglicherweise ganz gut mit ihrem Gewissen vereinbaren. Andererseits … Tezlaw – der ist auch nicht sauber, und wenn zehnmal bei ihm eingebrochen wird. Vielleicht hat Margret nicht so Unrecht.«

»Du meinst, dass er Marie auf dem Gewissen hat?«

»Möglich scheint mir hier alles.«

»Quatsch!«, rief Lissy etwas zu laut, so dass Greta zusammenfuhr. Aus einem unerfindlichen Grund wollte sie nicht, dass sie jemand hier unten hörte. Im Schutz der Dunkelheit hatte sie sich wohlgefühlt.

»Wir sind hier nicht im Film. Da muss ich Margret einfach mal eine etwas überbordende Phantasie unterstellen«, fuhr Lissy fort.

»Ich glaube ihr trotzdem«, entgegnete Greta. Plötzlich brach Lärm neben ihnen aus. Schnattern, Flügelschläge. Sie hatten eine Gruppe Enten im Schlaf gestört. Auch Lissy schrie auf, nahm dann aber mit ruhiger Stimme den Faden wieder auf.

»Dass hier Morde geschehen sind, ist nicht zu leugnen, aber es kann auch jemand ganz anderes dahinterstecken. Jemand, den wir noch nie gesehen haben. Wegen einer Geschichte, die wir überhaupt nicht kennen. Jemand, der wirklich mit dem gesamten Hotelpersonal abrechnen will, beispielsweise.«

»Jetzt ist deine Phantasie aber übermächtig geworden«, erwiderte Greta, obwohl sie selbst schon einen ähnlichen Gedanken gehabt hatte, und hakte sich ein. Sie blickte kurz nach rechts hoch zur Strandpromenade. Da war ihr Hotel hinter dem schwachen Licht der Straßenlaternen. Lissy schien das nicht zu interessieren. Sie ging einfach weiter.

»Ich weiß, aber immerhin ist es eine Möglichkeit. Das ist nun mal die Sache mit den Verbrechen, dass sie immer so irreal scheinen. Und jeder Krimi basiert doch letztlich auch auf Geschichten, die irgendwann einmal geschehen sind. Was ist mit Fred, diesem Gärtner? Der ist doch auch nicht sauber.«

»Komisch ist er, aber er hat nichts getan«, entgegnete Greta.

»Aber wie er uns den Weg vorm Gartenhaus versperrt hat und dann die Situation dort hinten in der Gartenanlage. Was wollte er da in dieser Laube?«

»Vielleicht sollten wir mal hingehen? Mehr als den Weg versperren, wie beim Gartenhaus am Hotel, kann er doch nicht, oder?«

»Das könnten wir natürlich machen.« Lissy stöhnte leise. »Aber vergiss bei allem nicht Friedas Haus. Wir sind nicht ewig hier in Binz und wenn wir abfahren, muss der Kasten entrümpelt sein.«

»Das schaffen wir doch trotzdem«, winkte Greta ab. »Und Leonore, um auf die mal wieder zurückzukommen, über sie würde ich gerne noch etwas mehr erfahren.«

Rechts von ihnen hob sich der Wald schwarz vom Himmel ab. Er bildete mit der Ostsee einen schmaler werdenden Korridor. Licht spendete nur noch der Mond.

»Internet«, sagte Lissy.

»Du immer mit deinem Internet!« Greta schüttelte den Kopf. Sie sprachen noch leiser, noch langsamer, als könnten ihnen sonst Geräusche ihrer Umgebung entgehen. Die Wellen murmelten und langten nach ihren Füßen. Lissy schob Greta ein Stückchen weg vom Wasser, aber nicht zu dicht an den Wald. Der wirkte bedrohlich, wie er da über ihnen thronte.

Plötzlich blieben beide stehen. Da war jemand. Ganz deutlich sahen sie die Gestalt, zirka zwanzig Meter von ihnen entfernt. Kein Zweifel, keine Einbildung, kein Schatten.

Lissy blickte zurück zum Ort und zur Seebrücke und dann zum Wald. Sie hielt sich die Hände vor die Brust. Greta krallte sich in ihren Arm. Die Gestalt bewegte sich nicht. Auch wenn sie nur Umrisse erkannten, spürten sie den Blick, der auf sie gerichtet war.

»Gott, lass uns bloß zurückgehen«, flüsterte Greta.

»Und wenn uns dieser Jemand folgt?«

»Dann laufen wir. Bis zum Hotel ist es nicht so weit.«

»Viel Spaß beim Laufen, hier im Sand! Vor allem mit deinen Schuhen.«

»Was machen wir jetzt?«

»Nur keine Angst zeigen.«

»Ha, das tun wir schon, in dem wir hier stehen und uns festhalten.«

»Du hast mich doch als Erste gepackt. Aber gut, lass uns hingehen.«

»Bist du verrückt?«

»Wenn uns dieser Jemand etwas antun wollte, hätte er sich von hinten angeschlichen, nicht?«

»Ja sicher, aber ...«

»Nichts aber! Diese Person scheint genauso erschrocken und ängstlich zu sein wie wir.«

Lissy schob Greta sanft, aber bestimmt vorwärts. Doch auch Lissy mit ihrer gut gespielten Aufgeräumtheit zitterte und zögerte. Sie hoben kaum die Füße und ließen die Gestalt nicht aus den Augen. Die stand immer noch da, wie in den Boden gerammt, so dass sie kurz dachten, es handele sich wirklich nur um eine Buhne, die hier versehentlich platziert worden war. Aber je dichter sie kamen, desto deutlicher erkannten sie die Silhouette eines Menschen von mittlerer Größe. Da passierte es. Ein Stück angeschwemmtes Holz, wie sie später sahen, lag im Weg. Als Erste stürzte Greta, dann Lissy, die mit hinuntergezogen wurde. Für diesen einen Moment vergaßen sie die Gestalt und die Anspannung. Sie schrien und fluchten und halfen sich gegenseitig hoch. Als sie wieder aufblickten, war niemand mehr zu sehen. Der Strand war leer, als hätten sie sich alles nur eingebildet.

»Lass uns endlich verschwinden«, sagte Greta und zog ihre Freundin zurück Richtung Seebrücke. Sie wollte so schnell wie möglich ins Licht. Die beiden Frauen trieben sich gegenseitig zu einer immer höheren Geschwindigkeit an, bis sie fast rannten. Erst als sie den Wald hinter sich gelassen hatten und die Straßenlampen ihnen die Angst nahmen, verlangsamten sie ihren Schritt. Sie keuchten und trieben Wolken vor sich her. Kurze Zeit später erreichten sie das *Strandgold*.

Das Haus schien still. Greta und Lissy blieben in der Lobby stehen, um ihren Atem zu beruhigen. Die Rezeption war nicht besetzt. Auf dem Weg zum Fahrstuhl hörten sie Stimmen.

»Das kommt vom Angestelltentrakt«, flüsterte Greta. Sie lauschten. Ein Mann und eine Frau. Er sprach bedeutend leiser. Greta und Lissy gingen langsam in Richtung der Stimmen. Tezlaw. Die Männerstimme gehörte eindeutig ihm. Die zweite Stimme war ihnen fremd. Sie näherten sich ein Stück. Die Frau dort sprach hart und rau. Sie war nicht mehr jung. Ab und zu unterbrach sie ihre Sätze. Sie schien außer Atem zu sein. Nach längerem Schweigen wieder Tezlaws Stimme, beschwichtigend, fast hilflos. Wie jemand, der sich schuldig fühlt. Greta und Lissy setzten die Füße so vorsichtig auf den Boden, als würden darauf Glasscherben liegen. Sie blickten nach unten, um ihre Ohren möglichst nicht abzulenken, aber auch um nicht zu stolpern und dabei Lärm zu verursachen. Doch dann, direkt vor der Tür zum Angestelltenbereich, sahen sie Schuhe, schmutzige, klobige Arbeitsschuhe. Sie rissen die Münder auf und verschluckten die Laute. Fred hatte sich vor ihnen aufgebaut wie vor dem Gartenhaus ein paar Tage zuvor. Er sagte nichts, blickte sie nur an, ernst und gleichgültig. Er schritt ihnen sogar ein Stück entgegen. Er würde sie fortschieben oder sogar schubsen. Dessen war Greta sich sicher. Also drehten sie gleichzeitig um und verschwanden wortlos in Richtung ihrer Zimmer.

Erst als sie ihre Türen geschlossen hatten, wurde ihnen wohler. Sie zogen die Vorhänge zu, blickten vorher noch hinaus auf die Straße, jede aus ihrem Zimmer. Dann ging Greta zu Lissy.

»Ich weiß, was du sagen willst, aber wir hatten dort nichts verloren, wirklich«, begann Lissy, setzte sich aufs Bett und schnürte ihre Schuhe auf.

»Trotzdem, was macht dieser Fred dort mitten in der Nacht? Was gibt es nachts auf einem Hotelflur zu gärtnern?«, fragte Greta. Sie lehnte sich an den Türrahmen und streifte sich an den Beinen die Schuhe ab. Als sie kurz darauf barfüßig auf dem hochflorigen Teppich stand, schloss sie die Augen und flüsterte: »Endlich!«

»Anscheinend erfüllt er noch weitere Aufgaben«, meinte Lissy. »Vielleicht muss er seine Kasse aufbessern. Wer weiß? Als Gärtner verdient man ja sicherlich nicht so viel.«

»Tezlaw sagte neulich übrigens, dass er Peters mit Nachnamen heißt. Sagt dir das etwas?« Greta ging zur Tür und schloss sie ab. »Sicher ist sicher«, kommentierte sie.

»Fred Peters?«, erwiderte Lissy. »Nein, nie gehört. Sollte ich?«

»Ich weiß es nicht, aber der Name kommt mir bekannt vor. Überleg doch mal!«

»Nein, wirklich nicht.« Lissy gähnte. »Vielleicht kommt mir über Nacht der zündende Gedanke. Ich bin todmüde.« Sie begann sich auszuziehen und hielt inne, als sie ihren Pullover über den Kopf streifen wollte. »Gehst du jetzt nicht auch ins Bett?«, fragte sie, mit einem genervten Unterton.

»Ja, ja«, erwiderte Greta und verdrehte die Augen. »Sorge dich bloß nicht immer so um meinen Schlaf.«

»Das sagt die Richtige. Du bestehst doch immer auf deine acht Stunden, als wärst du noch zehn.«

»Schlaf ist ein Jungbrunnen, meine Liebe.«

»Warum willst du dann jetzt nicht ins Bett?«

»Wann ich meine acht Stunden schlafe, ist doch egal. Und mit den Hühnern ins Bett zu gehen, das passt doch wohl noch eher zu einer Zehnjährigen.«

»Schau mal auf die Uhr.« Lissy wies auf ihren Wecker, der bereits zwanzig Minuten nach eins anzeigte.

»Herrgott«, stöhnte Greta, drehte sich um und ging in ihr Zimmer.

11

»Wenn Fred uns hier noch einmal erwischt, ist was los«, flüsterte Lissy, als sie sich am nächsten Vormittag Tezlaws Büro näherten.

»Wir dürfen uns eben keinen Fehler erlauben«, erwiderte Greta.

»Pssst!«, machte Lissy, packte ihre Freundin und presste sie an eine Wand, wo sie, kaum atmend, stehen blieben. Aus der Lobby waren schnelle Schritte zu hören. Sie konnten von hier aus nicht mehr sehen, ob es Gäste oder Angestellte waren. Die Schritte wurden leiser. Sie blickten zur verschlossenen Tür und wieder zur Treppe. Es war still. Um diese Zeit waren die meisten Gäste unterwegs. Das Personal reinigte die Zimmer. Die Küche bereitete das Mittag vor. Tezlaw war vor einer halben Stunde fortgefahren. Beim Frühstück hatten sie ihn beobachtet, wie er sich mit Anzug, den Mantel über dem Arm, durch den Wind zum Wagen gekämpft hatte, in der freien Hand einen Korb, der mit einem Tuch bedeckt war. Aus den Zimmerfenstern hatten sie dann Fred gesehen, wie er das Laub vom Rasen harkte. Ein kleines Stück war erst frei. Er musste gerade angefangen haben. Sie hatten nur kurz am Fenster gestanden und auch nur an die Seite gedrängt, da der Gärtner ab und an nach oben blickte, dorthin, wo ihre Zimmer lagen. Insbesondere Greta wollte das nicht für einen Zufall halten.

Kurz vor Tezlaws Bürotür drehten sie sich erneut um. Greta holte den Dietrich aus ihrer Handtasche, ein Erbstück von

Ernst, ihrem zweiten Mann. Es klappte, die Tür ließ sich öffnen. Mit Buntbartschlössern gab es nie Probleme.

»Du bringst uns noch mal in Teufels Küche«, hörte sie Lissy hinter sich leise schimpfen.

Greta reagierte nicht und betrat den Raum. Es roch noch nach Zigarette. Sie blickte Lissy an, bevor sie die Tür schloss. Einen Moment lang blieb sie einfach stehen und atmete tief ein. Bevor sie fremde Räume betrat, machte sie das immer so. Sie musste ein Gefühl bekommen für die Umgebung. Jeder Raum hatte seine eigene Seele. Und wenn man die erkannte, fand man eher, wonach man suchte. Dieses Büro machte es ihr nicht leicht. Bis auf die Pinnwand gab es wenig Persönliches. Der graue Teppich trug graue Möbel. Das Zimmer erinnerte an Abbildungen, wie man sie aus Büromöbelkatalogen kannte. Gretas Blick verharrte beim Schreibtisch, auf dem sich Papier stapelte. Vielleicht ließ sich hier etwas finden. Sie setzte sich vorsichtig auf den Drehstuhl dahinter und genoss einen Moment lang die Perspektive des Hotelchefs. Ihr Spiegelbild, das sie in der Fensterscheibe entdeckte, gefiel ihr. Dann wandte sie ihren Blick ab und richtete ihn auf den Schreibtisch. Rechnungen, Lieferscheine, Bestellungen, Briefe an Behörden – sie nahm Stück für Stück hoch, vorsichtig, damit Tezlaw später nichts merkte. Bewerbungen, Kalkulationen, handgeschriebene Entwürfe für Werbepost. Nichts, was irgendeinen Anhaltspunkt für eine Schuld am Tod der Goldmanns oder am Tod von Marie gegeben hätte.

Also los, an die Schubladen. Sie hob kurz den Kopf, um sicherzugehen, dass niemand kommen würde. Es war still. Sämtliche Geräusche, die sie hörte, kamen aus der Lobby und von der Straße. Sie vermisste einen Terminkalender oder einen Planer, wie man ihn auf oder in jedem Schreibtisch findet. Gut, wenn er jetzt geschäftlich unterwegs war, würde er ihn brauchen. Das war nichts Ungewöhnliches. Aber ein Geschäftstermin mit Picknickkorb? So hatte das ausgesehen, was er ins Auto gestellt hatte. Sie öffnete eine Schublade nach der anderen, dann nahm sie sich die Schränke vor. Keiner war verschlossen. Vieles lag durcheinander. Greta hätte Tezlaw mehr Ordnung zugetraut. Sie ging langsam zur Tür und warf noch einen letzten Blick auf das Büro. Wieder blieb er an der Pinnwand haften, an dieser Ansichtskarte. Sie ertappte sich bei dem Gedanken, dass ihr das Herz mehr wegen Marseille als wegen Joachim überging. Sie schloss einen Augenblick lang die Augen und versuchte, die Sonne zu spüren, die damals auf ihre Köpfe brannte. Sonne hatte ihr nie etwas ausgemacht. Greta war der Mensch für heiße Länder, für den Süden. Hätten sie das Haus in La Londe gekauft, wäre sie gewiss das ganze Jahr über dortgeblieben. Sie hasste das norddeutsche Schmuddelwetter. Keine Winter, keine Sommer, nur Frühling, der irgendwann in den Herbst überging. Joachim, 18 Jahre war er jetzt tot. Vielleicht wäre auch er in Südfrankreich glücklich geworden, wäre vom Alkohol losgekommen. Vielleicht, vielleicht – sie hatten nie Gelegenheit, das herauszufinden. Und dann lernte sie ja kurz darauf Ernst kennen, den Kriminaloberrat, der alles daran setzte, seinem Namen nicht gerecht zu werden. Aber das war eine andere Geschichte. Greta öffnete die Augen wieder und ging zur Pinnwand. Sie musste dieses Foto von Marseille von Nahem sehen. Sie fühlte sich wohl in dieser Erinnerung. Als sie die Karte berührte, hörte sie draußen eine Autotür klappen. Es war nicht die erste, die sie gehört hatte, seit sie hier im Raum war, aber es war die erste, bei der sie das Gefühl hatte, sie gehöre zu Tezlaws Wagen. Sie ließ die Karte los und schlich zum Fenster. Tezlaw stieg gerade aus und holte den Korb aus dem Kofferraum. Wieder lag ein Tuch darüber. Sie blickte zurück zur Karte und dann wieder zu Tezlaw. Nicht jetzt, bitte nicht jetzt! Plötzlich hatte sie das Gefühl, dass diese Karte wichtig wäre. Sie steckte da inmitten dieser vielen anderen Karten, als würde sie dort nur auf Greta warten. Als wären alle anderen Karten nur da, um dieser Marseille-Karte einen unauffälligen Rahmen zu geben. Bevor Tezlaw über die Straße zum Hotel ging, blieb er kurz stehen, um etwas aus seiner Manteltasche zu holen. Gretas Rettung, sein Handy. Sie eilte zur Pinnwand und nahm vorsichtig die Karte ab. Der Name stach ihr sofort in die Augen: Leonore. Als hätte sie es geahnt. Sie sprang wieder zum Fenster, die Karte in der Hand. Sie holte tief Luft. Tezlaw war nicht mehr auf der Straße. Sie lauschte. Noch immer nichts zu hören auf dem Flur. Von Lissy kein Ton. Sie las, so schnell es ging. Aber es ging eher schlecht, denn die Schrift war klein und offenbar mit zitteriger Hand geschrieben. Auch das Deutsch war fehlerhaft. Greta konnte etwas Französisch und erkannte hier und da den Satzbau dieser Sprache wieder. Das Herz sprang ihr fast aus dem Hals, als sie sah, dass die Türklinke heruntergedrückt wurde. Sie überlegte, ob sie sich hinter den Schreibtisch hocken sollte, aber es war natürlich absurd. Noch bevor sie die Karte wieder an ihre alte Stelle stecken konnte, wurde die Tür geöffnet.

»Los, sofort raus hier«, flüsterte Lissy eindringlich. »Tezlaw ist schon in der Lobby.«

Greta atmete auf und las ein letztes Mal, da sie noch nicht alles erfasst hatte.

»Bist du wahnsinnig?«, zeterte Lissy. »Ich gehe jetzt.«

»Herrgott«, erwiderte Greta und steckte die Karte zurück. Als sie aus der Tür traten, hörten sie Schritte, die nach kurzer Zeit stoppten. Dann vernahmen sie aus einem Büro die Stimmen von Tezlaw und einer Frau, vermutlich einer Angestellten. Es klang dienstlich. Der Dietrich wollte nicht ins Schloss. Greta zitterte. Endlich steckte er drin. Tezlaws Stimme veränderte sich. »Gut, o.k., geben Sie mir einfach Bescheid«, hörte Greta ihn sagen. Sie drehte den Schlüssel vorsichtig nach rechts. Es klickte. Sie eilten auf ihre Zimmer.

»Und?«, fragte Lissy, als sie erleichtert die Tür hinter sich geschlossen hatten. Greta erzählte von der Karte.

»Leonore Goldmann schrieb vor einigen Wochen, dass sie nach Binz kommen möchte. Sie hat ein altes Anwesen an der Côte d'Azur gefunden und will es sanieren und zum Hotel umbauen lassen. Dafür brauche sie jetzt das Geld, so stand es da. Renate sollte alles für die Aufteilung der elterlichen Erbschaft vorbereiten. Leonore hatte dem Notar hier in Binz sogar von Frankreich aus Bescheid gegeben. Als würde sie ihrer Schwester nicht trauen. Überhaupt machte das, was sie geschrieben hatte, einen wenig herzlichen Eindruck.«

»Kein Wunder!«, erwiderte Lissy.

»Wobei es ja eher Renate war, die allen Grund hatte, ihre Schwester zu hassen«, entgegnete Greta. »Es gibt übrigens ein konkretes Datum. Am 30. Oktober soll die Auszahlung des Erbteiles erfolgen.«

»Aber das ist ja schon in zwei Tagen«, stellte Lissy fest.

»Das ist eben das Merkwürdige: Die Karte ist mit dem 18. September datiert. Leonore wollte Anfang Oktober kommen.«

»Anfang Oktober?«, sagte Lissy.

»Vielleicht wohnt sie in einem anderen Hotel.«

»Meinst du nicht, es hätte sich herumgesprochen, dass Leonore Goldmann wieder im Ort ist?«

»Eigentlich schon und Elsa hätte es bestimmt gewusst. Denkbar wäre natürlich eine Verzögerung, die ihre Pläne durchkreuzt hat«, vermutete Greta. »Ich habe ja nur diese Karte gelesen.«

»Das ist möglich, aber sie wäre doch zur Beerdigung gekommen! So groß kann doch der Hass nicht sein, dass man seinem eigen Fleisch und Blut nicht das letzte Geleit gibt, vor allem, wenn man ohnehin schon die weite Reise unternehmen will.« Lissy hatte sich auf ihrem Bett ausgestreckt und hielt die Arme vor dem Bauch verschränkt. Greta stand am Fenster und blickte in den Garten, der schlaff zu Füßen des Hotels lag.

»Die Menschen sind da eigen. Das können wir nicht beurteilen. Wir kennen oder kannten weder die eine noch die andere. Aber eins ist Fakt: Wenn Tezlaw wirklich etwas mit dem Tod von Renate und Ferdinand Goldmann zu tun hat, und mit dem von Marie vielleicht auch, dann schwebt diese Leonore in Lebensgefahr.«

12

Am nächsten Tag suchten sich Greta und Lissy ein ruhiges in einer Nebenstraße gelegenes Café, um im Internet nach Leonore zu suchen. Es schien nicht beheizt zu sein. Jedenfalls hatten sie kaum Lust, sich ihrer Mäntel zu entledigen, so kalt war es. Die Tatsache, dass sie fast die einzigen Gäste waren, ließ das Gefühl von Kälte noch wachsen. Auch die orangefarben gestrichenen Wände konnten daran nichts ändern. Durch die großen Glasscheiben drang graues Licht hinein. Hinterm Tresen lehnte ein junger Mann, davor eine junge Frau. Sie schienen etwas Belangloses zu reden. Ihre Blicke waren frei von jeglicher Teilnahme. Was auch immer sie sich erzählten, es reichte zu nicht mehr als einem unverbindlichen Lächeln. Während die Tastatur unter Lissys Fingern klapperte, blickte Greta hin und wieder zu den beiden am Tresen. Ihre Worte wurden von einer Wum-Wum-Musik überlagert, deren Bässe im Trommelfell dröhnten, als würde jemand einen Nagel hineinschlagen. Obwohl Greta diese Musik nicht mochte, zog sie den ihr unangenehmen Lärm in diesem Moment der Stille vor, die wohl ansonsten den Raum erdrückt hätte, denn auch draußen passierte nichts, was ein interessantes Geräusch hätte hervorrufen können. Kein Auto, kein Mensch war zu sehen. Die Luft stand still. Ein lebloser Nachmittag. Der Maschinenkaffee vor Greta und Lissy dampfte nicht mehr. Greta schob ihn von sich weg. Solange sie sich die Zunge daran verbrannt hatte, konnte sie ihn nicht schmecken und damit wenigstens ertragen, aber jetzt, wo ihre Geschmacksnerven wieder arbeiteten, merkte sie, wie bitter er war. Bitter und stark, aber ohne Geschmack. Lissy hingegen trank einen Schluck nach dem anderen. Sie schien die Welt um sich herum vergessen zu haben. Ihre Augen blickten starr in das Licht des Laptops vor ihr. Greta hat sich nie für Computer interessiert, und auch jetzt verstand sie nicht, warum Menschen diesen verklärten Gesichtsausdruck bekamen, wenn sie im Internet surften.

»Und?«, fragte Greta ab und zu.

»Ach so!«, pflegte Lissy zu sagen, wenn sie sich wieder irgendwo festgelesen hatte auf ihrer Reise durch das Netz. Wieder und wieder flackerten neue Bilder vor ihr auf. Greta gähnte und streckte Beine und Arme.

Die junge Frau an der Theke verabschiedete sich, der Mann dort war jetzt allein, was Gretas Unbehagen noch steigerte. Er hatte jetzt nämlich nichts mehr zu tun, und Greta spürte, auch ohne ihn anzusehen, dass er sie und Lissy beobachtete, vielleicht sogar belächelte. Nicht nur, weil sie fror, zog sie ihren Mantel weiter zu.

»Na, da haben wir sie doch!«, rief Lissy endlich. In diesem Moment stellte der Mann die Musik leiser. Lissy nickte ihm zu, worauf er kurz winkte und lächelte. Dann holte er selbst ein Laptop unter dem Tresen hervor und starrte hinein.

»Und?«, flüsterte Greta.

Es gab zwei verschiedene Telefonnummern aus unterschiedlichen Verzeichnissen. Wenn alles noch stimmte, lebte die ominöse Schwester in einem kleinen Badeort namens Sainte Maxime. Der Name »Leonore Goldmann« erschien nur einmal im südfranzösischen Raum. Lissy hatte alles abgesucht.

Sie zahlten und entschieden auf der Straße, sofort mit dem Handy in Südfrankreich anzurufen. Wer konnte schließlich wissen, ob die Wände im Hotel Ohren hatten? Greta rieb mit den Händen über die Arme. Die Kälte, die sich im Café an sie geklammert hatte, ließ sie nicht mehr los und steigerte sich hier draußen sogar noch. Sie schlenderten hoch in Richtung Promenade, die salzige, nasse Seeluft bereits in der Nase. Es roch auch ganz schwach nach Feuer. Als Greta die Nummer eingegeben hatte, tutete es am anderen Ende eine ganze Weile. Sie war drauf und dran, den Anruf abzubrechen, was sie froh stimmte, denn sie hatte keine große Lust zu reden, schon gar nicht in so einer erklärungsbedürftigen Sache und noch weniger in Französisch. Im letzten Moment meldete sich jedoch eine Frau, die kaum zu verstehen war – weder ihr Name noch das, was sie sagte. Greta fragte, ob sie Leonore Goldmann sei. Nein, die wäre nicht da, sagte die Frau, die der Stimme nach schon älter war. Wer denn da anrufe? Es war ein mühseliges Gespräch, denn es war einige Jahre her, dass Greta zuletzt Französisch gesprochen hatte. Und es war eine Ewigkeit her, dass sie die Sprache erlernt hatte, vor 20 Jahren, als sie mit Joachim das Haus in La Londe kaufen wollte, nicht weit vom Hafen und vom Strand.

»Was sagt sie?«, fragte Lissy, als Greta sich verabschiedet hatte. Sie gingen gerade an den filigran verzierten Balkons des *Hotel zur Promenade* vorbei und bogen nach rechts in die Strandpromande ein. Das majestätische Haus mit dem geschwungenen Turmdach strahlte so weiß, als wäre es erst vor kurzem gewaschen worden.

»Es war eine Freundin am Apparat, die das Haus einhütet und auf die Katze aufpasst.« Greta hakte sich bei Lissy ein und drängte sie vorwärts an den wenigen, zumeist winterlich bekleideten Spaziergängern vorbei. Auf den weißen Bänken saß heute niemand.

»Und Leonore?«

»Das ist seltsam. Die ist schon nach Deutschland abgereist.«

Lissy blieb jetzt stehen und blickte Greta an.

»Wann ist sie denn abgereist?«

»Das ist eben das Seltsame: Anfang Oktober. «

»Also so, wie es auf der Karte stand.«

Vom Meer zog Nebel auf. Mukran war nicht mehr zu erkennen. Sie rückten enger zusammen und sprachen leiser. Je näher sie dem Kurhaus kamen, desto bevölkerter wurde der Weg.

»Aber sie ist nicht hier und wir haben bereits den 29. Oktober«, sagte Lissy nach einer Weile.

»Eben! Und mich interessiert brennend, warum das so ist«, erwiderte Greta.

»Und wie willst du das herausfinden?«

»Mir wird schon etwas einfallen.«

»Hast du dieser Frau am Telefon gesagt, dass Leonore hier noch nicht angekommen ist?«

»Das habe ich, aber sie war nicht so sehr beunruhigt«, erwiderte Greta. »Leonore ist ein flatterhafter Typ, erzählte sie mir, der überall Bekanntschaften pflegt. Sie konnte sich gut vorstellen, dass sie auf dem Weg hierher noch verschiedene Freunde besucht.«

»Hältst du das für möglich?«, fragte Lissy mitten in den Ton eines Nebelhorns hinein. »Sie muss doch eine Menge organisieren und sich um die Aufteilung der Erbschaft kümmern. Das war doch der Zweck ihrer Reise.«

»Ich glaube das auch nicht«, sagte Greta. »Mir stünde bei solchen Aufgaben gar nicht der Sinn nach Zerstreuung.« Das Nebelhorn ertönte wieder.

»Sieh mal! Ist das nicht Elsa dort drüben?«, fragte Lissy plötzlich und zeigte in Richtung des nächsten Strandaufgangs, wo die alte Frau neben einem Mädchen mit Kinderwagen herlief. Sie gingen näher heran.

Das Mädchen war dünn und ihre Augenringe verrieten, dass sie nicht genug schlief. Als Elsa die beiden Freundinnen

bemerkte, lächelte sie ihnen entgegen und löste ihre Hand vom metallenen Geländer, an dem sie sich festgehalten hatte.

»Ihre Enkelin?«, fragte Greta und zeigte auf das Mädchen. Es gab Gretas Lächeln nicht zurück und zog stattdessen seine Hände tiefer in die Jackenärmel, bis sie nicht mehr zu sehen waren.

Elsa schüttelte den Kopf. »Nein«, sagte sie. »Das ist Stefanie. Stefanie Peters.« Elsa strich dem Mädchen über den Arm. Jetzt lächelte es müde. »Ich helfe ihr ein bisschen bei ihrer Mutteraufgabe.« Das Mädchen blickte auf seine Schuhe und dann zum graugrünen Meer.

»Allerdings nur mit Ratschlägen, denn zu mehr reichen meine Kräfte nicht mehr. Aber sie schafft das auch so sehr gut. Ist ein feines Mädchen.« Stefanie beugte sich über den Wagen, schob die Decke ein Stück zurück, um so besser einen prüfenden Blick auf ihr Baby werfen zu können.

»Wie weit sind Sie denn mit Friedas Haus? Gehen Sie heute noch einmal hin?«, fragte Elsa ins Schweigen hinein, das entstanden war, als alle den Säugling betrachtet hatten.

»Ach, das Haus«, erwiderte Greta. »Ja, es geht voran. Viel ist jetzt eigentlich nicht mehr zu räumen. Wir gehen nachher wieder hin.«

Elsa nickte, starrte die beiden Frauen an und erwiderte nichts. Ihre Augen sahen fast grau aus.

»Der Name, hast du den gehört?«, fragte Greta, als sie kurz vor dem *Strandgold* waren.

»Stefanie Peters«, antwortete Lissy. Sie schob ihre Mütze ein Stück höher, um zu Greta aufschauen zu können. Gretas Haare kräuselten sich in der feuchten Luft.

»Klingelt es da nicht bei dir? Peters, so heißt doch auch unser geliebter Gärtner.« Greta zeigte auf das *Strandgold*. »Wären wir in Hamburg, hielte ich einen Zufall ja für möglich, aber hier in Binz glaube ich daran nicht.«

»Du meinst, sie könnte seine Enkelin sein?«

»Ja. Sie ist kaum älter als 18. Wenigstens sind sie verwandt«, mutmaßte Greta. »Bevor wir heute zum Haus gehen, möchte ich unbedingt noch einmal zum Friedhof.« Sie standen jetzt vor dem Eingang des Hotels.

»Schon wieder?« Lissy blieb stehen und fuchtelte mit den Armen vor Greta herum. Sie riss sich die Mütze vom Kopf. Der Großteil ihrer Haare stand nach oben. Greta hatte Mühe, sich ein Grinsen zu verkneifen.

»Meine Verehrteste«, sprach Lissy weiter im Tonfall einer Mutter, deren Nerven von drei Kleinkindern überstrapaziert wurden. »Zwar sind wir weit mit dem Haus, aber nicht fertig, und ich möchte nicht fünf Wochen hierbleiben.« Ihr Brustkorb bebte.

»Ja, ja, meine Beste«, erwiderte Greta und strich ihrer Freundin über die Kurzhaarfrisur. Lissy schlug Gretas Hände weg.

»Ich will nur noch einmal auf Goldmanns Grab schauen. Es ist wichtig, glaub mir. Ich hab da so ein Gefühl.« Greta sprach jetzt sehr leise und war mit ihrem Gesicht dicht an Lissys Ohr gerückt.

»Ach, hör mir bloß auf mit deinen Gefühlen immer. Wir haben heute schon den halben Vormittag damit verplempert, Leonores Telefonnummer herauszufinden«, Lissys Stimme zitterte, ein untrügliches Indiz dafür, dass sie wirklich böse war. Jetzt wurde sie emotional.

»Nun beruhige dich doch bloß!«, beschwichtigte Greta.

»Nein, ich beruhige mich nicht. Geh zur Uni und studier Kriminologie. Dann wirst du Kommissar, fällst mir nicht mehr auf den Wecker und hast vielleicht endlich keine Lust mehr, in deiner Freizeit in anderer Leute Verbrechen herumzuschnüffeln, die vielleicht nicht einmal Verbrechen sind. Und obendrein bekämst du noch Geld dafür.«

»Ich habe genug Geld«, zischte Greta lauter, als sie eigentlich wollte. »Es interessiert mich einfach. Ich schnüffle rum, wo, wann und wie es mir passt. Dafür muss ich nicht studieren und mich auch nicht tagtäglich in ein Büro begeben.« Ein paar Minuten schwiegen sie und standen sich dabei, noch immer auf der Promenade, gegenüber wie Stiere, die jede Sekunde aufeinander losgehen.

»Ich hab Hunger«, war alles, was Lissy entgegnete. Mit diesen Worten ließ sie ihre Freundin stehen und ging ins Hotel. Greta sah ihr nach und schüttelte den Kopf. Als sie schließlich ebenfalls das Restaurant betrat, saß Lissy bereits an einem der begehrten Fenstertische. Neben einigen bekannten Hotelgästen gab es heute auch einige Gesichter, die Greta noch nie hier gesehen hatte. Diejenigen, die sie kannte, grüßte sie. Fast hätte sie den Mann angerempelt, der ihr vor zwei Tagen den Hof gemacht hatte. Er machte einen kleinen, aber deutlichen Bogen um sie und blickte weg, als sie ihn grüßen wollte.

Der Duft von Rotkohl und Wein weichte die Stimmung der beiden Frauen wieder auf. Ihre Gesichter glühten. Durch das Fenster beobachteten sie, wie das braune Laub über die Pflastersteine tanzte. Die kahlen Äste der Bäume bewegten sich kaum. Lissy redete wenig. Auch Greta verspürte keine Lust zu sprechen. Sie hatte sich zurückgelehnt und genoss das Essen. Sie aß langsam und legte die Gabel, nachdem sie diese zum Mund geführt hatte, immer wieder auf den Tellerrand, um in Ruhe zu kauen. Die Wärme beruhigte sie. Ihre Gedanken um Leonore, Tezlaw, die Goldmanns, Marie und Margret kreisten langsamer. In der wohltuenden Atmosphäre dieses Restaurants konnte sie sich plötzlich sogar vorstellen, sich in etwas verrannt zu haben. Vielleicht hatte sie zu forsch kombiniert zwischen dem, was im Hotel geschehen war und dem, was Margret und Elsa ihr erzählt hatten. Andererseits gab es zu viele Ungereimtheiten, die einfach nicht vom Tisch zu wischen waren. Leonore hätte längst hier sein müssen, besonders jetzt, wo ihre Schwester tot war. Und Tezlaw zog definitiv einen Nutzen aus dem Tod der Goldmanns, und zwar keinen kleinen. Er hatte Renate bezirzt, um sich ihre Anteile am Hotel zu sichern. Und er hatte gewusst, wie sehr sie unter Ferdinand gelitten hatte. Ein Selbstmord, bei dem sie ihren Mann mit in den Tod riss, schien für jeden, der die Geschichte dieses Paares kannte, nachvollziehbar. An eine solche Tat glaubte ja auch fast jeder. Fast. Über Leonores Pläne war Tezlaw ebenfalls unterrichtet. Sie wollte das Hotel verkaufen bzw. ihren Anteil, aber er hätte sie nicht auszahlen können und wenn, hätte er es sicher ungern getan.

Aber es konnte auch alles ganz anders sein. Dieses Mädchen heute, das sie mit Elsa gesehen hatten – es hatte so verbittert ausgesehen. Seine Augen waren leer, müde und ängstlich. Nur als die junge Mutter in den Kinderwagen geblickt hatte, war der Schatten für einen Moment aus ihrem Gesicht gewichen, aber nur für diesen Moment.

»Ich gehe hoch und lege mich kurz hin«, sagte Lissy und schob ihre Handflächen auf die Tischplatte, um sich beim Aufstehen abstützen zu können. »Ich schaffe keinen einzigen Schritt mehr.«

»Aber …«, begann Greta.

»Ja, ja«, unterbrach Lissy. »Die schöne Prinzessin bekommt ihren Willen, wie immer. Wir gehen nachher zum Friedhof, aber jetzt muss ich für eine Viertelstunde die Augen schließen.« Als sie aufgestanden war, strich sie Greta über den Arm. Die gab ihr darauf einen Klaps auf den Hintern, der stramm wie ein Fußball war. Eine Frau am Nachbartisch, die das beobachtete, runzelte die Stirn. Greta nickte ihr zu und lächelte. Es kam häufiger vor, dass man sie beide für lesbisch hielt, und sie hatte kein Problem damit, im Gegenteil. Sie hatte genügend Männer gehabt, genügend Ehen. Und sie mochte Männer nach wie vor, aber noch einmal heiraten, nein, auf keinen Fall. Ihr fehlte nichts. Sie lebten gut zusammen, Lissy und sie. Jede hatte ihr Zimmer, es gab einen großen Salon, den Lissy beharrlich Wohnzimmer nannte. Dann ein Gästezimmer. Es gab Männer, ab und zu. Sie hatte also alles, und es war sogar besser als vorher, als sie noch verheiratet war. Unkomplizierter, freier. Auch für Lissy war es gut so. Seit ihrer ersten und einzigen Ehe hatte sie mit Männern abgeschlossen. Aber das Alleinsein war nicht gut für sie gewesen. Bevor sie sich kennenlernten, hatte sie lange Zeit allein gelebt. So lange, dass sie sehr verschlossen und verbittert geworden war, vor allem verbittert, auch wenn sie sich das nie eingestehen wollte. Vielleicht war es ihre männliche Art, die Greta guttat. Sie selbst war weiblich genug. Mit jemandem, der selbst ähnlich war wie sie, hätte sie es nie ausgehalten. Sie bildeten eine Art Symbiose, und sie beeinflussten sich auch gegenseitig. Greta hatte sich mittlerweile ein bisschen etwas von Lissys Härte angeeignet, wenn es ihr auch nach wie vor schwerfiel, dafür auf Bequemlichkeiten verzichten zu müssen, die man genoss, wenn man ganz Frau war. Und Lissy war etwas weicher geworden.

Das Geschehen vor dem Fenster riss Greta aus ihren Gedanken. Fred Peters ging gerade auf das Hotel zu, erneut aus jener Richtung kommend, in die man zur Gartenanlage ging. In seinen Händen trug er einen Beutel, der genauso leer aussah wie die Jacke und die Hose, die an ihm herunterhingen. Er ging langsam, obwohl er große Schritte machte, und wirkte wie ein Schuljunge auf dem Heimweg. Nein, das traf es nicht ganz. Sein Gesicht mit den dicken Brillengläsern zeigte nach unten auf seine Schuhe, er schlurfte so schwerfällig, als schleppte er an seinen Füßen Stahlkugeln. Ja, genau das war es: Peters sah aus wie ein Sträfling in Ketten – abgemagert, ausgemergelt und hoffnungslos. Ab und an zog er an seiner Zigarette, als wäre sie alles, was ihm noch geblieben war. Greta empfand fast so etwas wie Mitleid. Was wusste sie schon von diesem Mann? Niemand wurde verbittert oder bösartig geboren. Dennoch: Als er hochblickte zum Restaurant, durchfuhr es sie wie ein Stromschlag. Sie zuckte zusammen und rückte mitsamt ihrem Stuhl hastig zurück. Vielleicht hatte sie der Gärtner nicht einmal gesehen, und es war nur Zufall, dass er seinen Kopf gerade in ihre Richtung gewandt hatte. Irgendwohin musste er ja schauen. Wieder musterte die Frau am Nachbartisch Greta mit zusammengezogenen Augenbrauen. Und wieder nickte Greta, diesmal zum Abschied.

»Ich habe Fred gesehen. Und rate mal, aus welcher Richtung er kam?« Greta lehnte an der Tür, die ihre beiden Zimmer trennte, und spielte mit ihrer Goldkette – Geschenk eines längst vergessenen Verehrers. Lissy gähnte, rollte nach rechts und links, wie es ihr Greta von ihrem Yoga-Kurs beschrieben hatte, und streckte sich ganz lang. »So, wie du das sagst, tippe ich auf Richtung Wald«, erwiderte sie und rieb sich die Augen.

»Genau! Und er trug einen leeren Beutel in der Hand.«

»Ein leerer Beutel. Na, wenn das nicht ganz klar auf ein Verbrechen hindeutet. Ich würde sofort die Polizei rufen. Jede Sekunde, die du verlierst, kann ein Menschenleben kosten.« Als hätte jemand einen Schalter betätigt, sprang Lissy in eine Sitzposition auf ihrem Bett.

»Immerhin sind schon drei Menschen ermordet worden«, erwiderte Greta mit vor der Brust verschränkten Armen.

»Halt! Das ist deine Theorie. Laut Polizeibericht gibt es darunter eine Selbstmörderin, die praktischerweise einem weiteren deiner Ermordeten gleich auch noch das Leben genommen hat, sodass zwei Fälle insoweit geklärt sind, dass für die Allgemeinheit keine Gefahr mehr besteht«, dozierte Lissy, während sie sich streckte.

»Aber es gibt niemals nur eine Wahrheit.«

»Doch, meine Liebe.« Lissy schlüpfte in ihre mit Fell gefütterten Hausschuhe. »Es gibt immer nur eine einzige Wahrheit.«

»Es kommt darauf an, von welchem Standpunkt aus du die Dinge betrachtest. Und jeder Standpunkt erzeugt eine andere Wahrheit«, entgegnete Greta und folgte Lissy ins Bad.

»Ein Standpunkt erzeugt keine Wahrheit. Es gibt verschiedene Standpunkte. Aber dennoch immer nur eine Wahrheit.« Lissy drehte den Hahn auf und warf sich mit den Händen das kalte Wasser ins Gesicht, das an den Seiten vorbeispritzte.

»Aber wer legt fest, dass etwas wahr ist? Das bestimmt doch jeder für sich selbst.«

Lissy hob den Kopf und blickte Greta im Spiegel an. Wasser perlte von ihren rosigen Wangen. Ihre Wimpern und Brauen waren noch dunkler als sonst und glänzten.

»Nein«, sagte sie, »Wahrheit ist immer objektiv. Du musst Beweise finden, alles Wissen zur betreffenden Sache zusammentragen und alle Widersprüche lösen. Dann hast du die Wahrheit, und jeder Mensch, auf welchem Standpunkt auch immer er steht, muss die Wahrheit anerkennen.« Sie schritt zur Garderobe und zog sich an.

»Das wird mir jetzt zu philosophisch«, erwiderte Greta und ging zurück in ihr Zimmer. »Aber in Folgendem gibst du mir doch Recht«, sagte sie bereits von nebenan. »Wissen ist die Grundlage der Wahrheit, und die Polizei weiß nicht alles. Da bin ich mir sicher.«

Lissy folgte Greta, den Anorak bis zum Kinn geschlossen, den Schal bis an die Ohren und die Mütze bis über die Brauen gezogen. Sie verdrehte die Augen und atmete laut aus. »Du hast Recht. Es artet in Philosophie aus, und es ist jetzt nicht der richtige Moment dafür. Lass uns einfach gehen.« Als sie sah, dass Greta ihr Kleid anbehielt, fügte sie hinzu: »Und vergiss nicht, dass wir nach dem Friedhof zu Friedas Haus wollen.« Greta blickte an sich herunter.

»Wir arbeiten«, sagte Lissy gedehnt. »Zieh dir was anderes an. Ich warte draußen auf dich.«

***

Aus Gretas Vermutung wurde bald darauf schon Gewissheit. »Stefanie Peters« stand auf einem der Kranzgebinde.

»Was hatte dieses Mädchen mit den Goldmanns zu tun?«, fragte Greta, die vor Lissy hockend das Stück Stoff in der Hand hielt.

»Zeig mal her!«, bat Lissy, ging jetzt ebenfalls in die Hocke und betrachtete das weiße Band mit den goldenen Buchstaben. »In tiefer Trauer, Stefanie Peters« lautete der komplette Text. Sie drehte es, als ob auf der Rückseite aufschlussreiche Hinweise zu finden wären, las den Schriftzug erneut und schüttelte den Kopf.

»Ja, das ist eine wirklich gute Frage: Was hatte dieses Mädchen mit den Goldmanns zu tun?« Lissy erhob sich wieder, wobei sie ihren Rücken kerzengerade hielt und die Füße ein wenig auseinander setzte. »Nun, wenn Fred Peters ihr Großvater ist, wäre er die Verbindung zum Hotel.«

»Meinst du, ausgerechnet Fred Peters hatte ein so herzliches Verhältnis zu seinen Chefs, dass sich das gleich noch auf seine Enkelin übertrug? Mir drängt sich da ein ganz anderer Gedanke auf«, sagte Greta. Auch sie erhob sich jetzt, langsamer als Lissy und weniger sportlich, dafür graziöser.

»Und welcher?«, fragte Lissy und schob den Ärmel ihrer Steppjacke hoch, um auf ihre Uhr blicken zu können.

»Warte noch ein bisschen. Wir fragen Elsa Hoth. Dann bekommen wir Klarheit.«

»Kannst du mir die nicht jetzt schon geben?«, antwortete Lissy leicht genervt.

»Warum plötzlich so ungeduldig? Sonst interessiert dich dieser Fall doch auch nicht so brennend.«

»Ich bin nicht ungeduldig. Ich komme mir nur gerade vor wie ein Kind, das mit vagen Ankündigungen für die Bescherung angefüttert wird. Ich finde mich auch so am Tannenbaum ein, versprochen. Also sag es einfach.«

Das Friedhofstor quietschte. Zwei alte Frauen, jede mit einem Strauß Chrysanthemen in der Hand, gingen auf Gräber in der Nähe zu. Bevor sie sich an die Arbeit machten, blieben sie kurz stehen, steckten die Köpfe dichter zusammen, sprachen leiser und blickten zu Greta und Lissy. Die nickten kurz zum Gruß, dann flüsterte Greta »Komm!« und hakte sich bei ihrer Freundin ein.

Im Licht der Sonne sah Friedas Haus noch schäbiger aus. Jeder Riss im Mauerwerk, jede feuchte Stelle wurde angestrahlt, jeder noch so kleine Makel erhellt. Und davon gab es an und in diesem Haus viele. Während Greta noch einen Moment auf dem nassen Rasen des Vorgartens verharrte, ging Lissy entschlossen weiter auf dem Plattenweg, stapfte die vier Stufen der vermoosten Freitreppe hinauf, öffnete die verwitterte dunkelbraune Eingangstür, die sie unverschlossen gelassen hatten. Bevor sie im dunklen Flur verschwand, warf sie ihrer Freundin noch einen fragenden Blick zu, den diese gar nicht registrierte, sondern die Arme vor ihrem Oberkörper verschränkte und hoch zum Dach sah.

Hinter den zwei kleinen Sprossenfenstern an der Giebelseite war es schwarz. Und inmitten dieser Dunkelheit stand diese Kiste. Sie sollte ihr gleichgültig sein, aber Greta konnte Elsas erschrockenen Blick nicht vergessen, als sie die Truhe geöffnet hatten. In diesem Blick hatte sich Wut mit Angst vermischt. Greta hielt Elsa für eine kluge Frau. Sie besaß viel Lebensweisheit. Und doch war ihr diese Alte nicht uneingeschränkt sympathisch. Elsas Auftreten vermittelte das Gefühl, sie könnte durch jeden hindurch schauen. Nicht, dass Greta etwas zu verbergen gehabt hätte, aber das war kein angenehmes Gefühl, durchschaut zu werden, sondern in etwa so, als stünde man nackt auf einem Platz voller Menschen.

Die Gardine im Wohnzimmer wackelte. Lissy arbeitete bereits. Der Gerümpelhaufen vor dem Haus war hoch. Sie würden nicht mehr lange brauchen. Und irgendwann müssten sie diese Kiste in die Hände nehmen. Aber einfach nach draußen stellen? Sie sollte vielleicht auf dem Dachboden bleiben. Sie könnten sie in eine Ecke schieben. Die Gardine wurde plötzlich zur Seite gezogen, und Lissys Gesicht erschien im Fenster. Sie zeigte Greta einen Vogel und winkte sie ins Haus. Im selben Moment hatte Greta das Gefühl, dass es kalt neben ihr würde. Es war eine andere Kälte, als die, die ohnehin draußen herrschte. Greta fühlte sich beobachtet und drehte sich um, fest überzeugt und fürchtend, dass da niemand stünde. Und doch. Dort stand Elsa, und Greta hätte fast geschrien, als sie in deren harte Augen blickte, die ebenfalls hoch zum Dach gerichtet waren.

»Ich wollte nur mal sehen, ob ich mich nützlich machen kann«, sagte Elsa und schritt, ohne eine Antwort abzuwarten, mit einer Selbstverständlichkeit auf das Haus zu, als wäre es ihres.

Greta blickte ihr kopfschüttelnd nach, allerdings nicht ohne Freude, denn schließlich gab ihr Stefanie Peters Rätsel auf, die Elsa mit Sicherheit würde lösen können. Sie folgte der alten Frau und überholte sie auf der seitlich gelegenen Freitreppe, um ihr die wackelige Haustür aufhalten zu können. Nachdem sie den engen Vorflur betreten hatte, blieb sie einen Augenblick stehen. Die modrige Luft drückte sie fast wieder hinaus.

»Dies ist eben ein altes Haus«, sagte Elsa, die hinter ihr stehen geblieben war. »Es ist voller Leben. Und das spüren Sie.«

Greta bekam eine Gänsehaut. Nach allem, was sie von Elsa und Margret über Wiedergänger gehört hatte, weckte dieses »voller Leben« keine angenehmen Gefühle. »Es riecht einfach nur so seltsam«, erwiderte sie. »Irgendwie nach …«

»… Tod?«, schloss Elsa diesen Satz.

»Vielleicht einfach nur alt«, sagte Greta ärgerlich, weil Elsa ihre Gedanken gelesen hat. Als sie nun forschen Schrittes ins Wohnzimmer ging, stolperte sie über den Läufer wie schon beim ersten Betreten dieses Hauses.

»Verdammtes Mistding!«, fluchte sie und drehte sich um. Elsa sagte nichts; sie strich den Läufer einfach wieder glatt. Als Greta sie dabei beobachtete, bemerkte sie, dass die alte Frau nachdenklich aussah. Vielleicht sogar ängstlich?

»Schön, dass du dich doch entschließen konntest«, brummte Lissy, als Greta das Zimmer betrat. »Das Haus räumt sich leider nicht von alleine aus.« Irgendetwas schien sie noch sagen zu wollen, doch als sie Elsa hinter Greta entdeckte, hielt sie inne. Sie nickte ihr kurz zu, gab ihr eilig die Hand, packte dann einen Plastikwäschekorb voll mit alten Lampen, Büchern, Töpfen und Geschirr und ging an Greta und Elsa vorbei, um ihn hinauszubringen.

»Sie ist ein guter Mensch«, sagte Elsa und blickte zur Wohnzimmertür, die gerade wieder ins Schloss gefallen war.

»Ja, das ist sie«, erwiderte Greta. »Manchmal kann sie das nur einfach sehr gut verbergen.« Elsa lächelte und strich über Gretas Arm.

»Das Mädchen da vorhin am Strand …«, begann Greta und lehnte sich gegen den letzten Sessel im Zimmer. Tisch, Sofa und Stühle standen bereits draußen.

»Stefanie meinen Sie«, ergänzte Elsa.

»Ja, genau, so hatten Sie sie vorgestellt. Sie ist noch sehr jung«, sprach Greta weiter. Draußen im Flur hörte man es rumpeln, ein derber Fluch ertönte. Auch Lissy war offenbar wieder über den Läufer gestolpert. Greta blickte kurz zur Tür.

»Ja, das ist sie in der Tat«, sagte Elsa. »Und dann schon ein Kind, wollten Sie sagen? Sie haben Recht. Es ist mitnichten ein Wunschkind. Sie war 17, als sie es bekommen hat. Dennoch, sie liebt das Kleine über alles.«

»Sie hätte es abtreiben lassen können.«

»Dafür hat sie den Vater zu sehr geliebt. Eine unglückliche Geschichte war das«, erwiderte Elsa.

Über sich hörten sie Schritte und Krachen, als wäre ein schwerer Schrank umgefallen. Der Boden vibrierte. Greta war sich sicher, dass Lissy vor Wut, dass sie hier unten schwatzten, absichtlich etwas fallen gelassen hatte. Sie konnte die tiefe Stirnfalte ihrer Freundin förmlich vor sich sehen. Ein Wunder, dass sie nicht ins Wohnzimmer kam, um zu lärmen.

»Warum unglücklich?«, fragte Greta. »Was ist mit dem Vater? Oder besser: Wer ist der Vater überhaupt?«

»Kann ich mich auf Ihre Verschwiegenheit verlassen?« Elsa ging ein paar Schritte auf Greta zu, so dass sie sich jetzt dicht gegenüberstanden.

»Unbedingt!«, erwiderte Greta und versuchte, dem stechenden Blick der Alten standzuhalten. Elsa kam noch ein Stück näher, so dicht, dass Greta ihren Körper am Arm spüren konnte.

»Ferdinand Goldmann«, flüsterte Elsa.

Greta versuchte, überrascht zu wirken. »Aber der könnte doch ihr Vater, wenn nicht sogar ihr Großvater sein.«

»Wo die Liebe hinfällt.« Elsa zuckte mit den Schultern. »Vielleicht suchte Stefanie einen Vaterersatz.«

»Ist ihr Vater denn tot?«, fragte Greta.

»Nein, aber sie hatten kein gutes Verhältnis zueinander. Das Mädchen ist mehr oder weniger bei seinem Großvater aufgewachsen«, erzählte Elsa.

Die Haustür klappte. Greta und Elsa blickten nach draußen. Lissy warf eine Stehlampe auf den Haufen und ging mit schnellen Schritten zurück, ohne auch nur einmal zum Wohnzimmerfenster zu schauen, hinter dem sie die beiden Frauen vermuten musste.

»Und ihr Großvater ist Fred Peters, nicht wahr?«, fragte Greta und rückte ein Stück ab. Sie hatte es noch nie gemocht, wenn Menschen ihr körperlich zu nahe kamen. Elsa roch seltsam. Es war kein körperlicher Geruch, eher ein bisschen wie Heu.

»Ja, er ist Hausmeister im *Strandgold*. Sie müssten ihn kennen.« Elsa hielt sich den Rücken, schloss die Augen kurz und setzte sich auf den Sessel.

»Wir sind uns schon begegnet.«

»Er vergöttert seine Enkelin und hat zu ihr gehalten, als sie schwanger wurde, was man von ihren Eltern, besonders ihrem Vater, nicht behaupten konnte«, sagte Elsa und hatte dabei so einen bewundernden und ehrfurchtsvollen Gesichtsausdruck, dass es Greta schwerfiel zu glauben, dass sie über Fred Peters redete.

»Und Ferdinand Goldmann?«

»Tja, Ferdinand – er gab ihr Geld«, antwortete Elsa.

»Geld? Damit sie schweigt oder für eine Abtreibung oder für beides?« Greta zog die Brauen hoch.

»Am liebsten wäre es ihm gewesen, wenn sie das Baby abgetrieben hätte. Er hätte alles arrangiert. So hat Stefanie es mir erzählt.«

»Aber es wäre doch auch einfacher für das Mädchen gewesen. Warum hat sie das Kind behalten?« Gretas Augen begannen in der rußigen Ofenluft zu brennen. Sie kniff sie zusammen.

»Liebe«, erwiderte Elsa laut und bestimmt, als würde sie Greta so ein Gefühl nicht zutrauen. »Für Ferdinand war es nur eine Affäre, eine von vielen, aber sie hat ihn geliebt«, sprach Elsa weiter und nickte ihren Worten nach. Und nach einer kurzen Pause fügte sie hinzu: »… mit ganzem Herzen. Das können Sie mir glauben.«

»Herrgott«, entgegnete Greta. Nicht, dass sie nicht wüsste, wie sich Liebe anfühlte, aber in diesem Fall fiel es ihr schwer zu glauben. Dieses schöne blonde Mädchen und dieser alte Kerl. Vielleicht sollte sie sich auf der Suche nach dem Mörder nicht so sehr auf Tezlaw fixieren. Je mehr sie über Stefanie nachdachte und daran, wie fanatisch zuweilen die Liebe junge Menschen macht, desto stärker festigte sich in Greta ein anderer Verdacht.

»Wusste Stefanie, dass Ferdinand eine andere Geliebte hatte?« Greta hustete und goss sich ein Glas Wasser ein.

Elsa runzelte die Stirn und schwieg einen Moment, bevor sie ihren Kopf hob und Greta erstaunt anblickte.

»Hatte er denn noch eine andere nach Stefanie?«

»Ja, ich habe von einer Frau aus Düsseldorf gehört, die öfter hierherkommt.«

Elsa blickte nachdenklich auf ihre Hände. Die Furchen zwischen ihren Brauen vertieften sich. Bevor sie sprach, holte sie tief Luft. »Nein, ich weiß davon nichts. Stefanie hat nichts erzählt. Sie war unglücklich, weil er ihre Beziehung nicht ernst nahm. Und wissen Sie was?« Elsa starrte Greta an, die den Kopf schüttelte.

»Als Ferdinand tot war, da fand sie wieder zu ihrer alten Lebensfreude zurück. Nicht sofort, aber mit der Zeit wurde sie heiterer, und ich denke, jetzt geht es ihr wieder gut. So brutal es klingt, aber er musste aus ihrem Leben verschwinden.«

In Gretas Kopf hämmerte es, ihr Hals kratzte. Sollte dieses Mädchen tatsächlich aus Enttäuschung und Eifersucht getötet haben? Aber warum auch Ferdinands Frau?

»Wusste Renate Goldmann, dass ihr Mann Stefanie ein Kind gemacht hat?«

»Nein, ganz bestimmt nicht.« Elsa strahlte große Gewissheit aus. »Das weiß niemand. Das Mädchen hat es mir ganz im Vertrauen erzählt, weil sie sonst niemanden hat, außer ihrem Großvater.«

»Und weiß der es?«, fragte Greta, während eine neue Möglichkeit vor ihrem inneren Auge das Licht der Welt erblickte.

»Ich glaube nicht, dass er dann weitergearbeitet hätte, im *Strandgold*. Er liebt seine Enkelin. Es hätte ihn sehr wütend gemacht«, erwiderte Elsa.

Das Trampeln auf der Treppe hatte die beiden Frauen bereits aufhorchen lassen. Dennoch erschraken sie, als die Tür aufgestoßen wurde wie bei einem Polizeizugriff. Erst jetzt wurde Greta bewusst, wie sehr sie die Zeit vergessen hatte. Lissy keuchte, ihre Wangen waren vor Hitze gerötet, während Greta die Ärmel ihres übergroßen Sweatshirts über ihre Hände gezogen hatte und mit den Armen ihren frierenden Oberkörper umschlungen hielt. Lissy blieb an der Tür stehen. »Zu zweit würde es schneller gehen«, sagte sie und blickte dabei auch Elsa vorwurfsvoll an. Auch, wenn sie sich bemühte, nicht so laut zu sprechen, wie ihr eigentlich zumute war, merkte man ihren Zorn.

Das ehemalige Schlafzimmer von Frieda hatte Lissy bereits komplett leer geräumt und sämtliche Möbel, Bilder und vieles andere nach draußen auf den nassen Rasen vor dem Haus gebracht. Alles war wie für ein Lagerfeuer angeordnet. Auf Gretas Frage, ob Lissy irgendetwas Besonderes in diesem Zimmer gefunden hätte, schüttelte diese den Kopf.

»Was macht jetzt Elsa eigentlich?«, fragte Lissy.

»Sie wird noch unten sein, nehme ich an«, erwiderte Greta, der jetzt erst bewusst wurde, dass sie die alte Frau einfach im Wohnzimmer hatte stehen lassen, nachdem Lissy hereingekommen war. Andererseits hatte Elsa auch keine Anstalten gemacht, Greta zu folgen.

»Ich meine, es ist dein Haus«, sagte Lissy, »auch wenn ich hier den Großteil der Arbeit mache.« Diese Spitze konnte sie sich nicht verkneifen. »Aber meinst du, es ist in Ordnung, dass diese Frau hier ein- und ausgeht, als hätte sie hier ein Bleiberecht?«

»Sei nicht so engstirnig. Sie tut uns doch nichts«, erwiderte Greta und schaute in verständnislose Augen. Lissy hielt ihrem Blick stand und schwieg. »Also gut, ich rede mal mit ihr.«

»Das hört sich schon besser an. Aber es wäre schön, wenn es nicht wieder eine Dreiviertelstunde dauert. Hast du mal bemerkt, wie sie immer guckt? Dieser Gutmenschen-Betroffenheitsblick ist aufgesetzt, wenn du mich fragst.« Während sie sprach, war Lissy zur Zimmertür gegangen und hatte diese leise geöffnet, um nachzusehen, ob sie belauscht würden. Greta folgte ihr mit Katzenschritten. »Was ist denn mit dir los? Darüber hast du noch nie gesprochen«, flüsterte sie dicht an Lissys Ohr.

»Ich sage Dinge eben erst, wenn ich mir ihrer ganz sicher bin«, antwortete Lissy und schloss die Tür wieder. »Im Gegensatz zu jenen Menschen, die sofort zu reden anfangen, wenn sie nur irgendein Wort im Kopf haben. Da man meist Worte im Kopf hat, reden sie ununterbrochen.«

»Ich mache auch mal Pausen.«

Lissy blickte auf ihre Armbanduhr. »Hauptsache, du schaffst uns diese Frau vom Halse und bist schnell wieder hier oben, damit wir Luises Zimmer aufräumen können.« Dabei zeigte sie mit dem ausgestreckten Zeigefinger nach unten. Greta strich die Haare hinter die Ohren, seufzte und verließ das Zimmer. Im Erdgeschoss war es still. Sie ging den kleinen Gang entlang zur Wendeltreppe und blieb kurz stehen, bevor sie hinunterstieg. Stille – absolute Stille –, als wäre Elsa gar nicht mehr im Haus. Greta stieg langsam abwärts, mit weiterhin gespitzten Ohren. Als sie unten im Flur Elsa stehen sah, fuhr sie zusammen. Wie lange mochte die Alte dort schon gestanden haben? Elsa wirkte abwesend, oder hoch konzentriert. Hätte sie gelegen, hätte man sie für tot halten können. Von der Treppe aus war nicht zu erkennen, wohin sie blickte.

Greta räusperte sich. Durch Elsas Körper zog eine schwache Bewegung. Schließlich drehte sie sich um. Sie sah tatsächlich aus, als hätte sie gerade geschlafen – der Gesichtsausdruck war ahnungslos und unschuldig. Dann versuchte sie zu lächeln. Es sah aus wie eine Entschuldigung und die Bitte, nicht zu fragen.

»Ich bin nicht mehr die Jüngste«, sagte sie nur. »Ich muss nach Hause.« Damit ging sie langsam und immer noch abwesend wirkend zur Eingangstür.

Greta folgte ihr. Ihr Abschiedsgruß blieb unbeantwortet. Elsa drehte sich nicht einmal mehr um. Greta blickte der alten Frau so lange nach, bis diese nach rechts die Straße entlang verschwand, gebeugt, die Schultern nach vorne gezogen, das Gesicht auf den Boden gerichtet. Greta versuchte sich zu erinnern, wie Elsa sich verhalten hatte, als sie gekommen war, aber es fiel ihr nichts Sonderbares ein. Vielleicht ging es Elsa einfach nicht gut? Sie war blass gewesen, als sie hier unten auf dem Flur stand. Und hatte sie nicht auch ein wenig gezittert? Greta ging wieder nach oben.

Luises Schlafzimmer grenzte an Friedas. Die Tür klemmte, und Lissy stürzte beinah direkt auf das Bett, als das Holz sich endlich aus dem Rahmen drücken ließ. Der kleine Raum hatte genügen müssen für ein Bett, ein Sofa, einen Tisch, einen Sessel, eine Kommode und einen zweitürigen Schrank. Die Möbel stammten aus den 1930er Jahren, vermutete Greta, die sich einigermaßen mit Antiquitäten auskannte. Wertvoll schien auch hier nichts zu sein. Routinierter als Greta ging Lissy auf Schrank und Kommode zu. Für die Kleidung hatten sie große Müllsäcke mitgebracht. Elsa wollte nichts davon haben. Sie hatten sie bereits gefragt.

»Ob Luise nach ihrem Tod noch einmal hier war?«, fragte Greta, während sie einen Arm voll Kleider von den Bügeln befreite und in einen Sack stopfte. Dabei fragte sie sich im Stillen, ob sie nicht jetzt, in diesem Moment, sogar hier wäre. Greta hatte wie so oft in diesem Haus das Gefühl, nicht allein zu sein. Und das, was da noch außer ihnen hier sein mochte, war ihnen nicht wohlgesonnen. Immer wenn Lissy nicht in ihre Richtung blickte, drehte sie sich um, um sehen zu können, ob sich nicht vielleicht doch die Gardine oder die Spitzendecke auf dem Tisch bewegte. Stets war alles still – jedenfalls, wenn sie hinsah.

»Du meinst, als Wiedergänger?« Lissy nahm ihr die leeren Bügel ab, um sie in einen Karton für Kleinkram zu werfen. Greta nickte und fuhr sich mit den Händen durch das Haar. »Abgesehen davon, dass ich das für Humbug halte, natürlich!«, sprach Lissy weiter. »Warum sollte sie nur am Meer entlanglaufen? Das wird langweilig auf Dauer.«

Greta fühlte sich zunehmend unwohler. Unbeabsichtigt nahm sie die Kleider jetzt Stück für Stück aus dem Schrank und strich noch einmal darüber, als würde es ihr schwerfallen, sie einfach wegzuwerfen. »Könnte sie nicht theoretisch jetzt auch hier in diesem Zimmer sein?«

»Ich dachte, Wiedergänger kämen nur nachts«, antwortete Lissy. »Nicht, dass ich mich auskennen würde, aber so etwas liest man doch immer.«

»Vielleicht kann man sie nur im Dunkeln sehen?«

»Ach Blödsinn! Das ist doch bestimmt das Gleiche wie mit Vampiren. Die zerfallen doch bei Tageslicht zu Staub.« Lissy schnürte einen Sack zusammen und stellte ihn auf den Flur.

Greta schwieg. Sie fröstelte, obwohl sie sich bewegte und dick genug angezogen war. Nachdem sie den Kleiderschrank leer geräumt hatten, öffneten sie die Kommode. Die oberen Schubladen enthielten Unterwäsche. In den anderen Fächern kamen private Dinge zum Vorschein: Fotos, Schmuckstücke ohne Materialwert, Ansichtskarten, manche noch in altdeutscher Schrift geschrieben.

»Sieh mal, eine Karte aus Louisiana. Und hier noch zwei«, verkündete Lissy und hielt drei Karten hoch.

»Von wann sind die?«, fragte Greta.

Lissy hielt die Karten dichter vor ihr Gesicht. »1985 sagt der Poststempel.« Beim Lesen kniff sie die Augen zusammen. »Wenn mich nicht alles täuscht, stammen alle drei von einer guten Bekannten von uns.«

»Von wem?«, fragte Greta. »Von Elsa etwa?«

»Genau! Die Schrift ist kaum zu entziffern. Hier steht etwas von einer Schwester, Elsas Schwester sicherlich. ›Alma geht es leider wieder schlechter‹, muss das hier heißen«, rätselte Lissy.

»Vielleicht lebt die in den Staaten«, mutmaßte Greta und setzte sich auf den Dielenboden. Ohne viel getan zu haben, fühlte sie sich ausgelaugt und erschöpft.

»Elsa muss eine ganze Weile dort gewesen sein, wenn ich mir die Datierungen hier so anschaue. 3. Mai, 15. Juni und hier, eine dritte Karte vom 20. August. Zu DDR-Zeiten durfte aber doch niemand ins kapitalistische Ausland reisen?« Lissy hatte sich ans Fenster gestellt und begutachtete die Karte immer wieder von neuem, als würde das Tageslicht noch etwas sichtbar machen, was ihrem Blick im dämmerigen Licht des Raumes entgangen war.

»Alte Menschen durften reisen und Elsa war sicherlich bereits Rentnerin«, erwiderte Greta mit leiser Stimme. »Und wenn ihre Schwester Hilfe brauchte? Warum nicht?«

»Guck an«, sagte Lissy und schüttelte den Kopf, »Louisiana.« Sie legte die Karten beiseite, und sie räumten weiter.

Greta hoffte, auch Dinge zu finden, die mehr über Luises schwarzmagische Praktiken verrieten. Aber die unteren Schubladen beherbergten nichts, was nicht auch bei anderen alten Frauen zu finden gewesen wäre. Sollte der Inhalt der Kiste auf dem Dachboden alles gewesen sein?

»Hilf mir mal!« Lissy riss Greta aus ihren Gedanken. »Das ist ein Steckschrank. Den haben wir schnell auseinandergebaut.«

Sie zogen und traten und stemmten, und binnen 15 Minuten hatten sie, dank Lissys Geschick, den Schrank in seine Einzelteile zerlegt. Nachdem sie ihn hinuntergetragen hatten, machten sie sich am Bett und danach an der Kommode zu schaffen, bei der sich allerdings nur die Schubladen herausnehmen ließen. Besonders Greta keuchte, als sie das Nussbaummöbelstück die schmale Wendeltreppe hinunterbugsierten.

Für Lissy war damit das Zimmer erledigt, und sie öffnete bereits die Tür zu einer kleinen Kammer, in der nur ein Schaukelstuhl, ein verrosteter Vogelkäfig und ein eintüriger Schrank standen. Greta öffnete noch einmal die Tür zu Luises Schlafraum. Irgendetwas war noch hier, das konnte sie deutlich spüren. Nebenan hörte sie Lissys Schritte. Sie nahm all ihren Mut zusammen und schloss die Tür, um sich besser konzentrieren zu können. Auf den ersten Blick war nichts Besonderes zu erkennen. In der Mitte des Raumes waren die Eichenholzdielen heller wegen des Teppichs, der dort gelegen hatte. Auch die vergilbten Tapeten verrieten mit hellen Flächen, wo Bilder gehangen und Möbel gestanden hatten. Greta durchschritt langsam den Raum und atmete tief ein. Sie war froh, dass sie in diesem Moment niemand beobachten konnte, und sie wusste, dass sie das, was sie spürte, nicht sehen konnte. Seltsamerweise war ihre Neugierde größer als ihre Angst, obwohl ihr der Gedanke nicht mehr aus dem Kopf ging, dass Luise in genau diesem Moment hier sein könnte. So absurd dies im Normalfall in ihren Ohren geklungen hätte, so normal erschien es ihr hier in diesem fast baufälligen Haus mit seinen mindestens einhundert Jahren. Ihre Wohnung in Hamburg befand sich auch in einem alten Haus, aber es war saniert und hell, und es lebten junge Menschen darin. Das ist ein Unterschied. Warum eigentlich? Vielleicht spukte es ja in ihrer Wohnung, und sie waren nur nicht genug dafür sensibilisiert? Plötzlich meinte Greta zu federn. Sie blieb stehen, trat einen Schritt zur Seite und stand wieder fest. Dann trat sie erneut auf das andere Dielenbrett, tatsächlich – es gab leicht nach. Greta hockte sich hin und betrachtete das Brett von Nahem. Es stand ein klein wenig höher als die anderen. Und die Zwischenräume zu den benachbarten Brettern waren ungewöhnlich sauber. Sie versuchte das Brett anzuheben. Sie kramte in ihrer Tasche nach etwas, mit dem sie das Brett von der Seite her anheben konnte. Lissy hätte ein Taschenmesser, aber Greta wollte sie jetzt nicht dabeihaben. Sie versuchte es mit einer Nagelfeile, aber die Feile zerbrach. Ihr fiel die Werkzeugkiste ein, die Lissy auf dem Flur stehen hatte. Greta schlich aus dem Zimmer und fand nach kurzer Suche den Schraubendreher. Dann ging es ganz schnell. Sie schob ihn unter die Diele und hob diese langsam an. Um mehr Kraft zu haben, setzte sie sich auf die Knie. Sie spannte jeden Muskel an. Die Anstrengung trieb ihr die Röte ins Gesicht. Endlich gab das Brett nach und bewegte sich so weit nach oben, dass sie mit der Hand daruntergreifen konnte. In diesem Moment ging die Tür auf.

»Was soll das denn werden?« Lissy ging langsam auf Greta zu und blieb vor ihr stehen.

»Warte kurz«, antwortete Greta ohne aufzusehen und stellte sich jetzt hinter das Brett. Sie stürzte fast, als es sich von seinem Untergrund löste. Und es war, wie sie erwartet hatte: Es gab hier einen Hohlraum.

Lissy ging jetzt ebenfalls in die Knie. »Was ist das?«

»Willst du es rausnehmen?« Greta stand auf. Ihre Knie taten weh und ihr Rücken schmerzte, als ob in ihm zwanzig Messer steckten.

Lissy lachte hämisch auf. »Das ist typisch. Ich soll die Drecksarbeit machen.«

»Was heißt hier Drecksarbeit?«

»Ich soll das Kästchen hier anfassen und öffnen. Du hast Angst, nicht?«

»Das ist Blödsinn. Ich hab hier wesentlich mehr geschwitzt als du. Also von Drecksarbeit kann jetzt keine Rede mehr sein.«

»Gut, dann nimm du es raus.«

»Gibst du es mir hoch? Diese Aktion hat meinem Rücken ganz schön zugesetzt.«

»Ich sag doch, du hast Angst.«

»Verdammt, jetzt nimm das Ding, und gib es mir, und halt endlich den Mund.« Greta schrie fast. Lissy blickte sie erstaunt an und reichte ihr schweigend das verstaubte Kästchen aus dem Hohlraum. Es war unverschlossen. Der Deckel ließ sich einfach hochklappen. Als Lissy Gretas angewiderten Gesichtsausdruck sah, stellte sie sich neben ihre Freundin und blickte ebenfalls hinein.

»Was ist das denn?«, flüsterte Lissy mit vor Ekel verzerrtem Gesicht. Sie starrten auf eine Strohpuppe mit grauem Haar und einem Kleid, das jemand auf die Schnelle zusammengeschneidert haben musste – allerdings vor langer Zeit. Die Puppe war mit Staub bedeckt.

Lissy pustete sie frei und hielt sie sofort auf Abstand. »Die Haare sind grau«, sagte sie verwundert. »Hast du schon mal eine grauhaarige Puppe gesehen?«

Greta schüttelte den Kopf.

»Vielleicht eine Adaption der überalterten Gesellschaft«, sagte Lissy und lachte kurz.

»Das sieht mir nach etwas ganz anderem aus«, erwiderte Greta und nahm die Kiste jetzt wieder in die Hand.

»Und wonach?« Lissy wischte sich die Staubflecken von der Jacke.

»Voodoo«, sagte Greta. »Sieh dir doch mal die Haare an und das Kleid.« Lissy kam dichter. Sie kräuselte die Stirn, während sie die Puppe betrachtete. »Hm.«

»Die Puppe ist selbstgemacht. Das Muster des Kleides ist viel zu groß für ein Puppenkleid. Da hat jemand von irgendeinem Kleidungsstück ein Stück Stoff abgeschnitten und dann die Haare …« Greta atmete tief durch. »Sieh dir die Haare genau an. Die sind echt«, flüsterte sie.

Lissy führte ihre Hand zum Kopf der Puppe, so langsam, als würde sie sonst Gefahr laufen, sich zu verletzen. Sie nahm eine Strähne und rieb sie zwischen Daumen und Zeigefinger ihrer rechten Hand. »Du hast Recht. Das ist echtes Haar.«

»Glaubst du mir jetzt, dass es eine Voodoo-Puppe ist? Elsa hat doch gesagt, dass Luise Schwarze Magie betrieben hat. Da hast du es!«

»Was machen wir jetzt mit diesem Ding?«, fragte Lissy. »Zeigen wir es Elsa?«

»Ich denke, du traust ihr nicht!« Greta reichte Lissy die Schachtel. Lissy schüttelte den Kopf und legte ihre Arme auf den Rücken, um zu unterstreichen, dass sie sich weigerte, die greisenhafte Puppe zu nehmen. Greta ging zum Fensterbrett und stellte die Schachtel dort ab. Erst jetzt fühlte sie sich wieder besser. Sie atmete tief durch und strich sich die Haare hinter die Ohren.

»Ja, zugegeben, sie ist seltsam, und ich bin immer froh, wenn sie weit weg ist«, erwiderte Lissy, »aber sie kennt sich mit solchen Dingen aus. Und wer weiß? Vielleicht ist diese Puppe hier genau das letzte Quäntchen, das ihr zur Lösung des Luise-Rätsels fehlt. Sie hat Frieda schließlich versprochen, herauszufinden, was Luise umtreibt, und das hier ist doch schon mal ein besserer Hinweis als die Zauberkiste auf dem Dachboden.«

»Ich bin mir nicht sicher, ob ich diese Puppe Elsa zeigen möchte«, sagte Greta. Lissy kräuselte die Stirn. »Als ich vorhin die Treppe herunterging, sah ich sie auf dem Flur stehen und irgendwohin starren. Wohin genau, konnte ich von hinten leider nicht erkennen. Sie wirkte so weggetreten und muss schon eine ganze Weile so gestanden haben. Als sie mich endlich bemerkte, sah sie mich an, als hätte ich sie geweckt. Sie war völlig verwirrt.«

»Also, was gedenkst du mit dem Ding zu tun?«, fragte Lissy, die sich wenig für die Details von Elsas sonderbarem Verhalten interessierte.

»Am liebsten würde ich die Schachtel samt Puppe wieder unter das Brett legen. Ich habe so ein Gefühl, dass es nicht gut ist, etwas zu verändern. Vielleicht war es schon ein Fehler gewesen, die Schachtel überhaupt aus ihrem Versteck zu bergen.« Greta ging zum Fenster und blickte hinaus.

»Du glaubst an diesen Hokuspokus?«

»Was weiß ich. Ein bisschen ja, vielleicht. Immerhin ist das kein Hirngespinst einer Einzelnen. Voodoo gibt es schon lange«, antwortete Greta, riss ihren Blick vom nassen Rasen mit den drohend in den Himmel ragenden Zweigen der verholzten Hecke dahinter und schloss die Kiste behutsam.

»Aber nicht in Deutschland und schon gar nicht in Binz«, erwiderte Lissy. »Allerdings … ist Luise vielleicht mal in Afrika gewesen?«

»Keine Ahnung! Wir hatten ja keinen besonders engen Kontakt«, antwortete Greta.

»Als Rentnerin dürfte es ja für sie auch kein Problem gewesen sein, nach Afrika zu reisen«, mutmaßte Lissy.

»Aber woher soll sie das Geld gehabt haben?«

»Was weiß ich? Möglicherweise hatte sie einen Gönner, einen Lehrmeister? Wir könnten Elsa fragen, ob sie mehr weiß.«

»Kann sein. Lass uns damit aber noch etwas warten. Vielleicht finden wir die Lösung noch selbst.«

»Wo? Hier? Das Haus ist fast leer geräumt. Wo willst du jetzt noch etwas finden?«, fragte Lissy.

»Sag mal«, sagte Greta, nachdem sie die Zimmertür hinter sich verschlossen hatten. »Voodoo wird doch auch in den Südstaaten der USA praktiziert.«

»New Orleans!«, sagte Lissy und kniff die Augen zusammen.

»Und wo liegt New Orleans?«, fragte Greta und versperrte Lissy den Weg.

»Louisiana«, platzte es aus Lissy heraus. »Du meinst, Elsa hat diese Praktiken hierhergebracht?«

»Warum nicht?«

»Gottgütiger!«, Lissy schüttelte den Kopf. »Die beiden haben hier Voodoo-Zauber betrieben. Es wird immer verrückter!«

»Lissy«, begann Greta plötzlich in einem äußerst ernsten Tonfall. »Ich will dieses Haus nicht behalten.«

»Meinst du nicht, dass du übertreibst? Es liegt gut, und wenn es saniert ist, wirst du ein Schmuckstück besitzen!«, antwortete Lissy. Ihre braunen Augen blitzten.

»Daran zweifle ich keine Sekunde. Aber auch als Schmuckstück wird mir dieses Haus noch Angst einflößen.«

»Aber dann gibt es die Puppe und den ganzen Zauberkram nicht mehr.«

»Das ist es ja nicht allein«, erwiderte Greta und eine leichte Röte zog über ihre Wangen.

»Was denn dann?« Lissy griff jetzt Gretas Hand.

»Ich weiß nicht, wie ich das erklären soll. Wir müssen nur in die Nähe dieses Hauses kommen, schon spüre ich einen Druck auf meinem Brustkorb. Es ist, als ob dieses Haus böse wäre.« Greta war in sich zusammengesackt. Sie drückte Lissys Hand und schien hilflos, geradezu verzweifelt.

Lissy prustete los. »Jetzt hör aber auf, altes Mädchen! Was ist bloß los mit dir? Kommst du in die Wechseljahre? Wie kann ein Haus böse sein?«

»Wenn du dich ohnehin nur über mich lustig machst, reden wir eben nicht mehr darüber. Dieses Haus gehört mir, und ich allein entscheide, was damit geschieht.«

»Ich mache mich nicht lustig. Es ist nur …«, erwiderte Lissys verwundert, »es ist nur so, dass ich dich so gar nicht kenne.«

»Und ich werde mich hüten, mich dir gegenüber in solchen Dingen noch einmal zu öffnen.« Greta reckte ihren Rücken und gewann allmählich die Fassung wieder. »Ich werde das Haus verkaufen und Punkt.«

»Bist du sicher, dass sonst alles in Ordnung mit dir ist?« Lissy strich Greta über die Arme.

»Ja, natürlich ist alles in Ordnung mit mir. Nur mit dem Haus ist es das eben nicht.« Greta löste sich aus Lissys Griff und stieg die Treppe hinunter.

»Der alte Zausel hat ja wirklich gar nichts anbrennen lassen«, sagte Lissy, nachdem Greta ihr die Geschichte von Stefanie Peters und Ferdinand Goldmann eröffnet hatte. Greta hatte sich schnell wieder beruhigt, was sie vor allem ihrem neuen Entschluss zu verdanken hatte, dieses unheimliche Haus nicht zu behalten. Der Wind wehte ihre gewellten Haare über ihre Augen und in ihren Mund. Sie zog die Kapuze über den Kopf und dachte an das warme Hotelzimmer. An diesem Abend würden sie im *Strandgold* essen.

Vor dem Eingang standen Fred Peters und Georg Tezlaw. Die Frauen verlangsamten ihren Schritt. Schon von weitem erkannten sie, dass sich die beiden stritten. Wie meistens, war es Tezlaw, der heftig gestikulierte, während Fred ruhig dastand, doch auch er atmete erregt. Ab und zu schüttelte er den Kopf. Tezlaw sprach leise, aber es wirkte trotzdem, als würde er schreien. Greta hakte Lissy unter. Die Männer hatten sie noch immer nicht bemerkt. Tezlaw wurde lauter. Seine Ohren glühten unter den semmelfarbenen Haaren. »… Hals nicht voll«, drang an ihre Ohren. Er packte den Gärtner am Arm, eine Unbeherrschtheit, wie sie bislang noch nie an ihm zu sehen gewesen war. Im Gesicht des Hotelmanagers kämpften Angst und Wut. Endlich regte sich Fred Peters. Er riss sich los. In seiner Hand hielt er einen Umschlag. Irgendetwas sagte er, aber es war zu leise für sie, um es zu verstehen. In seinem Blick lag Genugtuung. Nun war es Tezlaw, der bewegungslos dastand, wie jemand, der einen Kampf abbricht, weil er keine Gewinnchancen mehr sieht. Ganz außer Atem sah er Fred zu, wie der den Umschlag in einen Stoffbeutel fallen ließ. Daraufhin verschwand der Gärtner nach links in Richtung Seebrücke. Tezlaw fluchte irgendetwas hinter ihm her, bevor er selbst mit wenigen ausladenden Schritten ins Hotel eilte.

Die leise Jazzmusik, das Murmeln der Gäste und das knackende Kaminfeuer legten sich um Greta wie ein Tuch aus Samt. Dazwischen immer wieder das Klimpern von Besteck – geschäftig und monoton. Jeder der Gäste hatte mit sich und seinem Hunger zu tun. Das Restaurant im *Strandgold* war gut gefüllt. Ab und an, wenn der Seewind gegen die Fenster drückte und besonders laut heulte, blickten einige der Essenden kurz von ihren Tellern auf, um mit einer Mischung aus Entsetzen und Freude nach draußen zu blicken, über die Straße hinweg auf die jetzt schwarze Ostsee.

Greta spürte, wie ihr der Speichel im Mund zusammenlief angesichts des Duftes nach Gebratenem und in Erwartung der Entenbrust, die ihr heute genau das Richtige zu sein schien. Ihre Glieder waren schwer. Auch Lissy hatte sich in die gepolsterte Lehne ihres Stuhls zurückfallen lassen und schien nur noch an das Kabeljaufilet zu denken, das sie erwartete. Sie starrte in den Kamin und sah erschöpft aus, was ihr durchaus zustand, angesichts der Arbeit, die sie heute verrichtet hatte. Lissys Wangen glühten, ihre Augen waren glasig und klein. Ab und zu gähnte sie hinter vorgehaltener Hand.

»Wenn wir nicht gleich eine Unterhaltung beginnen, schlafen wir ein. Und das wäre schade, noch vor dem Essen«, brach Greta das Schweigen und streckte ihren Rücken, um Lissy etwas näher zu kommen. Sie hatte ihre Arbeitstracht gegen ein enges Wollkleid getauscht, womit sie sich schon bedeutend wohler fühlte. Auch Lissy hatte sich ihrer staubigen Sachen entledigt und sogar noch ein Bad genommen, bevor sie ins Restaurant gegangen waren. »Fang an!«, sagte sie und wandte ihren Blick nach einem kurzen Schwenk zu Greta wieder den Flammen zu.

»Diese Stefanie Peters will mir heute nicht mehr so richtig aus dem Kopf gehen«, begann Greta und beugte sich jetzt noch weiter zu Lissy. Dabei verschränkte sie ihre Hände ineinander.

»Stefanie als mordendes Monster von Binz?«, flüsterte Lissy und beugte sich jetzt ebenfalls vor, so dass ihre Gesichter nah beieinander waren.

»Ferdinand hat sie immerhin in andere Umstände befördert«, gab Greta zu bedenken.

»Aber bringt man den Vater seines Kindes um?« Lissy trank einen Schluck Rotwein. »Außerdem sagst du, sie hätte ihn geliebt.«

»Das sagt Elsa. Aber er hat Stefanie im Stich gelassen und muss sie damit sehr verletzt haben.«

»Mit solchem Schmerz ist sie nicht die Einzige auf der Welt, auch nicht die Einzige mit Kind. Es gäbe keine Männer mehr, wenn alle davon betroffenen Frauen gleich morden würden«, erwiderte Lissy.

»Außerdem hat er sie zur Abtreibung …« Die eiligen Schritte des Kellners ließen Greta verstummen.

Unter ihren Köpfen dampfte und duftete es. Rotkohl, kross gebackene Entenbrust und Taler aus Polenta sowie Kabeljaufilet mit warmem Speckkartoffelsalat machten sie für eine Weile zu Sklaven ihres Hungers. Sie blähten die Nasenflügel und inhalierten die Aromen, sie kauten und schluckten, und jeder Bissen weckte ihre Lebensgeister ein wenig mehr.

»Stefanie hat auf jeden Fall ein Motiv«, nahm Greta den Faden wieder auf, allerdings erst, als ihr Teller halb leer gegessen war.

Lissy ließ sich Zeit mit ihrer Antwort. Sie kaute, neigte kurz den Kopf, wie um zu demonstrieren, dass sie noch über Gretas Aussagen nachdenken würde, und nahm dann einen großen Schluck, mit dem sie ihr Weinglas beinahe leerte.

»Aber warum soll sie Ferdinands Frau umgebracht haben? Auf die musste sie schließlich nicht eifersüchtig sein, oder? Und warum haben wir keine tote Düsseldorferin? Mit der soll Ferdinand doch Zukunftspläne geschmiedet haben. Das ergibt keinen Sinn«, erwiderte Lissy.

»Wenn ich alles schon wüsste, hätte ich keine Fragen mehr«, sagte Greta. »Möglicherweise wusste Renate von der Affäre ihres Mannes, und hat darauf bestanden, dass er seine kleine Gespielin zu einer Abtreibung drängt. Das könnte ihr Stefanie übel genommen haben.«

»Hm«. Lissy zog einen weiteren Bissen von der Gabel.

»Elsa vertrat außerdem die Meinung, dass Stefanie nichts wusste von der Düsseldorferin. Also war für sie sicherlich Renate die Wurzel allen Übels.«

»Aber«, begann Lissy mit vollem Mund und kaute dann doch zu Ende. »Aber, Marie? Was hatte Stefanie denn mit unserer Marie hier zu tun? Abgesehen davon, dass ich diesem – Kind so etwas nicht zutraue.«

Greta massierte sich den Nacken. »Maries Tod hat möglicherweise überhaupt nichts mit dem von Renate und Ferdinand zu tun.«

»Aber sie ist durch Gift gestorben, genauso wie Renate und Ferdinand.«

Greta starrte in ihr Glas, das sie im Kreis hin und her schob. Dann blickte sie auf und kniff die Augen zusammen. »Und wenn Marie auch etwas mit Ferdinand hatte?«

Viele Gäste waren in der Zwischenzeit gegangen, und das Restaurant war dadurch schon etwas ausgekühlt. Greta und Lissy zahlten und beschlossen, ihr Gespräch im Kaminzimmer weiterzuführen. Zirka zehn Personen hatten sich hier in die Nähe des Feuers oder direkt davor gesetzt. Ausgestattet mit je einem Glas Cognac, das sie sich von der kleinen Bar geholt hatten, setzten sich die beiden Hamburgerinnen auf zwei nebeneinander stehende Sessel dicht am Fenster.

Greta genoss, wie immer, schweigend den ersten Schluck. Sie schloss die Augen und spürte, wie sich die fast ölige Flüssigkeit heiß in ihren Magen ergoss und von dort aus nach und nach ihren ganzen Körper aufwärmte. Sie öffnete die Augen und blickte wieder ins Glas.

»Wenn Marie nun wirklich eine Rivalin war …«, begann sie leise.

»Aber es ergibt einfach keinen Sinn, dass Stefanie Marie umgebracht haben soll, nachdem Ferdinand bereits tot war. Was sollte das bringen?« Lissy drehte den Kopf zum Fenster, um sehen zu können, ob sich jemand näherte oder ob sie jemand belauschte.

»Hass«, erwiderte Greta etwas zu laut, so dass einige der Gäste sich zu ihnen umdrehten. »Hass ist ein starkes Motiv«, sprach sie leiser weiter, bevor sie einen weiteren Schluck nahm.

»Immerhin fügte sich Marie gut in Ferdinands Beuteschema ein«, gab Lissy zu. »Sie war jung und schön. Eigentlich noch ein Mädchen!« Ihr Blick folgte dem Scheinwerfer eines Fahrrads, das noch auf der Strandpromenade unterwegs war. Erst als der Lichtkegel wieder verschwunden war, wendete sie sich wieder Greta zu.

»Marie war schwanger«, sagte die und hob den Zeigefinger. »Was, wenn das Kind nun auch von Ferdinand war?«

»Gott, meinst du wirklich?«

»Warum nicht? Von Verhütung hat er augenscheinlich ja nicht viel gehalten.«

»Es ist alles verzwickt, und solange wir keine neuen Informationen bekommen, werden wir uns auch weiter im Kreise drehen. Ich stimme dir zu, dass Stefanie ein Motiv hatte, Renate und Ferdinand umzubringen. Aber ich traue das diesem Mädchen einfach nicht zu. Im Affekt dem Liebhaber eins über den Schädel braten – das kann ich mir noch vorstellen. Aber sich Gift besorgen und es den Opfern einzuflößen, auf welchem Weg auch immer – nein, beim besten Willen nicht. Das erfordert Planung und Information, vor allem aber Kaltblütigkeit. Und das passt für mich so gar nicht zu diesem Mädchen. So verliebt, wie sie war.«

»Hm.« Eine längere Antwort kam Greta jetzt nicht mehr über die Lippen. Es war spät geworden. Sie saßen jetzt fast allein im Raum und mussten darum noch leiser sprechen.

Greta beugte sich dicht an Lissys Ohr. »Was ist mit Fred? Er ist Stefanies Großvater und hat, wenn man Elsa glauben kann, ein inniges Verhältnis zu seiner Enkelin. Er muss Ferdinand Goldmann unsagbar gehasst haben. Könnte das ausreichen, um jemanden zu vergiften?«

»Also mein Hass hätte damals jedenfalls gereicht, um meinen Mann zu ermorden. Ich frage mich bis heute, warum ich das nicht getan habe.«

»Aber irgendwie will für mich auch zu Fred kein kaltblütiger, geplanter Mord passen. Ein brutaler Totschlag, aus dem Affekt, als er erfährt, dass Goldmann seine Enkelin geschwängert und dann fallen gelassen hat, vielleicht, aber das ist hier definitiv nicht der Fall.«

»Du kennst ihn doch gar nicht. Und richtig geheuer war er uns ja noch nie. Andererseits: Was hat er mit Marie zu tun? Und, was wir jetzt ganz vergessen haben: In Tezlaws Wohnung ist jemand eingestiegen. Hat Tezlaw das selbst arrangiert, um von einem Verdacht gegen ihn abzulenken? Oder hatte es tatsächlich jemand auf ihn abgesehen? Dann stellt sich die Frage, was derjenige wollte und ob das überhaupt mit den Todesfällen zu tun hatte. Angenommen, es war Fred: Warum ist er von draußen eingestiegen? Er dürfte doch wissen, wo der Generalschlüssel liegt.«

»Ich bin müde.« Greta streckte sich und gähnte exzessiv. »Wir sollten vielleicht einen weiteren Versuch wagen, die Gartenlaube dort hinten am Wald zu inspizieren. Vielleicht finden wir ja einen Hinweis.«

13

Mit Geld ließ sich fast alles ertragen, selbst Falten und schlaffe Haut und vielleicht auch noch mehr – wenn es nur genug Geld war. Zugegeben, beim ersten Mal hatte es Überwindung gekostet, aber zum Glück hatte er sich vorbereiten können. Ihre Blicke hatten kein Geheimnis aus ihren Absichten gemacht, aus ihrer Gier auf seinen Körper. Sie wurde schon lange vernachlässigt. Das wusste er. Und was hatte er zu verlieren? Seine letzte Beziehung lag schon eine Weile zurück. Man hatte sich schon nach einem Jahr nichts mehr zu sagen gehabt. Das war ihm mit den meisten Frauen so gegangen. Liebe wurde doch maßlos überbewertet. Sie nutzte sich so schnell ab. Geld, Geld macht frei, fand er. Es musste natürlich viel sein, um Freiheit zu bieten, aber sie besaß viel. Und dafür ein bisschen die Zähne zusammenbeißen … Beim ersten Mal war es sogar aufregend. Sie hatte ihn betrunken gemacht nach dieser Weihnachtsfeier vor zwei oder drei Jahren. Während der Feier ließ sie sich nichts anmerken, aber dann, als nach und nach alle heimgegangen waren – ihr Mann war ohnehin gleich nach dem Essen verschwunden –, da goss sie ihm noch von dem Kümmel ein und stellte die Musik wieder an, leise, damit es niemand sonst im Haus hören konnte. Ihr Atem roch sauer nach Wein. Wenn er aber seinen Kopf zur Seite drehte, roch er nur noch ihr schweres Parfum. Sie presste sich an ihn, als wollte sie mit ihm verschmelzen. Er knetete ihren Hintern und war überrascht, wie stramm der war. Auch ihre Brüste fühlten sich noch gut an. Nur ihr Gesicht, das war zu dicht an seinem. Vielleicht lag es auch am Licht. Jemand musste beim Hinausgehen den falschen Schalter gedrückt haben. Jetzt regnete die Helligkeit aus allen Deckenleuchtern. Sie allein genügte fast, um ihn vor Ekel benommen zu machen. Das Make-up hatte sich in den Furchen gesammelt und verlieh ihrem Gesicht das Aussehen eines ausgetrockneten Flussbettes. Er blickte an ihr vorbei zum Tisch, ließ sie stehen und goss sich Kümmel nach, einen Dreifachen. Überall schmutzige Gläser, offene Flaschen, von denen die meisten leer waren, und Teller mit Essenresten, deren Oberfläche sich schon verhärtet hatte. Mit drei Schlucken hatte er das Glas geleert. In seinem Magen wurde es warm, die Speiseröhre brannte. Über seinen Kopf legte sich ein Schleier. Er ging wieder zu ihr und begann sie zu küssen. Dann nahm er sie auf dem Tisch. Der Lärm, den das umfallende und klirrende Geschirr verursachte, störte ihn nicht. Er sah einfach ein neues Leben vor sich.

14

Der 30. Oktober war ein kalter, wolkenverhangener, aber niederschlagsfreier Tag. Greta hatte beim Frühstück wie meist den Platz gewählt, von dem aus sie nach draußen auf die See schauen konnte. Während sie an ihrer zweiten Brötchenhälfte kaute, vernahm sie Schritte, die anders klangen als die der meisten Gäste. Normalerweise hörte man die Tür klacken und anschließend ein paar Schritte, die zögernd gesetzt wurden. Die Hereinkommenden verschafften sich zunächst in aller Regel einen Überblick. Dann wurde ihr Gang schneller, sie hatten ein Ziel. Stühle schurrten, und es wurde ruhig, bis der Kaffee am Tisch serviert wurde. Was Greta jetzt hörte, waren Laufschritte. Die Tür wurde nicht geschlossen, sie war aufgestoßen worden und fiel von allein zu. Und auch Lissys Gesicht spiegelte den Umstand wider, dass kein gewöhnlicher Gast den Saal betreten hatte. Sie schien das Interesse an ihrem Frühstück verloren zu haben, was selten genug vorkam. Sie hob die Brauen, verengte die Augen. Ihre Mimik erstarrte.

Als Greta sich umdrehte, kam er bereits wieder zurück aus der Küche. Tezlaw. Er lief zum Buffet, betrachtete kurz den Saftautomaten, allerdings so, als würde er ihn gar nicht wahrnehmen. Mit seinen Gedanken schien er weit weg zu sein. Bevor er wieder zur Tür eilte, hastete er im Zickzack durch den Raum und stieß mit einer Frau zusammen. Seine Haare standen vom Kopf ab und als er dichter kam, sah Greta, dass seine Augen geschwollen und rot waren.

»Was ist denn in den gefahren?«, fragte Lissy kauend, nachdem die Tür hinter Tezlaw zugefallen war und sie sich wieder ihren Spiegeleiern zugewandt hatte.

»Ich glaube, ich weiß es.« Greta lächelte und blickte wieder aus dem Fenster.

»Wieder ein Geist?« Lissy kaute gelassen weiter.

»Nein, ganz im Gegenteil – ein Mensch, ein sehr lebendiger, sogar.«

»Wer denn?«

»Wenn die Informationen auf der Postkarte aus Marseille der Wahrheit entsprechen, würde hier heute Leonore Goldmann ihre Aufwartung machen. Na ja, eigentlich hätte sie längst hier sein wollen. Aber für heute ist der Notartermin anberaumt, hier im Hotel, wegen der Auszahlung ihres Erbteils.«

»Da bin ich jetzt wirklich gespannt. Bleiben wir heute hier? Ach nein, geht nicht. Wir müssen nachher noch mal zum Haus.«

»Muss das heute sein?« Greta strich sich über den Dutt, der ihr immer noch schönes Gesicht streng aussehen ließ.

»Ja, das muss sein. Morgen endet unser kleiner Rügenurlaub.«

»Aber das Haus ist doch so gut wie leer.«

»So gut wie ist nicht richtig leer, und außerdem wäre ein abschließender Kontrollgang auch nicht von Schaden, bevor der Makler den alten Kasten in seinen Klauen hält«, sagte Lissy.

»Ist ja gut. Du hast wie immer Recht!«, sagte Greta. »Aber ich brenne vor Neugier auf diese Frau.«

»Und wenn sie nicht kommt?«

»Tja, dann …«, erwiderte Greta.

»Tja, dann …«, wiederholte Lissy, »… heißt das auch noch nichts. Dann haben sie das vielleicht schon anderweitig abgewickelt. Du hast eine Karte gelesen. Sie könnten zwischenzeitlich telefoniert haben oder was weiß ich. Morgen fahren wir ab. Ob sie nun kommt oder nicht.«

Greta wischte sich den Mund ab, legte ihre Serviette nieder und strich darüber, während sie weiter aus dem Fenster sah. Alles war ruhig, das Wasser, die Bäume, das Laub – keine Bewegung, wie Abwarten. »Hast du den Gärtner heute schon gesehen?«, fragte sie, doch bevor Lissy etwas erwidern konnte, fuhr ein Taxi vor. Keine Minute später stand das Personal an den Fenstern, allen voran Margret, deren Haare heute geradezu alarmierend leuchteten.

»Wie aus dem Gesicht geschnitten«, »Auch so schlank« und Ähnliches mehr war zu hören. Greta und Lissy stellten sich dazu. Die Frau am Taxi war sich ihres guten Aussehens offenbar bewusst. Ein schlanker Körper in grauem Kostüm, über ihrem rechten Arm ein brauner Pelz. Ihr Blick war stolz und streng. Sie schaute hoch zum Restaurantfenster. Tezlaw stürzte beinah die Stufen zum Eingang hinunter, als er ihr entgegenlief. Sie begrüßten sich höflich. Als würden sie nichts wiegen, hob Tezlaw die beiden Koffer an und tänzelte damit zurück ins Hotel, gefolgt von einer um sicheres Auftreten bemühten Leonore Goldmann. Margret rückte dicht an Greta und Lissy heran.

»Das ist die Schwester von Renate Goldmann. Gut, dass sie hier ist. Vielleicht kann sie Licht ins Dunkel bringen. Zu wünschen wäre es, obwohl es mir inzwischen egal ist«, flüsterte Margret. »Nächsten Monat fange ich in einem anderen Hotel an.«

»Gratulation«, flüsterte Greta.

»Was für eine Ähnlichkeit!«, sagte Margret, die noch immer nach draußen blickte, obwohl dort längst niemand mehr zu sehen war, »Bis auf die Haarfarbe …« Sie setzte ihre Kochmütze auf. »Ich muss wieder«, sagte sie und zeigte mit der Hand zur Küche, wohin sie gleich darauf eilte. Lissy ging noch einmal zum Buffet und dann zurück zum Tisch.

Eine halbe Stunde später fuhr ein schwarzer Wagen vor, aus dem ein Mann mit Anzug und Aktenkoffer stieg. »Der Notar«, flüsterte Greta und beugte sich nach vorne. »Bestimmt der Notar.«

Das Laub lag wie ein brauner Teppich auf dem Rasen, darüber erhoben sich die Lebensbäume wie Rohlinge von Statuen. Während Greta am Fenster stand, zog sie ihr Kleid aus und Hosen an für den letzten Einsatz in Tante Friedas Haus.

»Ich hatte gestern schon den Eindruck, dass Fred auf Nimmerwiedersehen gegangen ist«, sagte Greta. »Vielleicht hat mich dieser Eindruck nicht getäuscht. Heute jedenfalls war er noch nicht hier, das erste Mal, seit wir hier im Hotel sind. Der Rasen ist auch noch ungeharkt. Ausgerechnet heute, wo Leonore ankommt.«

»Aber was hat Fred Peters mit dieser Frau zu schaffen?«, erwiderte Lissy, die sich mit Dehnungsübungen auf die körperliche Arbeit vorbereitete.

»Vielleicht befürchtet er, dass sie Nachforschungen anstellen könnte.«

»Er macht sich doch gerade verdächtig, wenn er wegbleibt«, sagte Lissy.

»Vielleicht plagen ihn Schuldgefühle, und er kann ihr nicht gegenübertreten«, überlegte Greta weiter.

»Wenn er denn welche hat, und wenn er der Giftmischer war. Könnte, würde, sollte. Wir schauen uns heute noch mal bei der Laube in der Kleingartenanlage um. Das ist aber wirklich unsere letzte kriminalistische Aktion hier.«

»Und Leonore möchte ich mir auch ansehen, aus der Nähe«, sagte Greta.

In diesem Augenblick hörten sie auf dem Flur Koffer rollen. Eine Tür wurde geöffnet. Stimmen waren nicht auszumachen. Als das donnernde Geräusch an ihrer Tür vorbeigezogen war, öffnete Greta diese, so leise sie konnte. Das graue Kostüm und die schlanke Silhouette erkannte sie sofort wieder.

»Leonore Goldmann wohnt drei Zimmer weiter«, sagte Greta, flüsternd, obwohl sie die Zimmertür schon wieder geschlossen hatte.

»Das ist praktisch, aber was willst du zu ihr sagen? ›Guten Abend, ich bin Ihre neue Nachbarin, drei Türen weiter‹?« Lissy baute sich in Gretas Zimmer auf, den Reißverschluss ihres Anoraks bis zum Kinn hochgezogen. »Los, mach hin! Ich will das endlich mal hinter mir haben.« Dann ging sie zur Tür und wollte sie öffnen. Greta griff ihre Jacke und hinderte sie sanft daran.

»Ich schmiere mir etwas Creme in die Haare und frage, ob sie mir Shampoo borgen kann.«

»Sie wird sich fragen, warum du ausgerechnet drei Türen weiter klopfst.«

»Sie weiß doch nicht, wo ich wohne, und außerdem könnte ich bei anderen Gästen schon nachgefragt und mir Körbe geholt haben.«

»Aber wir haben hier doch Shampoo vom Hotel«, gab Lissy zu bedenken.

»Ich sage einfach, dass das meinen Haaren nicht bekommt, wenn sie fragen sollte. Außerdem fahren wir morgen ab. Da ist es mir egal, was sie von mir denkt. Ich will sie nur sehen, und wenn ich Glück habe, kann ich sie in ein Gespräch verwickeln. Sie kennt hier sicherlich niemanden weiter und freut sich vielleicht über ein wenig Gesellschaft.«

»Sie hat ihre gesamte Kindheit und Jugend in Binz verbracht. Vielleicht hat sie mehr Gesellschaft, als ihr lieb ist, und du gehst ihr auf den Geist mit deiner Frage.«

»Vielleicht ist es so, und vielleicht ist es auch ganz anders. Das werde ich schon sehen. Wer nicht wagt, der nicht gewinnt.« Greta öffnete jetzt die Zimmertür und spähte einen Moment hinaus. Dann trat sie auf den Flur, gefolgt von Lissy, die den Kopf schüttelte.

»Übernimmst du heute Abend das Gartenhäuschen?«, fragte Greta. Lissy steckte die Hände in die Jackentaschen, hob die Brauen und antwortete: »Habe ich eine Wahl?«

15

Der Sperrmüllberg sah aus, als hätte sich das Haus übergeben. Stuhl- und Tischbeine ragten heraus. Ein paar Teile lagen verstreut umher. Offenbar hatte sich hier jemand bedient. Die Gardinen hatten sie an den Fenstern gelassen, damit das Haus nicht zu leer aussah. Das Gefühl, von toten Augen beobachtet zu werden, überfiel Greta trotzdem auch dieses Mal, als sie sich näherte. Sie ließ Lissy vorgehen und hätte am liebsten draußen gewartet, neben dem Müllberg. Sie verschränkte die Hände vor dem Oberkörper, während Lissy aufschloss. Im Haus fühlte es sich wieder kälter an als draußen, heute noch mehr als sonst. Jetzt, ohne Möbel, sah man ganz deutlich die Pilze an der Fußbodenleiste und die Schimmelblumen, die an den Wänden entlangrankten. Die beiden Frauen gingen langsam durch die Räume. Ihre Schritte und Worte hallten. Einige Kleinigkeiten fanden sie noch, einen Bleistift, ein Set Schraubendreher, Besen und Handfeger. Viel war es nicht mehr.

»Diesen Kasten sollte man besser gleich abreißen«, sagte Lissy. »Die Wände kriegt kein Mensch mehr trocken und schief ist es auch. Vielleicht fällt es auch in sich zusammen, bevor es überhaupt jemand kauft.«

»Du neigst zu Übertreibungen, meine Liebe, in diesem Fall in die negative Richtung. Dieses Haus könnte, gut saniert, wieder ein Schmuckstück werden.«

»Darauf würde ich nicht zu sehr bauen. In diesem Zustand bringt das Haus jedenfalls keinen Cent. Dem armen Menschen, der es kaufen wird, müsstest du eigentlich noch etwas dazugeben. Allerdings bekommt er ja auch einen Geist inklusive.«

»Mach dich nicht lustig darüber«, sagte Greta und fühlte sich mit einem Mal noch unbehaglicher. »Außerdem wird ja das Grundstück ein wenig einbringen. Binz ist schließlich etwas Besonderes.«

Lissy blieb plötzlich an der untersten Treppenstufe stehen. Dann ging sie wieder zurück und stoppte in der Mitte des Flures. Greta folgte ihr, bedrückt durch ihre Angst. Je mehr sie sich hineinsteigerte, desto stärker wurde das Gefühl, dass da etwas war, dass gleich eine Hand nach ihr greifen würde, eine kalte Hand, vielleicht wäre es auch nur ein kalter Hauch, aber sie würde damit nicht umgehen können.

»Sieh dir mal das Dielenbrett hier an. Es steht ein Stück hoch«, sagte Lissy und ging in die Hocke.

»Diese Erhebung ist mir schon einige Male zum Verhängnis geworden«, erwiderte Greta und kniete sich ebenfalls hin.

»Und ich dachte immer, es hätte mit dem Läufer zu tun.« Lissy hob das Brett an. »Der nächste Hohlraum!«, rief sie aus.

»Und wieder gefüllt«, stellte Greta fest und streckte ihre Hand vorsichtig aus. »Stoff, wie von einer Kittelschürze.«

»Da ist etwas drin«, sagte Lissy. Nachdem Greta das Bündel mit dem Zeigefinger angetippt hatte, umfasste sie es und hob es empor.

»Eine Puppe«, flüsterte sie, als gäbe es Zuhörer im Haus.

»Schon wieder eine«, sagte Lissy, für Gretas Empfinden zu laut.

»Sie hat wirklich Voodoo-Zauber betrieben. Ich möchte nicht wissen, wie viele Hohlräume es hier noch gibt.«

»Das ist gut, denn die werden wir jetzt auch ganz gewiss nicht suchen. Damit können sich die neuen Eigentümer, so es denn mal welche gibt, die Abende versüßen«, erwiderte Lissy, hockte sich ebenfalls hin und nahm Greta die Puppe aus der Hand. Sie begutachtete diese mit hochgezogenen Brauen und zusammengepressten Lippen. »Schneeweiße Haare«, sagte sie. »Fass mal an. Die sind echt. Wie bei der anderen.« Greta strich halbherzig darüber und atmete hörbar aus, als sie diese Handlung hinter sich hatte. »Seltsam«, sagte sie, »wenn ich an die letzten Fotos von Luise denke – sie hatte auch weißes, glattes Haar.«

»Aber Luise wird sich doch nicht selbst verhext haben«, erwiderte Lissy, die noch immer in der Hocke saß, »wenn das überhaupt möglich ist.«

»Wenn ich wüsste, was in ihrem Kopf umgegangen ist …«, sagte Greta und beugte sich noch einmal dicht über die Puppe. »Und dieses Kleid passt auch – Synthetik, Blumen, so etwas hat sie getragen auf den Fotos.«

»Und Frieda?«, fragte Lissy.

»Nein, das kommt nicht hin. Nach dem Tod ihrer Mutter sah man Frieda auf Fotos nur noch in Schwarz, Blau oder Braun. Und sie hatte graue Haare mit Locken und keine glatten schneeweißen.«

»Angenommen, das hier ist eine Puppe für Luise: Wer, wenn nicht sie selbst, könnte diese Puppe hergestellt haben?«, fragte Lissy. »Jemand, der sich ebenfalls mit Magie auskennt, besonders mit Schwarzer Magie«, antwortete sie sich selbst und schlug den Stoff wieder um die Puppe, legte sie aber nicht zurück. Unter Stöhnen streckte sie sich wieder hoch aus der Hocke.

»Elsa!?« Greta streckte Lissy eine Hand hin, damit sie sie hochziehen konnte.

Lissy schaute auf die Uhr. »Wir haben noch Zeit. Vielleicht gehen wir jetzt doch mal zu ihr.« Greta überlegte kurz und nickte.

Die Wolken hatten sich inzwischen so verdichtet und den Himmel verdunkelt, dass die Autos und Fahrräder mit Scheinwerfern fahren mussten. Auch das Licht in vielen Häusern erzeugte Abendstimmung, obwohl es erst früher Nachmittag war. In Elsas Haus schien es dunkel zu sein. Sie läuteten. Keine Reaktion. Als würde es besser zu hören sein, versuchten sie es mit Klopfen, was ebenfalls zwecklos war.

»Ich würde lügen, wenn ich sagen würde, dass es mich ärgert, sie hier nicht anzutreffen«, sagte Greta. »Die Fähigkeit zur Hexerei gehört nicht zu den Dingen, die es sich lohnt zu testen.«

»Oder einfacher ausgedrückt: Du hast Angst. Allerdings hat sie nichts Persönliches von uns, meine ich. Und ohne persönliche Gegenstände funktioniert meines Wissens Voodoo nicht. Außerdem beweisen die Puppen ja nicht, dass es geklappt hat.«

»Wir haben aber auch keinen Beweis, dass es nicht an dem war. Und außerdem: Weißt du so genau, was man wirklich braucht für Voodoo-Zauber? Vielleicht genügt schon ein Fussel. Ich will da gar nicht weiter drüber nachdenken.«

»Das musst du ja auch nicht«, erwiderte Lissy. Sie drehten sich um und Greta hakte sich unter, wie sie es früher gerne bei ihren Männern getan hatte.

»Wir könnten jetzt zur Laube gehen«, schlug Lissy vor.

»Das ist keine großartige Idee um diese Zeit!«, erwiderte Greta. »Es ist zu hell. Wir könnten gesehen werden oder sogar jemandem über den Weg laufen.«

»Also gut, ich werde heute Abend gehen. Ein Spaziergang nach dem Essen hat noch niemandem geschadet.«

16

Die Wolken waren verschwunden, der Abendhimmel glitzerte wie ein mit Diamanten bestreutes Tuch. Je mehr sich Lissy an die Dunkelheit gewöhnte, desto mehr funkelte es. Sie liebte es, nach Sternenbildern zu suchen und blieb einen Augenblick stehen. Greta hatte nie die Geduld für diese Schönheit, und zog sie immer weiter, wenn sie abends gemeinsam unterwegs waren. Manchmal stellte Lissy sich nachts auf den Balkon ihrer Hamburger Wohnung, wenn der Himmel besonders klar war. Aber nicht die einfachen Bilder reizten sie, wie der Große Wagen oder der Orion. Viel interessanter fand sie die unbekannteren. Heute erkannte sie Perseus und Widder. Es war nicht leicht, in diesem Aufblinken und Umhertanzen von Licht gedanklich die Linien zu ziehen, aber sie hatte Übung darin, nur jetzt leider nicht genug Zeit und Durchhaltevermögen, denn sie wollte so bald wie möglich wieder zurück im Hotel sein. Greta wartete, und außerdem war es mit dem Fortziehen der Wolken kälter geworden, eisig kalt.

Ihr Atem kondensierte. Sie setzte ihren Weg fort, wobei sie sich immer wieder umblickte. Der Stille war nicht zu trauen. Kein Mensch und kein Auto waren um diese Zeit auf der Putbuser Straße unterwegs. Am Klünderberg, wohin sie kurz danach abbog, war es nicht besser. Es fühlte sich unheimlich an, so ganz allein hier. Der Wind ließ sie frösteln. Ihre Hände hatte sie tief in die Taschen des Anoraks vergraben, und mit ihren hochgezogenen Schultern, dem hochgeschlagenen

Kragen und der tiefsitzenden Mütze sah sie aus wie ein Privatdetektiv aus einem Film. Normalerweise hatte sie nichts gegen Wind, aber heute fand sie ihn furchtbar. Sein Heulen übertönte andere Geräusche, Schritte hinter ihr würde sie nicht hören können. Sie hörte ja nicht einmal ihre eigenen. Von dem Moment an, in dem ihr das bewusst wurde, drehte sie sich noch häufiger um. Nicht einmal ein wackelnder Strauch konnte verdächtig sein, denn auch dafür war der Wind verantwortlich. Angst war ein Gefühl, dem sie bisher durch Rationalität gut hatte beikommen können. In einer Großstadt wie Hamburg mit ihren sehr realen Alltagsgefahren fiel das allerdings leichter als hier, allein, so kurz vor dem Wald. Sie könnte umkehren. Niemand zwang sie weiter. Bis hierher war sie gewissermaßen noch im Ort gegangen. Laternen, Häuser, geparkte Autos deuteten auf Menschen in der Nähe. Schreie wären gehört worden. Ob jemand reagiert hätte, war eine andere Frage. Jetzt bog sie rechts ab in die Zinglingstraße. Hier schien eine andere Welt zu beginnen. Die wenigen Laternen, Relikte aus DDR-Zeiten, die nur auf der linken Seite standen, warfen einen schwachen Schein über den Hosenträgerweg. Auch in den Häusern brannte nur noch vereinzelt Licht. Elsa Haus versank wie die meisten in der Finsternis. Lissy versuchte, an Hamburg zu denken, an Sonntagnachmittage in Blankenese, an Kaffeetrinken im *Lühmanns*, an Theateraufführungen im *Thalia*, aber je weiter sie sich von der größeren Straße entfernte, desto weniger half das. Einerseits beruhigte es sie, dass es wenigstens noch etwas Licht gab. Andererseits fragte sie sich, ob sie in der Dunkelheit nicht sicherer gewesen wäre. Aus einem Versteck heraus war sie gut zu beobachten. Und wer sie beobachtete, konnte dicht hinter ihr herschleichen, ohne dass sie etwas hören würde.

Die hohen Bäume des weiter hinten liegenden Waldes rauschten laut. Sie blieb stehen und blickte sich wieder um. Noch im selben Moment ärgerte sie sich über sich selbst. Sie sah nichts, konnte ja auch gar nichts sehen. Die Angst und vor allem das Gefühl des Ausgeliefertseins lähmten sie. Und das ihr, Lissy, der Harten, die eigentlich nichts erschüttern konnte.

Sie zuckte mit den Knien. Irgendetwas musste sie jetzt machen, sich irgendwohin, irgendwie bewegen. Hier stehend fühlte sie sich erst recht wie Freiwild. Wenn sie jetzt zurückging – sie würde rennen –, könnte der- oder diejenige sie problemlos einholen oder ihr den Weg zurück zum belebteren Teil des Ortes versperren. Es war also ohnehin zu spät, falls es jemand auf sie abgesehen hatte. Außerdem würde Greta sie belächeln, ausgerechnet Greta, die selbst natürlich niemals einen Fuß in dieser Finsternis in die Gartenanlage gesetzt hätte.

Es sollte ihr nichts ausmachen, aber Lissy spürte, das es anders war. Sie fühlte sich sonst immer so zu Hause in der Rolle des Mannes. Auch Greta fand das gut so. Würde sie jetzt zurückgehen, käme diese Rolle ins Wanken. Das ging nicht, sie trug auf eine Weise Verantwortung für Greta. Und wenn sie einfach sagen würde, da war nichts im Bungalow? Sie fuhren ja ohnehin morgen ab. Greta würde die Wahrheit nie erfahren.

Nein! Sie hatte Greta noch nie belogen. Und nur wegen etwas Dunkelheit und Wald würde sie nicht damit anfangen. Wer war sie denn? Ein Kind? Ein kleines Mädchen, das sich Hirngespinsten hingab? Wer sollte hier im Gebüsch schon sitzen bei diesem Sturm! Eine Rechnung hatte wohl niemand mit ihr zu begleichen. Also blieb nur die Gefahr einer Vergewaltigung. Aber die lauerte auch in Hamburg, genauso wie überall, und sie sah sich nicht als den Typ Frau, für den sich Männer in einer eiskalten Nacht ins Gebüsch setzten. Gut, dann gab es da noch diese Geschichte mit den Wiedergängern … Schluss jetzt! Lissy schritt aus, energisch. Nur nicht jetzt noch an Wiedergänger denken! Das konnte sie am allerwenigsten gebrauchen. Es war Blödsinn. Geister gab es nicht. Aber am Tag ließ sich leichter daran glauben, genauer gesagt, nicht daran glauben, als in der Nacht, vor allem hier im Wald.

Nach wenigen Minuten erreichte sie den Eingang zur Gartenanlage. Einige der Lauben waren weiß und leuchteten vor der schwarzen Kulisse des Waldes. Lissy bog nach rechts in den Weg. Die Dunkelheit schluckte sie. Ihre Zähne gruben sich in die Lippen. Hier hätte ein Mörder leichtes Spiel. Um diese Jahreszeit und erst recht um diese Zeit war hier absolut niemand, der ihr zu Hilfe kommen konnte. Anders als vorhin auf der Straße gab es keinerlei Hoffnung auf ein vorbeifahrendes Auto.

Lissy hatte sich gut eingeprägt, in welche Laube Fred Peters vor drei Tagen gegangen war. Sie blieb vor der betreffenden Parzelle stehen, hielt einen Augenblick inne, um zu Atem zu kommen, und nahm, weil sie stark schwitzte, die Mütze vom Kopf. Der Gartenzaun war so flach, dass sie darübersteigen konnte. Auch die Tür der Laube stellte keine Hürde dar. Sie flog ihr förmlich entgegen, nachdem sie die Klinke betätigt hatte.

Seltsam, dass sie unverschlossen war. Lissy hatte extra einen Dietrich mitgenommen. Die Taschenlampe lag beruhigend in ihrer Hand, wie ein Schlagstock. Auf den ersten Blick schien das Häuschen leer. Leicht muffiger Geruch schlug ihr entgegen, als sie eintrat. Verdächtiges war nicht zu sehen. Ein kleiner Tisch, drei Stühle und ein Stück Teppich. Wie klein es war! Etwa zwei Meter von ihr entfernt eine zweite Tür. Lissy durchquerte den Vorraum. Kaum hatte sie die Klinke berührt, fiel die Tür hinter ihr zu. Vor Schreck verlor sie die Taschenlampe. Aber auch ohne Licht wusste sie, wer hinter ihr stand.

17

Das Heulen des Windes machte wenig Lust, nach draußen zu gehen. Arme Lissy! Als Greta kurz den Kopf aus der Tür steckte, hörte sie Fernsehgeräusche auf dem Flur. Sie ging wieder hinein ins Zimmer, schloss die Tür leise und prüfte ihr Aussehen noch einmal im Spiegel, insbesondere die Haare. Seit einer Viertelstunde war Lissy nun fort. Später als geplant war sie losgegangen. Sie waren beide eingenickt vor dem Abendessen und hatten damit ihren Zeitplan durcheinandergebracht. Da Lissy nicht ohne Essen aus dem Haus gehen wollte, war es unmöglich geworden, dass Greta sie begleitete, wie sie zwischenzeitlich überlegt hatten. Aber es war in Ordnung so, hatte Lissy entschieden. Greta versuchte, nicht an den besorgten Blick zu denken, mit dem sich ihre Freundin verabschiedet hatte. Jetzt brauchte sie einen kühlen Kopf. Sie schmierte noch etwas Creme auf ihren Haaransätzen nach. Jetzt war es gut. Jetzt sollte die Frage nach einem Shampoo kein Misstrauen mehr wecken. Sie nahm den Schlüssel, legte sich noch einmal die Worte zurecht, die sie schon so oft an diesem Abend innerlich aufgesagt hatte, trat auf den Flur und schlug die Tür hinter sich zu. Die dritte Tür neben ihrer eigenen musste zu Leonore Goldmanns Zimmer führen. Greta atmete kurz ein und lang aus, wie sie es bei ihren Yoga-Kursen gelernt hatte. So sollte sich der Herzschlag beruhigen, aber es half nicht. Im Gegenteil, jetzt schlug die Wirkung sogar ins Gegenteil um. Ihr Atem beschleunigte sich. Und jedes

Geräusch, das an ihr Ohr drang, machte es schlimmer. Eine Frau zeterte hinter einer der Türen mit ihrem Mann. Sie hatte einen Berliner Akzent. Als eine Tür klappte, fuhr Greta zusammen und drehte sich um, aber es kam wohl aus einem der Zimmer. Kurz bevor sie die Hand hob, ertönten Stimmen auf dem Treppenflur, die lauter und lauter wurden. Greta stand starr und überlegte, zurück zu ihrem Zimmer zu laufen. Störung konnte sie nicht gebrauchen, und sie wollte auch nicht gesehen werden mit ihren fettigen Haaren. Da verblassten die Geräusche wieder. Sie atmete auf und klopfte.

Leonore Goldmann öffnete die Tür einen Spalt und verschwand gleich wieder im Zimmer. Greta klopfte noch einmal und erst jetzt blickte die grazile Frau auf den Flur. Sie wirkte erschrocken, als bemerkte sie, dass hier jemand anderes als erwartet stand.

»Ja?«, sagte sie freundlich, mit einer Spur von Angst. Sie war nur mit einem Kimono bekleidet. Das Haar hatte sie zu einer Duschfrisur hochgesteckt.

»Entschuldigung«, begann Greta, »Hoffentlich störe ich Sie nicht!«

»Nein«, antwortete Leonore und nutzte den Moment des Schweigens, um sich zu sammeln. »Nein, ich dachte nur, Sie wären jemand anderes.« Und als wäre damit alles geklärt, hob sie an, die Tür wieder zu schließen. Sie warf einen Blick ins Zimmer, um zu zeigen, dass sie keine Zeit hätte.

»Gerade wollte ich mir die Haare waschen«, sagte Greta und zupfte an ein paar Strähnen, »da fiel mir auf, dass mein Shampoo leer ist. Ob Sie vielleicht …?« Sie ging ein Stück näher an die Tür heran. Leonore starrte sie an, als hätte sie nichts verstanden oder als hätte Greta gerade etwas ganz Unmögliches verlangt. Dann hob sie die Brauen. Ihr Körper begann, aus der Starre zu erwachen.

»Ja, natürlich!« Ihre Miene hellte sich nun vollends auf. »Warten Sie …«

Bevor sie die Tür schließen und im Zimmer verschwinden konnte, fragte Greta: »Darf ich wohl kurz eintreten? Der Flur ist so kalt.« Dabei rieb sie sich die Arme und schüttelte den Kopf. Leonore zögerte, dann zog sie die Tür weiter auf und winkte ihre Besucherin hinein. Ihren Widerwillen konnte sie nur schwer verbergen.

»Ich stand selbst gerade unter der Dusche«, sagte Leonore. »Ich ziehe mir schnell mal was Vernünftiges über.«

Zwischen Kimono und hochgestecktem Haar lag ihr weißer Nacken. Gretas Atem beschleunigte sich noch weiter, als sie ihn betrachtete. Sie folgte der Frau ins Zimmer. Die Koffer standen neben dem Schrank. Das graue Kostüm lag über einem Sessel, sonst hatte sie keine persönlichen Gegenstände im Zimmer ausgebreitet.

»Sie sind heute erst angekommen, nicht?«

»Ja, heute«, erwiderte Leonore. Sie zögerte, dann sagte sie: »Ich bin die Schwester der ehemaligen Hotelbesitzerin.«

»Ah! Ich verstehe. Mein herzliches Beileid! Furchtbar, was sich hier zugetragen hat«, entgegnete Greta und lehnte sich gegen einen Sessel.

»Danke! Wir hatten kaum noch Kontakt. Ich hole das Shampoo«, sagte Leonore ohne auch nur die kleinste Gefühlsregung.

»Was werden Sie mit dem Hotel machen?«

»Ich weiß es noch nicht. Für mich kam das alles auch sehr überraschend«, erwiderte die Gefragte und zog ihren Kimono weiter über das noch frei liegende Dekolletee.

»Der Tod kommt meistens überraschend«, sagte Greta leise.

Leonore drehte sich um und ging ins Bad. Sie wirkte wieder angespannt.

Mit einem schroffen »Bitte!« reichte sie Greta die Flasche und blickte zur Tür, aber Greta dachte nicht daran zu gehen.

»Sie sind sicherlich erschöpft. Woher sind Sie jetzt gekommen?« Greta blieb beim Sessel stehen. Leonore war schon zur Tür gegangen, drehte sich jetzt aber wieder um. Wieder vergingen einige Sekunden, bis sie antwortete.

»Aus Frankreich.« Die Antwort hatte sie wie eine Frage betont.

»Sie sind direkt durchgereist?« Plötzlich begann Greta zu bereuen, dass sie, ohne Lissys Rückkehr abzuwarten, hierhergegangen war.

»Ja!« Leonore kam auf Greta zu wie ein Raubtier, das sich seiner Beute nähert. »Direkt aus der Provence, wenn Sie es genau wissen wollen. Warum interessiert Sie das so sehr?«

»Ich dachte nur gerade, dass Sie sehr müde sein müssen, und ich störe Sie hier. Darum lasse ich Sie jetzt besser wieder allein.« Greta maß im Stillen den Weg zur Tür ab und ging langsam an Leonore vorbei, die sie jetzt nicht mehr aus den Augen ließ.

»Verzeihen Sie«, setzte Greta noch einmal an. »Darf ich Sie noch etwas fragen?«

Leonore atmete hörbar aus und hob die Brauen. »Bitte!«, sagte sie.

Greta zögerte einen Moment, doch dann überwog die Neugierde die Angst. Außerdem musste Lissy jeden Moment zurück sein.

»Ich bin unmöglich. Entschuldigen Sie die Neugierde.«

»Nein, ist schon gut. Fragen Sie«, sagte Leonore mit verengten Augen. »Ich möchte jetzt auch gerne wissen, was Sie so brennend interessiert. Also, nur zu!«

Greta war an der Tür angelangt. Sie hörte Schritte. Lissy!?

»Die Hälfte des Hotels gehörte Ihnen schon seit dem Tod Ihrer Eltern«, begann sie. »Halten Sie mich bitte nicht für eine Schnüfflerin. Ich habe diese Informationen eher unfreiwillig mitbekommen. Sie haben Ihrer Schwester einen großen Gefallen damit getan, sich den Wert dafür nicht auszahlen zu lassen. Ihr Verhältnis zueinander war nicht das Beste, habe ich gehört. War das so eine Art Wiedergutmachung?«

Leonore verschränkte ihre Arme vor der Brust. Ihre Augen verengten sich, ihre Lippen waren aufeinander gepresst.

»Eine Zeitlang konnte ich gut auf das Geld verzichten, aber die Umstände haben sich geändert«, sagte sie und ging langsam auf Greta zu. Die Schritte auf dem Flur verlangsamten sich und verstummten schließlich vor der Tür, als würde jemand lauschen. Greta fühlte sich gerettet. »Und der Tod meiner Schwester hat die ganze Lage noch einmal verändert«, fuhr Leonore fort.

»Sie haben Ihrer Schwester nie verziehen, dass sie Ihnen den Freund ausgespannt hat, damals als Sie 18 waren. Ist es nicht so?« Greta sprach lauter als vorher. Sie wollte auf dem Flur gehört werden.

Der blanke Hass blitzte ihr jetzt entgegen. Keine Unsicherheit und keine Genervtheit mehr bei ihrer Gesprächspartnerin. »Da hätten Sie Ihre neugierigen Ohren weiter aufsperren sollen«, versuchte Leonore Goldmann ruhig zu entgegnen. »Es war umgekehrt.«

Greta führte ihre rechte Hand hinter ihren Rücken und fasste an die Klinke.

»Wer neugierig ist, findet nicht zwangsläufig die Wahrheit heraus«, sagte Leonore und näherte sich ein weiteres Stück. Ihr schweres Parfum machte Greta leicht benommen.

»Zwangsläufig nicht. Aber in diesem Fall wohl doch«, erwiderte Greta, und ihr Brustkorb bebte. »Sie sind nicht Leonore.«

»Und wer soll ich Ihrer Meinung nach dann sein?«

»Sie sind Renate!«, rief Greta aus. Das Gesicht ihres Gegenübers lief dunkelrot an.

»Woher wollen Sie das wissen?«

»Sie haben kein Muttermal. Leonore hatte eins.«

Greta spürte jetzt, wie die Klinke nach unten gedrückt wurde. Warum hatte sich Lissy so viel Zeit gelassen? Dann wurde die Tür aufgestoßen. Greta stürzte in die Arme der Frau und blickte, als sie sich umdrehte, in Tezlaws Augen. Dann spürte sie die Waffe in ihrem Rücken.

»Das wurde auch Zeit«, herrschte Renate ihren offensichtlichen Kompagnon an, der immer noch fragend zwischen den beiden Frauen hin und her blickte.

Wenig später lag Tezlaw so schlaff auf dem Sofa, als hätte ihm jemand die Knochen aus dem Körper gezogen. Seine blutunterlaufenen Augen waren auf Renates Pistole gerichtet, deren Lauf auf Greta zeigte.

»Muss das sein?«, fragte er fast weinerlich.

»Zu viel Neugier hat eben auch Nachteile«, erwiderte Renate. Dabei wedelte sie mit einem Fläschchen vor Tezlaw herum und schaute gleichzeitig Greta an, die mit Renates kaltem

Blick jede Hoffnung auf Rettung für sich schwinden sah. Wo blieb Lissy? Nun, vielleicht war es wenigstens für sie sogar besser, dass sie noch nicht zurück war.

»Und überhaupt: Was maßen Sie sich an, über mich zu urteilen? Was wissen Sie von meinem Leben?«, fragte Renate.

»Nichts rechtfertigt einen Mord.«

»Oh, das sagt sich so leicht dahin und hört sich so anständig an. Aber leben Sie mal mit einem Mann zusammen, wie meiner es war. Mit einem Mann, dessen Eskapaden Sie zum Gespött der Leute machen. Nicht, dass ich das nicht schon vorher gewesen wäre. Darin habe ich Erfahrung. Oh ja, schließlich hat sich mein Verlobter seinerzeit schon mit meiner Zwillingsschwester auf und davon gemacht. Aber die Geschichte kennen Sie ja schon. Kennen Sie auch die hier: Er ließ sich mit einem jungen Ding ein und machte ihr ein Balg? Haben Sie die leiseste Ahnung, wie es sich anfühlt, wenn alle Welt über einen tuschelt, sobald man einen Fuß vor die Tür setzt? Wissen Sie, wie es ist, wenn man sein Leben lang nur gedemütigt wird? Das ist psychische Folter!« Renate Goldmann atmete heftig. Ihre Hand begann zu zittern. »Und dann hat mein ehrenwerter Mann begonnen, Geld zu verspielen. Sollte ich ihm dabei etwa auch noch zuschauen?« Sie fuchtelte mit der Pistole vor Gretas Nase herum. Tezlaw richtete sich mühsam auf, und es sah aus, als wollte er gleich auf Renate zuspringen. Aber dann lehnte er sich wieder zurück, strich sich durch die Haare und schüttelte den Kopf. Auf seiner Nase perlte Schweiß. Seine Augen waren noch immer gerötet.

»Ferdinand«, fuhr Renate fort und ließ hier eine kurze Pause, »Ferdinand war drauf und dran, uns in den Ruin zu treiben. Sollte ich mir alles nehmen lassen?«

»Warum haben Sie Ihren Mann nicht einfach vor die Tür gesetzt und die Scheidung eingereicht?«, fragte Greta leise.

»Weil mir dann nicht viel übrig geblieben wäre. Und er, dieses faule Stück, wäre noch belohnt worden. Nein, Sie können sich nicht vorstellen, wie ich diesen Menschen gehasst habe. Und wenn ich mich nicht hätte verstecken müssen, wäre ich jeden Abend zu seinem Grab gegangen und hätte draufgespuckt.«

Plötzlich stieg in Greta eine Ahnung hoch. »Dann hat Marie also doch keinen Wiedergänger gesehen. Das waren Sie!«

»Ja, ein dummer Zwischenfall. Aber ab und an musste ich mein selbst gewähltes Verließ mal verlassen. Die Einsamkeit macht einen krank. Ich bin auch nur ein Mensch. Also bin ich ab und zu zum Hotel gekommen, nachts, um mich aufzuwärmen und Absprachen zu treffen.«

»Ich gehe davon aus«, sagte Greta, »dass es Leonore ist, die jetzt an Ihrer statt in Ihrem Grab liegt.« Dabei beugte sie sich ein Stück zu weit vor. Sofort streckte sich Renate, als hätte sie zwischenzeitlich vergessen, dass sie Greta in Schach halten muss, und hielt die Pistole noch dichter vor das Gesicht ihrer Gefangenen, die zurückzuckte.

»Ja, wer sonst?«, zischte Renate. »Sie brachte mich erst auf die Idee.«

»Halt doch den Mund«, fuhr Tezlaw jetzt dazwischen. Mit einem Taschentuch wischte er sich das Gesicht trocken. »Gib ihr das Zeug und dann ist es gut.«

»Halt du doch den Mund!«, gab Renate zurück und hätte die Pistole beinahe fallen lassen. »Jetzt ist es doch sowieso egal. Sie wird dieses Zimmer nicht lebend verlassen. Also soll sie alles wissen. Dann kann die neugierige Ziege beruhigt sterben.« Sie blickte wieder Greta an. »Sehen Sie, so ein guter Mensch bin ich!«

Gretas Rücken begann zu schmerzen. Sie hätte gerne die Haltung verändert, wagte aber keine Bewegung mehr. In Renate brodelte es.

»Leonore«, Renate spuckte den Namen förmlich aus, »Leonore, diese kleine, billige Schlampe. Keinen Deut besser als mein Mann. Sie hat sich immer einen Scheißdreck dafür interessiert, wie es mir ging. Wegen ihr hatte ich eine Fehlgeburt und diese Komplikationen. Ich konnte keine Kinder mehr bekommen.«

»Das ist nicht wahr. Ihr Verlobter hätte doch bei Ihnen bleiben können«, unterbrach Greta.

»Sie hat ihn verrückt gemacht, bezirzt. Eine Frau kann jeden Mann herumkriegen, wenn sie es darauf anlegt. Natürlich war ich dann bei meinen Eltern das Luder, die Schlampe. Ich hatte mir ja ein Gör andrehen lassen. Aber Leonore, als sie sich dann nach zwei Jahren das erste Mal wieder meldete, war die Größte. Sie lebte schon in Paris und hatte ein Studium begonnen.«

»Aber das liegt doch alles so weit zurück. Irgendwann muss man doch verzeihen können«, sagte Greta, ohne sich sicher zu sein, ob sie selbst so etwas je verziehen hätte.

»Vielleicht, aber jetzt war sie wieder im Begriff, alles kaputt zu machen. Sie wollte ihren Erbteil ausgezahlt bekommen, und dazu hätte ich das Hotel verkaufen müssen. Und es passte perfekt. Den Selbstmord hat die Polizei ohne Weiteres geschluckt. Ein paar Fragen hier und da, und die Sache war erledigt für die Beamten. Leonore wollte immer alles, die Männer und jetzt auch noch das Geld. Die Hälfte vom Hotel! Von meinem Hotel!«

»Aber das stand ihr doch zu.«

»Was stand ihr zu?«, keifte Renate. »Ich will Ihnen sagen, was ihr zustand. Das hier!« Und damit zeigte sie auf das Fläschchen. »Eisenhut, blauer Eisenhut! Das stand ihr zu, und zwar mehr als genug. Ein kleiner Drink mit meinem Mann, dann dauerte es nicht lange, bis die beiden ganz ruhig wurden und endlich für immer schwiegen. Ja, es passte alles perfekt mit Leonores Besuch. Hätte sie sich nicht angemeldet, würde Ferdinand womöglich noch leben. Aber mit ihrer Karte begann in mir diese Idee zu keimen, die ich nach wie vor wirklich gut finde, geradezu genial. Alle haben die Geschichte mit meinem Selbstmord und meinem Mord an Ferdinand geglaubt. Sie kannten meine Situation. Ich denke, es gab einige Menschen darunter, die mich verstehen konnten, vielleicht sogar genauso gehandelt hätten. Nein, Sie brauchen mich gar nicht so anzuschauen. Ich fühle mich nicht schlecht, ganz im Gegenteil!«

»Sie allein wissen, ob das stimmt«, warf Greta ein.

»Das Schöne am Totsein ist, dass einem niemand mehr etwas anhaben kann«, fuhr Renate fort. Sie schien Greta gar nicht gehört zu haben. »Es ist mir egal, was die Leute über Renate Goldmann denken. Sie lebt ja nicht mehr. Das Kapitel ist abgeschlossen. Und wissen Sie, was noch gut ist? Ich hatte ein Scheiß-Leben bis jetzt«, Greta glaubte, Tränen in Renates Augen zu erkennen, »und mit meiner neuen Rolle ist plötzlich alles anders. Ich bin ein anderer Mensch mit einem anderen Lebenslauf. Ich muss mich von niemandem mehr mitleidig oder belustigt anschauen lassen. Im Gegenteil – ich bin die großartige Leonore aus Frankreich. Allein dieser Zusatz genügt schon, dass Ihnen die Leute mit so viel Interesse begegnen, als hätten Sie sonst was geleistet!«

»Dann war der Einbruch in Ihr Zimmer nur fingiert?«, fragte Greta und wendete sich dabei Tezlaw so langsam zu, dass Renate nicht beunruhigt wurde, denn ihr Finger befand sich nach wie vor am Abzug. Und sie war hochgradig erregt.

»Halten Sie doch endlich den Mund«, erwiderte Tezlaw.

»Sie sind gar nicht so dumm!«, mischte sich Renate ein. »Nach dem Tod des Mädchens hier unten machte es sich ganz gut, die Polizei auf eine andere Fährte zu bringen. Alle Morde hatten mit dem Hotel zu tun. Georg war plötzlich auch ein Opfer.«

»Aber warum musste Marie sterben?«, fragte Greta.

»Marie war eine dumme Trine«, erwiderte Renate. »Wenn sie nicht diesen Tumult verursacht hätte neulich Nacht, wäre das Thema Doppelmord im Hotel nicht wieder so hochgekommen.«

»Sie dachte, Sie wären ein Gespenst. Nein ›Wiedergänger‹ sagt man ja hier. Irgendwann hatte ich schon so eine Ahnung, dass sie gar nicht so tot waren, wie viele dachten.«

»Warum?«, fragte Renate.

»Sie hassen Ratten. Ihre Schwester hat Ihnen einmal eine ins Bett gelegt.«

»Woher wissen Sie …«

»Das hat mir jemand erzählt, der Sie gut kennt. Namen nenne ich lieber nicht.«

»Was hat denn diese Rattengeschichte damit zu tun, dass Sie mir den Tod nicht abgekauft haben?«

»In der Nacht, in der Marie Sie gesehen hat, habe ich Ihren Gärtner beobachtet, wie er aus dem Gartenhaus hinterm Hotel eine Ratte trug und sie über den Zaun warf. In dem Moment dachte ich mir natürlich nichts Besonderes dabei, merkte mir den Vorfall aber, weil dieser Mann irgendwie ängstlich wirkte. Als ich dann von Ihrem Rattenerlebnis erfuhr, überlegte ich, ob Sie nicht im Gartenhaus gewohnt haben und dieses in jener Nacht fluchtartig verlassen haben könnten, nachdem Sie die Ratte entdeckt hatten. Ihre Angst, Ihr Trauma war stärker als alle Vorsicht.«

»Gut kombiniert!«, erwiderte Renate und nickte anerkennend.

»Aber zurück zu Marie: Warum haben Sie das arme Mädchen umgebracht? Nur, weil sie Sie gesehen hat?«, hakte Greta weiter nach, die mit ihren Fragen nicht nur Wissenslücken schließen, sondern auch Zeit gewinnen wollte.

»Nein, deswegen musste sie natürlich nicht sterben.«

»Hatte sie etwas mit Ihrem Mann?«

»Nein, mit ihr hatte mein großartiger Gatte ausnahmsweise nichts. Wobei das sicherlich eine Frage der Zeit gewesen wäre. Jetzt liegen sie ja nicht weit voneinander entfernt.« Renate lachte ernst.

»Warum dann? Was hatte Marie verbrochen?«

»Sagen wir, sie hat Pech gehabt. Sie ist einfach zur falschen Zeit am falschen Ort gewesen«, erwiderte Renate, und ein Hauch von Mitleid huschte über ihr Gesicht.

Greta verengte die Augen und schüttelte den Kopf. »Großer Gott, sie war in dieser Sturmnacht am Strand gewesen und hat Sie dort erwischt.«

»Richtig!«, sagte Renate anerkennend. »Das Hotel war für uns zu gefährlich geworden. Deshalb hatten wir beschlossen, uns hinten am Strand beim Wald zu treffen.«

»Warum nicht in Ihrem neuen Versteck, der Laube? Das wäre doch am sichersten gewesen.«

»Ach, das haben Sie auch herausgefunden? Tag und Nacht in einer feuchten und ausgekühlten Gartenlaube zu verbringen, ist nicht das Angenehmste. Ich sagte ja schon: Ich war froh, ab und an mal herauszukommen. Und Marie hatte es schon einmal fast vermasselt. Diesmal hatte sie zu viel gesehen. Was musste sie bei diesem Sturm auch an die Ostsee gehen.«

»Was haben Sie damit zu tun?« Greta wandte sich erneut Tezlaw zu, worauf er lediglich die Brauen hochzog und dann seinen Kopf weiter schweigend in die andere Richtung drehte.

»Wir sind ein Paar«, antwortete Renate. »Und das hat nichts mit Rache gegenüber meinem Mann zu tun. Wir haben uns einfach verliebt und wollen ganz von vorn beginnen – nicht auf Rügen, nicht in Mecklenburg-Vorpommern und nicht in Deutschland. Aber dafür brauchen wir Geld. Endlich wird das Versteckspiel ein Ende haben! Seit ich Georg kenne, kann ich wieder lachen. Ich bin glücklich.«

Greta holte Luft, kam aber nicht zum Sprechen.

»Das können Sie sich gar nicht vorstellen«, fuhr Renate fort. »Aber wenn man sein Leben lang nur enttäuscht wurde und sich endlich aus dieser Unglücksspirale befreien kann, dann kämpft man um so härter um sein neues Glück. Dann sind alle Mittel recht.«

»Ich möchte Ihnen nicht zu nahetreten«, erwiderte Greta, »aber können Sie sich wirklich seiner Gefühle sicher sein? Sind Sie …«, und damit drehte sie sich erneut zu Tezlaw, »… nicht auch besonders am Geld interessiert, das Sie jetzt plötzlich haben? In der Hotelbranche verdient man nicht viel, auch als Buchhalter nicht. Und plötzlich sind Sie Geschäftsführer und reich. Das kann die Gefühle doch plötzlich sehr durcheinanderbringen, nicht?«

Mit einem Mal kehrte wieder Leben in Tezlaws schlaffen Körper. Er sprang auf, riss Renate die Pistole aus der Hand und hielt sie Greta an den Kopf.

»Wenn Sie nicht augenblicklich Ihren Mund halten, drücke ich ab. Das schwöre ich. Glauben Sie nicht, dass ich mich das nicht trauen würde.« Sein Gesicht verfärbte sich dunkelrot und seine Augen schienen noch glasiger, als wäre er im Fieber. Greta presste sich so weit ins Sofa, dass es schmerzte. Sie spürte den kalten Lauf an ihrer Schläfe und das Zittern von Tezlaw Hand.

»Georg!«, rief Renate, und in diesem Moment wurde die Tür aufgestoßen. Wie ein Gummiball schoss Lissy ins Zimmer. Sie erfasste die Situation sofort und sprang Tezlaw in den Rücken.

»Waffe runter!«, schrie sie. Greta konnte nicht erkennen, womit sie ihn bedrohte, aber es musste ihn überzeugen, denn er hob die Hände und ließ die Pistole fallen. Noch im selben Moment sprang Greta auf und griff die Waffe. Lissy drehte Tezlaw so, dass Greta die Taschenlampe an seinem Rücken erkennen konnte. Sie eilte zu Lissy und gab ihr die Pistole. Renates Gesicht war weiß geworden. Nur noch das Make-up gab ihm Farbe und zugleich das Aussehen einer Maske. Sie krallte sich am Sessel fest, an den sie sich gelehnt hatte, nun ohne jegliche Spur von Eleganz und Stolz.

Obwohl die Polizei sich bemühte, das Mörderpaar ohne großes Aufsehen mitzunehmen, war doch das ganze Hotel in dieser Nacht wieder einmal auf den Beinen. Das Thema »Wiedergänger« war vom Tisch. Eigentlich wollte von Anfang an niemand so richtig daran geglaubt haben, beteuerten sich die verschlafen aussehenden Gäste gegenseitig. Greta und Lissy hatten sich nicht mehr weiter zu dem Vorfall geäußert. Die Polizei wäre durch eigene Ermittlungen auf Georg Tezlaw und Renate Goldmann gekommen, hieß es von amtlicher Seite. Aber in dieser Nacht hätten sie von allein noch nicht zugeschlagen.

»Um ein Haar wärst du alleine zurück nach Hamburg gefahren. Was hast du bloß so lange getrieben? Den Garten umgegraben?«, fragte Greta, als sie und Lissy wieder oben in ihrem Zimmer waren.

»Fred hat mir alles erzählt«, antwortete Lissy aus der Badewanne. Sie war durchgefroren.

»Er war in der Gartenlaube?«

»Ja, er wollte unbemerkt überprüfen, ob irgendwelche Sachen dort herumlagen, die ihn hätten belasten können. Tezlaw hatte ihn rausgeschmissen.«

»Fred Peters war Komplize von Renate und Tezlaw?«, fragte Greta aus ihrem Sessel heraus mit einer Tasse dampfenden Tees in der Hand. Sie trug einen Bademantel und hatte ein Handtuch um ihre frisch gewaschenen Haare gewickelt.

»Er hat Ferdinand Goldmann gehasst, weil der seine Enkelin wie ein Stück Dreck behandelt hat, dafür, dass er das Mädchen geschwängert hatte. Insofern gab es für ihn keinen Gewissenskonflikt. Außerdem waren 20 000 Euro ausgemacht für seine Hilfe beim Herrichten des Tatorts. Das Geld sollte für Stefanie sein.«

»Der Umschlag«, schlussfolgerte Greta und erinnerte sich an das Gespräch, das sie am Tag zuvor beobachtet hatten.

»Ja. Nur, dass darin keine 20 000, sondern nur 5 000 Euro lagen. Sie fühlten sich sicher, weil der Gärtner mit drinhing. Aber ihm war es egal. Er hätte sie angezeigt.«

»Dann hast du vorhin die Polizei alarmiert?«, fragte Greta.

»Ja, das war ich«, antwortete Lissy. »Als ich die Geschichte aus Freds Mund gehört hatte, war mir klar, dass du dich in größter Gefahr befindest.« Und sie fügte mit einem matten Grinsen hinzu: »Aber meinen kleinen Stuntman-Einsatz wollte ich mir trotzdem nicht nehmen lassen.«

»Wohin reisen wir eigentlich im Frühjahr?«, begann Greta, als sie etwas später im Bett lagen. Sie hatten die Verbindungstür zwischen den Zimmern offen gelassen. Angst und Aufregung saßen immer noch tief.

»Weiß nicht«, antwortete Lissy unter lautem Gähnen. »Vielleicht mal in den Süden?«

»Hört sich wunderbar an«, erwiderte Greta. »Und vielleicht ist es nicht ganz so aufregend wie auf Rügen. Von wegen: Hier findet man seine Ruhe.«

In dieser Nacht klappten noch einige Türen im *Strandgold*. Greta und Lissy merkten davon nichts. Stattdessen rollte synchrones Schnarchen durch ihre Zimmer.

18

Weder Niederschlag noch Sturm waren für diesen Tag angesagt. Obwohl Lissy ungern im Dunkeln fuhr, konnte Greta sie mit diesen Wetterprognosen überreden, noch bis zum Nachmittag in Binz zu bleiben. Das Argument des Ausschlafens nach der strapaziösen letzten Nacht hatte den letzten Ausschlag gegeben.

Noch beim Frühstück hingen beide mehr auf ihren Stühlen, als dass sie saßen, und aßen schweigend Roggenbrot mit Rührei. Trotz der ungeklärten Eigentumsverhältnisse im Hotel lief alles reibungslos. Zwar wirkte das Personal verunsichert, doch das Buffet war pünktlich fertig, die Rezeption besetzt, und auf dem Flur waren wie immer die Wagen der Zimmermädchen zu hören. Greta blickte zum Strand und nahm einen Schluck vom Kaffee. Sie genoss die Wärme, die sich beim Hinunterschlucken in ihrer Speiseröhre ausbreitete, schloss für einen Moment die Augen und blickte dann wieder aus dem Fenster. Die Sonne tauchte Binz in ein helles Licht – ein fast fremdartiger Anblick nach den vergangenen dunklen Tagen. Das Wasser schlug ruhig an den Strand. Die Luft war klar, der Horizont bildete eine harte Linie. Wie frisch gewaschen, dachte Greta. Lissy wirkte nachdenklich. Sie war an diesem Morgen ungewöhnlich sanft gewesen. Nachdem die Polizei in der vergangenen Nacht mit den Gefangenen fortgefahren war, hatte Lissy etwas ganz und gar Ungewöhnliches getan. Sie hatte Greta in den Arm genommen und dabei gezittert. Als sie sich wieder gelöst hatte, hatten ihre Augen wässrig ausgesehen.

Später, es war bereits Mittagszeit, brachten sie ihre Koffer ins Auto und gingen zum Makler.

»Sind Sie sich wirklich sicher?«, fragte dieser. Greta nickte. Lissy saß stumm daneben. Auch auf dem Weg hierher hatte sie kaum etwas gesagt. Allerdings steckte heute nicht die für sie sonst typische Mürrischkeit dahinter. Dafür sah es in ihren Augen zu dunkel aus.

»So eine Gelegenheit bekommen Sie nie wieder. Das ist eine Perle. Die Grundstücke gehen wirklich weg wie warme Semmeln. Wenn das verkauft ist, gibt's kein Zurück«, argumentierte der Makler weiter von seinem Schreibtischstuhl, der aussah, als wäre er ihm zwei Nummern zu klein. Greta zweifelte schon, ob er der Richtige wäre, aber Margret hatte ihn nachdrücklich als fair und kompetent empfohlen, und man sah seine Werbeschilder an Häusern bzw. seine Anzeigen am häufigsten.

»Ja, ich bin mir sicher, absolut sicher. Ich könnte mich nicht genug um das Haus kümmern. Wir reisen sehr viel.« Dabei blickte sie zu Lissy. Die schien davon jedoch keine Notiz zu nehmen.

»Es gibt noch eine einzige Sache, die ich gerne klären würde«, sagte Greta, als sie sein Büro verließen.

»Greta!«, sagte Lissy erschöpft.

»Es ist nicht schlimm, aber es ist mir wichtig«, erwiderte Greta.

Trotz der wunderschönen Herbstsonne erschien Elsas Haus dunkel. Sie klingelten und klopften mehrmals, doch niemand öffnete. Die Gardinen waren zugezogen. Im Vorgarten lagen Äste, die der Sturm von den Bäumen gerissen hatte.

»Wie das hier aussieht«, wunderte sich Greta, ging nach rechts und schaute um die Hausecke auf den größeren Teil des Grundstücks. »Irgendetwas stimmt hier nicht.« Alles wirkte verlassen, für immer verlassen.

Plötzlich ertönte ein »Hallo?«, und eine Frau näherte sich ihnen vom Nachbargrundstück. »Sie wollen zu Frau Hoth?«

»Ja, sie ist wohl nicht da«, rief Greta zurück. Die Frau kam jetzt dicht an den Zaun und winkte Greta und Lissy zu sich heran. Erst als sie bei ihr waren, sprach sie weiter, aber bedeutend leiser als zuvor. »Sind Sie Angehörige? Ich habe Sie doch in der letzten Zeit öfter hier gesehen.«

»Nein, wir sind eher Bekannte«, antwortete Greta.

»Aha, gut!«, sagte die Frau und rieb sich die Hände vor Kälte. »Frau Hoth ist gestorben.«

»Woran?«, fragte Greta.

»Ihr Herz ist einfach stehen geblieben. Ganz plötzlich, ohne Vorwarnung. Sie war zwar nicht mehr die Jüngste, seltsam ist es dennoch. Eigentlich war ihr Herz gesund.«

»Wann ist es passiert?«, fragte Greta.

»Gestern, aber erst heute wurde sie gefunden.«

Auf dem Weg zum Hotel musste Greta immer wieder an die Puppe denken, die sie am Vortag entdeckt hatten.

»Weißt du was?«, begann sie später im Auto, als sie bereits auf der A 20 waren.

»Ich fahre nicht noch mal zurück.«

»Natürlich nicht«, erwiderte Greta, legte sich tiefer in ihren Sitz und genoss die Sonnenstrahlen. »Elsas plötzliches Ableben will mir nicht mehr aus dem Kopf.«

»Das wundert mich nicht«, sagte Lissy.

»Ich erinnere mich gerade an die Frau, die mir seinerzeit die Warzen an den Füßen besprochen hat.«

»Ich bin gespannt auf den Zusammenhang, den du gleich herstellen wirst.«

»Sie hat mir immer viel aus ihrem Leben und von ihren Erfahrungen mit der Magie erzählt. Unter anderem erzählte sie mir in diesem Zusammenhang, dass jemand, der schwarze Magie ausübt, Schmerzen bekommt und sogar sterben kann, wenn die Magie gebrochen wird.«

»Und das passiert wann?«

»Das passiert unter anderem, wenn ein von ihr verhextes Objekt gefunden und sozusagen entweiht wird.«

»Oh! Du meinst, Elsa ist gestorben, weil wir die Puppe gestern aus ihrem Versteck geholt haben?«, fragte Lissy und schluckte. »Aber das wäre ja furchtbar!«

»Genau das meine ich«, erwiderte Greta. »Und einerseits: Ja, das wäre furchtbar. Andererseits aber: Nein, denn sie war selbst schuld, und musste doch gewusst haben, welches Risiko sie eingeht, wenn sie die Puppe dort deponiert.«

»Und diese Puppe oben in Luises Schlafzimmer?«

»Vielleicht hatte Elsa sie dort für Luise deponiert.«

»Luise hat praktisch mit der für sie bestimmten Voodoo-Puppe in einem Zimmer geschlafen?« Lissy schüttelte den Kopf.

»Möglich wäre das doch. Sie soll sich verfolgt gefühlt haben«, erwiderte Greta.

»Ach, was für ein Affenzirkus!« Lissy schlug sich mit der rechten Handfläche leicht gegen die Stirn. »Vielleicht hat Elsas Herz auch einfach so aufgehört zu schlagen, ohne unser Zutun.«

»Du hast Recht«, erwiderte Greta und nahm sich einen von Lissys Pfefferminzbonbons. »Wahrscheinlich hatte sie einen ganz profanen Herzstillstand, ohne Hokuspokus.«

»Und an die Existenz von ›Wiedergängern‹ glaubst du jetzt hoffentlich auch nicht mehr, oder?« Lissy drehte sich kurz zu ihrer Freundin um und lächelte, das erste Mal an diesem Tag. Greta sah es nicht. Sie hatte die Augen geschlossen und überließ sich der Lichtflut von der tief stehenden Sonne.

»Ach, weißt du«, sagte sie, und ihr schauderte, als sie sich noch einmal an ihre Empfindungen in Friedas Haus erinnerte, »ich glaube, dass es mehr gibt, als wir ahnen. Aber wissen möchte ich das alles nicht unbedingt.«

»Ich glaube, was ich weiß«, sagte Lissy und stellte die Musik leiser.

Nach wenigen Minuten hörte sie Gretas gleichmäßiges Atmen. Es gab keine bessere Freundin an ihrer Seite. Erst jetzt löste sich die Angst oder vielmehr der Schreck. Es war knapp gewesen gestern, so knapp. Sie wischte sich das Wasser aus dem Gesicht. Es hörte nicht auf. Dann plötzlich spürte sie eine Hand auf ihrem Arm. Sie blickte zur Seite und sah Greta lächeln.

OSTSEEKRIMIS

Der Teufel vom Ryck
376 Seiten | Euro 9,95
ISBN 978-3-356-01400-6

Tödliches Fahrwasser
248 Seiten | Euro 12,99
ISBN 978-3-356-01520-1

Mörder im Chat
336 Seiten | Euro 12,99
ISBN 978-3-356-01574-4

Herrentier
304 Seiten | Euro 12,99
ISBN 978-3-356-01519-5

von HINSTORFF

Mörder im Zug
352 Seiten | Euro 9,95
ISBN 978-3-356-01422-8

Mörder im Gespensterwald
400 Seiten | Euro 9,99
ISBN 978-3-356-01483-9

Sokops Rache
224 Seiten | Euro 9,99
ISBN 978-3-356-01484-6

Wellers Zorn
224 Seiten | Euro 12,99
ISBN 978-3-356-01559-1

Mittwoch, 19. September 2012

Er kann sich nicht erinnern, weiß weder, wie spät es ist, noch wo er sich befindet. Endlich gelingt es ihm, die Augen zu öffnen. Er sitzt in seinem Auto, es ist dunkel und still, er kann sich nicht bewegen, ist wie gelähmt. Die Luft umfließt ihn wie zäher Brei, liegt schwer auf seinen Gliedern, nicht einmal den Kopf kann er drehen. Aus der Ferne naht ein Zug.

Von links ein Lufthauch, das Fenster der Fahrertür ist offen. Draußen scheint jemand zu stehen. Schwerer Atem ist zu hören, dann eine Stimme, ein heiseres Flüstern, ein Zischen. Der Hass darin erschreckt ihn mehr als die Worte.

Jetzt ist der Moment, in dem er aufwachen sollte aus dem Albtraum.

Sonntag, 16. Mai 2010

Ihr letzter Arbeitstag im Reisebüro war ein Freitag gewesen. Über drei Jahre hatte sie dort Reklamationen bearbeitet, eine undankbare Aufgabe, die der Chef nun wohl selbst erledigen musste. Vielleicht hatte er deshalb fast Tränen in den Augen, als er ihr mitteilte, es ginge nicht anders, er müsse Personal abbauen, vielleicht, wenn es wieder besser laufe … Nun ja, es war keine Katastrophe. Er würde sogar noch eine Abfindung zahlen. Sie hatte sich gleich arbeitslos gemeldet. Ab Montag wollte sie sich in aller Ruhe nach etwas Neuem umsehen.

Inzwischen war es früher Sonntagnachmittag. Sophie Kaiser, 45 Jahre alt, ledig, aber liiert, saß schlecht gelaunt in der Wohnung ihres Lebensgefährten in Berlin-Friedrichshain. Vom Spielplatz her ertönte Kindergeschrei, vor dem Haus heulte ein schweres Motorrad und auf dem Nachbarbalkon wurde die Grillsaison eröffnet. Nichts, was ihre Stimmung verbessert hätte. Selbst der strahlende Sonnenschein erinnerte sie nur daran, dass die Fenster dringend geputzt werden müssten.

Sophie hatte sich in dieser Wohnung nie wohlgefühlt, sie immer nur als vorübergehenden Aufenthalt betrachtet. Inklusive des Mannes, der zu dieser Wohnung gehörte. Rüdiger sah gut aus, war gebildet, hatte Manieren, aber er war ihr egal. Eigentlich lebte sie nur noch aus Bequemlichkeit mit ihm zusammen.

Ihre Beziehungen waren immer irgendwie gescheitert, nie hatte es ganz gereicht, kein Mann erschien ihr gut genug für ein ganzes Leben – drum prüfe, wer sich ewig bindet – nun ja, sie hatte wohl zu streng geprüft, zu lange auf die ganz große, romantische Liebe gewartet, die es vermutlich gar nicht gab. Oder die sich vielleicht entwickelt hätte, aus einer Beziehung, der Sophie keine Zeit gegeben hatte. Geduld zählte nicht zu ihren Stärken. Außerdem fühlte sie sich immer wieder zu verheirateten Männern hingezogen. Aus einer unbewussten Bindungsangst heraus? Mag sein.

Sie lächelte ein wenig, als sie an Frank Sonnenberg dachte, mit dem sie sich heimlich traf, wenn er beruflich in Berlin war. Mit seinem Charme, Humor und seiner Unbekümmertheit war er das genaue Gegenteil zu Rüdiger. Er kam aus Bansin, dem kleinen Idyll an der Ostsee, wo ihre Tante lebte. Als Kind hatte Sophie dort alle Sommerferien verbracht und bis heute auch die meisten Urlaubstage.

Sie sah sich in der teuer und modern eingerichteten, ungemütlichen Wohnung um. Hier gab es nichts, woran ihr Herz hing, nichts, was ihr wirklich Freude machte. Ihre persönlichen Sachen lagerten in Pappkartons verstaut im Keller.

Plötzlich hatte sie das Gefühl, es keine Minute länger auf diesem Sofa, in diesem Haus, in dieser Stadt auszuhalten. Rüdiger würde bald heimkommen, herumnörgeln, sie solle sich um einen neuen Job bemühen und dafür diverse Vorschläge machen, die sie absolut nicht interessierten. Schon jetzt konnte sie sich ausmalen, wie das Gespräch verlaufen würde. Wahrscheinlich würden ihm auch noch die ungeputzten Fenster auffallen und natürlich müsste er sie dann wieder daran erinnern, dass es schließlich seine Wohnung sei, in der sie lebten. Was hatte sie nur geritten, ihre eigenen vier Wände in Marzahn aufzugeben?

Sie sprang auf und lief in die Küche. Von der grünen Wandtafel neben der Tür löschte sie Rüdigers Einkaufsliste. Dass sie dazu einfach das Geschirrhandtuch benutzte und dass er nun nicht mehr wusste, was im Haushalt fehlte, würde ihn wahrscheinlich am meisten ärgern. Vielleicht mehr als ihr lakonischer Abschiedssatz, der jetzt auf der Tafel stand: »Ich bin weg. Mach's gut.«

Nach kurzer Überlegung löschte sie die letzten beiden Worte und eilte ins Schlafzimmer. Es konnte jetzt gar nicht schnell genug gehen. Vor fünf Minuten hatte sie noch nichts von ihrem Auszug gewusst, inzwischen erschien er ihr vollkommen logisch.

Schwungvoll holte sie den Koffer vom Kleiderschrank, legte ihn geöffnet aufs Bett und warf hastig ihre Kleidung hinein. Ein Arm voll Jacken und ein Mantel wurden in eine Decke eingewickelt. In eine große Ikea-Tüte kamen Bettwäsche und Handtücher. Ihr Kopfkissen und die Bettdecke nahm Sophie einfach bezogen mit. Nach einer halben Stunde sah sie sich erleichtert um. Alles, was sie mitnehmen wollte, war in ihrem kleinen Auto verstaut. Auch die wichtigsten Kartons aus dem Keller. Die anderen würde sie später holen.

Vorsorglich steckte sie den Ersatzschlüssel für den Keller in die Tasche. Vielleicht bekam sie es ja hin, Rüdiger nie wieder zu sehen.

Als sie das Haus verließ, verschwendete sie schon keinen Gedanken mehr an den Ex-Geliebten, sondern freute sich auf die Fahrt. Keine Sekunde hatte sie überlegen müssen, wohin die Reise gehen würde. Tante Berta war schon immer ihre Zuflucht gewesen und hatte sie stets mit offenen Armen empfangen.

Warum war sie darauf nicht schon früher gekommen? Das Arbeitsamt würde doch eine Weile zahlen und was dann kam, darüber konnte sie immer noch nachdenken. Erst einmal wollte sie sich jetzt erholen. Wie sie sich freute auf die Ostsee, den Wind und das Möwengeschrei!

Sie würde mal wieder richtig ausschlafen, lange Strandspaziergänge machen und vor allem klönen. Kein noch so langes Telefonat konnte die gemütlichen Gespräche bei einem Glas Rotwein am Stammtisch in Bertas Kneipe ersetzen. In Weißensee stoppte Sophie noch einmal, tankte voll und erstand auch ein belegtes Brötchen und einen Becher Kaffee zum Mitnehmen. Dann gab sie Vollgas und hoffte, dass sie kein Polizist anhielt, denn das Auto war vermutlich etwas überladen. Am frühen Abend war sie in Bansin.

Freitag, 21. September 2012

Sophie Kaiser steht hinter dem kleinen Empfangstresen ihrer eigenen Pension. Die kleine, zierliche Frau mit den glänzenden, kupferrot gefärbten Haaren ist jetzt 47 Jahre alt, was man allerdings nur sieht, wenn sie müde oder erschöpft ist. In den seltenen Momenten, in denen sie sich Zeit zum Nachdenken nimmt, stellt sie erschrocken fest, dass mindestens die Hälfte ihres Lebens vorbei ist. Dabei hat sie immer noch das Gefühl, am Anfang zu stehen. Sie hat weder Kinder noch eine feste Beziehung und im Unterbewusstsein nach wie vor die vage Vorstellung *Das kommt schon noch.*

Doch meistens ist Sophie vollkommen zufrieden. Ihre Arbeit füllt sie aus, sie mag die Menschen, die sie umgeben, und vor allem den Ort, an dem sie lebt. Bansin ist ihre Heimat, sie fühlt sich angekommen.

Angestrengt blickt sie auf den Computerbildschirm. Die Belegungslisten für die 25 Räume sind gut gefüllt. Heute reisen zwei Familien ab, das eine Zimmer wird morgen schon wieder gebraucht. Sie macht eine Notiz für die Zimmerfrauen. Dann zieht sie ein dickes Buch aus der Schublade und vergleicht die Eintragungen mit denen im PC. Sie weiß, dass sich alle darüber lustig machen, kann aber ihre Angst, dass das Programm abstürzt und alle Buchungen verloren gehen, nicht ablegen.

Stolz sieht sie sich um. Der Empfangsbereich ist, wie das ganze Gebäude, hell und freundlich. Blau und Weiß herrschen vor, maritimes Flair wird hier erwartet und passt zur Lage der Pension. Den Namen *Kehr wieder* trägt dieses Haus direkt an der Strandpromenade seit über hundert Jahren. Darin drückt sich der größte Wunsch aus, den die damaligen Besitzer hegten. Er ist in Erfüllung gegangen, Sophies Urgroßvater ist von seinen Fahrten als Kapitän stets zu seiner Familie zurückgekommen und im hohen Alter friedlich eingeschlafen, mit der Pfeife in der Hand, die erstarrten Augen auf seine geliebte Ostsee gerichtet.

Die Veranda, wo er in den letzten Jahren seines Lebens saß, ist heute der schönste Teil des Restaurants. Sophie sieht auf ihre Armbanduhr. »Wir können das Büfett jetzt abräumen«, ruft sie der Kellnerin zu, die bereits Servietten für das Mittagessen faltet. Die letzten Frühstücksgäste nicken ihrer Wirtin freundlich zu, als sie an ihr vorbei zur Treppe gehen, die zu den Zimmern führt.

Die Kellnerin bringt die Wurstplatten in die Küche und Sophie will gerade dabei helfen, als die Haustür aufgeht. Die Frau, die eilig hereinstürmt, trägt trotz ihres Alters und einer beträchtlichen Körperfülle Jeans und eine knallrote Steppjacke, die gut zu den kurzen grauen Haaren passt. Sie hat die gleichen strahlend blauen Augen wie Sophie und auch die hohen Wangenknochen sowie das ausgeprägte Kinn lassen Verwandtschaft erahnen. Die Zeit hat im Gesicht der Alten mehr Lach- als Sorgenfalten hinterlassen und Sophie hofft, dass sie in 25 Jahren genauso aussieht wie ihre Tante heute.

»Plötz will wissen, was du an Fisch haben willst, er hat schönen Zander gefangen«, teilt die nun kurzatmig mit, ohne sich mit einem Gruß aufzuhalten.

Sophie lacht. »Guten Morgen, Tante Berta. Setz dich erst mal hin, so eilig wird es ja wohl nicht sein. Kaffee?« Sie hat die Kanne schon in der Hand und nimmt eine Tasse vom Frühstücksbüfett.

Berta schüttelt den Kopf. »Natürlich ist es eilig, sonst wär ich ja wohl nicht so gerannt. Da sind schon einige am Strand, die Fisch haben wollen. Heute Mittag gibt's nichts mehr. Also, was ist nun?«

»Hast du eigentlich schon von der Erfindung des Telefons gehört? Ich glaub, sogar die Fischer haben inzwischen Handys.«

»Ja, bloß dass Plötz da nicht rangeht, wenn er gerade anderes zu tun hat. Und das hat er. Nämlich Fisch verkaufen.«

»Also gut. Renate!«

Die Köchin wischt sich die Hände an ihrem Vorstecker ab, als sie aus der Küchentür schaut. »Guten Morgen, Berta«, grüßt sie freundlich und sieht Sophie fragend an.

»Lass doch mal Anke einen Moment auf das Essen aufpassen und geh zum Strand runter. Wenn's da ein paar schöne Zander gibt, können wir die heute Abend für die Halbpension nehmen, oder was meinst du?«

»Wir können den auch schön heute Mittag verkaufen, die Pensionsgäste hatten schon zweimal in dieser Woche Fisch und gestern Rinderbraten, wir wollen doch mal nicht übertreiben.« Renate blickt ihre Chefin herausfordernd an.

Berta nickt zustimmend. »Richtig. Der Winter ist lang und die Bank will jeden Monat ihr Geld haben. Bratkartoffeln mit Hering sind auch ein schönes Essen.«

Die Autorin

Pola Kayser, geboren in Rostock, studierte Betriebswirtschaftslehre in Berlin und Rostock und war danach redaktionell an der deutschen Auslandshandelskammer in Mailand sowie in verschiedenen Werbe- und PR-Agenturen tätig. Seitdem arbeitet sie als freiberufliche Texterin und Autorin. Neben der Insel Rügen liebt sie Agatha-Christie-Romane, Gartenarbeit, Reisen, Filme und Theater.

Liebe Leserin, lieber Leser, wie hat Ihnen die Lektüre gefallen?
Wir freuen uns über Ihre Bewertung, z. B. auf krimicouch.de, amazon.de, lovelybooks.de, thalia.de und hugendubel.de!

Die Deutsche Nationalbibliothek verzeichnet diese Publikation in der Deutschen Nationalbibliografie; detaillierte bibliografische Daten sind im Internet über http://dnb.ddb.de abrufbar.

1. Auflage 2013
Herstellung: Hinstorff Verlag GmbH
Lektorat: Dr. Florian Ostrop
Titelbild: Torsten Klemm
Druck: GGP Media GmbH, Pößneck
Printed in Germany
ISBN 978-3-356-01604-8

MIX
Papier aus verantwortungsvollen Quellen
FSC® C014496